ミセス・ハリス、ニューヨークへ行く

ポール・ギャリコ
亀山龍樹＝訳

角川文庫
23635

目次

第一章

　ロンドンのバタシー区ウィリスガーデンズ五番地に住んでいるのは、エイダ・ハリスおばさん。その友だちのバイオレット・バターフィルドおばさんは、七番地に住んでいる。この二人が、五番地のハリスおばさんの一室で——小ぎれいで、花をかざった小さな部屋で——例によって、お決まりの晩のつどいのお茶をのんでいた。

　ハリスおばさんは、ロンドン育ちのしっかり者の通い家政婦の一人で、この世界的な大都市をそうじするために、毎日出かけて行く。また、彼女のかけがえのない友だちのバターフィルドおばさんも、同様に時間決めのお手伝いさんで、料理もやりますという人だった。

　二人とも、ベルグレービア地区の上流家庭にお得意さんを持っていて、昼間はそこでさまざまなできごとにぶつかり、いささか風変わりなところのある雇い主たちから、うわさのきれっぱしや、耳よりなニュースを聞きかじり、収集してくる。そして夜ともなれば、どちらかの家にあつまって、その日のしめくくりのお茶をのみながら、よもやま話を、ああでもない、こうでもないと話し合うのだった。

ハリスおばさんは六十歳ぐらい。小がらで、針金のように引きしまっていて、霜にあったリンゴのようなほっぺたと、いたずらっぽい小さな目をしていた。おばさんは、なかなかのやり手で、現実家肌だが、ともすれば、ロマンチックな夢をいだきかねない楽天家で、どちらかといえば、人生の問題を善か悪、白か黒と、単純にかっきりわけて考えるほうだった。

バターフィルドおばさんも年は六十がらみ。こちらのほうは、でっぷり太って、大波のように悠然としたかっぷくだが、気のやさしい、いたって小心者であった。持って生まれた苦労性ときていて、自分のことはいわずもがな、だれも彼もが、しょっちゅう破滅に瀕しながら生きつづけていると考えているらしかった。

この二人の好人物のおばさんたちは、未亡人になってからずいぶんたっていた。バターフィルドおばさんには、所帯持ちの二人のせがれがあるが、どちらのむすこも、彼女に仕送りなどしなかった。が、彼女は、べつになんとも思っていなかった。まかりまちがって仕送りでもしてきたら、それこそ、ぎょうてんしたにちがいない。

ハリスおばさんのほうは、ノッチンガムにかたづいた娘が一人いるだけで、毎週木曜日の夜は手紙を書くことにしていた。

ハリスおばさんとバターフィルドおばさんは、たがいに心身ともに助けあいながら、世間からも重宝がられて、いそがしい、はりのある生活をおくっていた。それに、二人は、それぞれの孤独をいたわりあってやってきていた。

一年ほど前のこと。ハリスおばさんがお得意さんを一週間ほどほうって、ディオールのドレスを買いたいという胸のときめく一世一代のロマンチックな目的のため、空路パリに飛ぶことができたのも、バターフィルドおばさんのおかげだった。

その記念のドレスは、いまもハリスおばさんの衣装戸だなの中につるしてある。ハリスおばさんは毎日それを見ては、ちょっとしたエネルギーと根性と想像力がありさえしたら、人生はどんなにすばらしく、スリルに満ちたものになりうるかということを思い出すよすがにしていた。

ハリスおばさんの居ごこちのよい、小ぢんまりした一室でくつろぎながら、二人は、きいろっぽい電燈(でんとう)の灯の下で、熱くてかおりのいいお茶をいれたポットを前に——それには、バターフィルドおばさんがクリスマスのプレゼントとして編んでくれた、花もようのポットカバーがかぶせてあった——その日のできごとなどを話し合っていた。

ラジオがつけてあった。アメリカのヒルビリー歌手——というのは、アメリカ中南部のいなかの歌の歌い手なのだが——ケンタッキー・クレイボーンという男のふきこんだものらしい、陰気な歌声がながれていた。

ハリスおばさんは話をつづけた。

「だから、わたしゃ伯爵夫人にいってやったのさ。『新しい電気そうじ機か、わたしか、どっちかですよっ』てね。まったく、しみったれな、いじわるおくさんだよ。伯爵夫人は、わたしにこういうのさ。『ハリスさん、あと一年ぐらい、これでがまんできないの?』がまんしろだって! 聞いてあきれるよ。あのぴりぴりくるしろものにさわるたびに、足の先までしびれちまうんだからねえ。だから、ぴしゃりと、とどめを刺してやったのさ。『あしたの朝までに新しいそうじ機がこなけりゃ、この鍵は、ドアの中に投げこみますよ』ってね」

鍵を郵便受けに投げこむことは、昔から通いの家政婦が辞職を宣言するしるしとなっている。

バターフィルドおばさんは、お茶をすすって、ゆううつそうにいった。

「そうじ機はきそうもないよ。そんな手合いがよくいるものさ。びた一文までがっちりとしまいこんでね。ただそれだけが能なんだよ」

ちっぽけなテーブルの上のラジオのスピーカーから、ケンタッキー・クレイボーンが、陰気に歌い出した。

別れのキスを、オールド・カユース(馬の名)
いやだといわずにキスしてくれよ
悪いやつらがおいらを撃った。
やつらがおいらをつかまえにくる
別れのキスを、オールド・カユース

ハリスおばさんがいった。

「うえ。わたしゃ、こんな春先のねこみたいな声には、がまんがならないね。あんた、消しておくれ」

バターフィルドおばさんは、いわれたとおりにかがみこんで、スイッチをひねっていった。

「悲しい歌だよ、ほんとに。撃たれちまって、あんなに自分の馬にキスしてもらいたがってるなんて。どうなるんだか、その先は、もうわかりゃしないけど」

しかし、事実は、二人は、この歌のつづきを聞くことになった。というのは、となりの家の住人が、このアメリカの馬追い歌の歌手のファンだとみえて、悲劇の武勇伝と、はるかなる西部の恋の歌が、壁ごしにながれてきたからだ。

とともに、二人がくつろいでいるこのキッチンに、別のもの音もひびいてきた。かすかにドスンという音。いたそうに泣きじゃくる声。すると、となりは、そのもの音と同時にラジオの音を高くしたので、ギターのひびきと、ケンタッキー・クレイボーンの鼻にかかったかすれっ声が、その泣き声をかき消してしまった。

二人は、からだをこわばらせた。表情をけわしくして、むずむずしはじめた。ハリスおばさんがつぶやいた。

「悪いやつらだよ。また、ヘンリーを折檻（せっかん）してるんだよ」

「ほんと。かわいそうなぼうやだねえ」と、バターフィルドおばさんはいって、「わたしゃ、もうがまんがならないよ」と、つけくわえた。

「わたしたちに聞かれないように、ラジオの音をでかくするんだからね」

ハリスおばさんはそういって、ひところは隣家とつながっていた出入口だったらしい、境界のうすい壁のところへ行って、にぎりこぶしでドンドンと壁をたたいた。と、すぐさま、ドンドンとむこうからも、同じくらい強くたたき返してきた。

ハリスおばさんは、壁に口をおしつけてどなった。

「子どもをぶつのはおやめったら。警察を呼んでもいいのかい」

すると、壁のむこう側から、簡単ではっきりとした返事があった。男の声で、

「へん、頭でも冷やしな。だれが、どこのがきをぶったというんだよ」

二人は壁のそばに立って、心配そうに耳をすました。だが、いじめられているらしい子どもの声は、もう聞こえてこなかった。とともに、耳ざわりなラジオもひっそりとなった。

「悪いやつらだよ」と、ハリスおばさんは声をひそめて、「やつらは、人にわかるほどひどくは子どもをぶたないから、こまっちまうんだよ。こっぴどくやろうものなら、わたしゃ、あすの朝にでも児童虐待防止協会に連絡して、あらいざらい、いいつけてやるんだけどねえ」

バターフィルドおばさんは、いたましげにいった。

「そんなことしたってだめだよ。きっと、ヘンリーに八つ当たりするのが、おちだからね。きのう、お茶のときにのこしておいたケーキを、ヘンリーにやったんだよ。そしたら、びっくりするじゃないか。ガセットの家のがきどもがよってたかって、ヘンリーがひと口も食べないうちに、ひったくってしまったんだよ」

ハリスおばさんの青い目に、失望と義憤の涙が光った。それから、となりのガセット家に対して、ひどく下品なことばをひとしきりあびせかけて憤慨した。

バターフィルドおばさんは、無二の親友の肩を軽くたたいていった。

「まあまあ、あんた、そんなに腹をたててもしようがないよ。ほんとにむかっ腹がたつけどさ。わたしたちには、なんにもできやしないもの」

ハリスおばさんは、いきりたってこたえて、なおもくりかえした。

「なんとかするのよ。もうがまんがならないよ。あんなちっちゃな子どもなのにさ」

ハリスおばさんの目が、きらりと光った。

「わたしがアメリカへ行けさえしたら、あの子の父親を、じきにさがしてみせるんだがねえ。あの子のとうちゃんは、アメリカのどこかにいるんだよ。そうだよね。小さなヘンリーのことを思って、人知れず胸を痛めているんだよ」

バターフィルドおばさんのでっぷりした顔に、恐怖の表情が走り、二重にくびれたあごはふるえ、くちびるが引きつれた。そして、うわずった声を出した。

「エイダ、あんた、まさかアメリカくんだりまで行くような了見は出さないだろうね」

バターフィルドおばさんの心中にまざまざとうかびあがった一件があった。ハリスおばさんは、なにがなんでもディオールのドレスを手に入れると決心して、覚悟を決めたとたんに、すごくけちになり、二年間というもの、つめに火をともすような暮らしをしたあげく、一人でパリへ飛び、意気揚々として帰ってきた前科がある。

バターフィルドおばさんにとって大きな救いとなったのは、ハリスおばさんの行動の可能性には、やはり限界があるということだった。というのは、ハリスおばさんは、バターフィルドおばさんの心配声を聞くと、たちまちしょんぼりとしてしまったからだ。

「わたしにどうしてアメリカなんてとこまで行けるのさ。だから、胸がはりさけそうなんだよ。あの子がいじめられるのを、もう見ちゃいられないよ、わたしゃ。ヘンリーは、ろくすっぽ食べてもいないし、からだがひょろっぽくなっちまったじゃないか」

ウィリスガーデンズに住んでいる人なら、ヘンリー・ブラウン少年のかわいそうな身のうえと、ガセット家のことは、だれでも知っていた。それは、戦争がのこした悲劇の一つだった。しかも悲しむべきは、ざらにあることだった。

一九五〇年、若いアメリカの航空兵ジョージ・ブラウンは、イギリスのどこかの空軍基地に駐屯中、近くの町でウエートレスをしていたパンジー・コットという娘と結婚し、やがて二人のあいだにヘンリーという男の子が生まれた。

ジョージ・ブラウンの除隊が間近にせまって、アメリカ本国に帰還を命ぜられたとき、パンジー・コットは、いっしょに渡米することをこばんだ。子どもとともにイギリスにのこって、養育費をもらうほうがましだといったのだ。ブラウンはアメリカにもどり、幼児の養育費として週二ポンドの金を郵送してきた。しかし、ご多分にもれず、パンジーと離婚してしまった。

パンジーは子どもをつれてロンドンへ出てきて、職をみつけ、そのうえ、自分をもってくれそうな相手もみつけた。しかし、その男は、子連れを望んではいなかった。そこで、おろかなパンジーは、自分の幸福をつかむために子どもを手ばなすことにしたのである。当時三歳だったヘンリーを、ガセット家に里子に出した。ガセット夫妻は、ウィリスガーデンズに住んでいて、六人の子だくさんだった。パンジーは再婚して、新しい夫といっしょに、よその町へ去って行ってしまった。

パンジーがヘンリーの養育費として、ガセット家に支払う一週一ポンドの金は、三年間は欠かさず送られた。パンジーはアメリカのブラウンから二ポンドとっていたので、一ポンドずつ、まるまるもうかっていたことになる。そしてヘンリーは、一ポンドの送金のおかげで、十分とはいかないまでも、ガセット家の子どもたちとたいして変わらないとりあつかいを受けてきた。

ところが、ある日、その一ポンドがとどかなかった。そればかりか、その後、ぱったりと送金がとだえた。パンジーと新しい夫は、消息不明になっていた。ガセット家では、アラバマにいるヘンリーの実父ジョージ・ブラウンに、そのことをつたえた手紙を出すとともに、こっちに直接送金しろ、といってやったが、受取人不明のスタンプがおされてもどってきた。ガセット一家は、やっかい者を背負いこんだ形になった。それから後、ヘンリーにとってつらい日々がはじまったのである。

近所の人々の間では、ガセット家は悪名高きジューク家（十九世紀後半ニューヨークにいた一家）と似たりよったりだという評判がたっていたのだが、送金がとだえて以来、ガセット一家がヘンリーに八つ当たりしているのだ、といいかわすようになった。

こうして、おさないヘンリーの運命は、ガセット家の両どなりに住む二人の未亡人のなやみのたねとなった。とくにハリスおばさんは、この薄幸の少年のことを考えると、いつもほろりとした。ヘンリーのいじけたようすを昼も夜も思いうかべるのだった。もしガセット家がヘンリーをこっぴどく虐待するなら、ハリスおばさんは警察と協力して、すぐにも思いきった手をうったろう。ところが、ガセット夫妻は小りこうで、しっぽをつかまれなかった。

だいたい、ガセット家のあるじが、どんな仕事で生計をささえているものやら、だれにもわからなかった。しかし、安酒屋の立ちならぶソホー地区あたりで――ときには夜のこともあるが――なにかやっており、うわさではどうやら、いかがわしい仕事をしているらしかった。

とにかくガセット家は、警察に目をつけられるのをさけるために、ことさら注意をはらっていた。だから、ヘンリーのことにしても、法律にふれないようにふるまった。ガセット夫妻は、子どもをあからさまに虐待しないかぎりは、警察も手が出せないことをちゃんと心得ていた。ヘンリーが飢えているとか、傷ついて苦しんでいるとかとは、だれもはっきりとはいいきれなかった。

しかしハリスおばさんは、ヘンリーの毎日が、ろくに食事にもありつけず、ぶたれたりつねられたりののしられたりの苦しみの中にいることを知っていた。ガセット夫妻は、養育費の送金がとまったので、ヘンリーに腹いせをしているのだった。

ヘンリーは、このならずものの家庭のどれいであり、なぶりものだった。ガセット家の三つから十二までの、二人の女の子と四人の男の子も、ヘンリーをつねったり、けとばしたりのし放題で、両親からとがめられることもなかった。

しかし、もっとおそろしいことは、ヘンリー少年が、好意や愛情のかけらさえあたえられずに育っているということである。いや、それどころか、にくまれているのだ。そのことがなによりも、二人の未亡人の心を痛めた。

ハリスおばさん自身、これまで、人生のつらい試練をいくつもくぐりぬけてきた。そして、それらの試練を、自分の人生において、起こるべくして起こったものとして、甘んじて受け入れてきたのだ。しかし、おばさんは、他人に対しては、あたたかく人をいたわる気性の人だった。そして、自分の娘をりっぱに育てあげた実績の持ち主だった。となりの子どもを見るにつけ、そのヘンリーへの仕打ちを知るにつけ、ハリスおばさんの絶えない苦悩と懸念は増す一方だった。

ハリスおばさんが、快活で陽気であけっぴろげな天性のままに、夢中で仕事をしたり、客や友だちと会っているとき、ふっとヘンリーのことを思いうかべて、悲しくなってしまう。

ハリスおばさんは、一年ばかり前、一世一代の大冒険を発心してパリへ旅立った、あのときと同様の、白昼の幻想らしいものに、しだいにおちこんでいった。

こんどの白昼の幻想は、ハリスおばさんが、お得意さんたちのほとんどが読みすてる雑誌の熱心な愛読者だったので、これらのロマンチックな小説の「気に入ったところ」をつなぎあわせたものだった。

その幻想の筋書きによると、ヘンリーをすてさった実母パンジー・コットは——彼女の名が現在どう変わっていようと——ハリスおばさんのつくる物語の中では悪いやつであり、ヘンリーの実父である行方不明の航空兵ブラウンは、悲劇の主人公で、ヘンリーは悲劇の被害者というわりふりになっていた。

というのは、航空兵ブラウンは、子どもの養育費をたとえ数年間でも送りつづけていたのだし、それにひきかえパンジーは、その金の上まえをはねていたと確信していたからだった。

なにもかも、パンジーのせいだ。だいたい、妻であるのに、夫の国へ行くことをこばむなんて。子どもを父親の手にわたすことをこばんだのもパンジーで、金が目当てだったのだろう。また、新しい恋人に気に入られたいばかりに、頑是ない子どもを野獣のような一家に里子に出して、あげくのはては、子どもをみじめな境遇に置きざりにしたまま、ゆくえをくらましてしまったのだ。

一方、ジョージ・ブラウンは、教養のない、がさつな男だったかもしれないが、ともかくも、この数年間のうちに、十中八、九までは——ほかのアメリカ人がたいていそうであるように——大成功を勝ちとったのではあるまいか。おそらく再婚しているだろうが、ひょっとすると、まだ独身でいるかもしれない。たとえ、どこにどうしていようと、ブラウンは、手ばなしてきたわが子のことを、つねに気づかい、思いをはせているにちがいない。

ハリスおばさんがジョージ・ブラウンについてこのように推測したのは、イギリスに駐屯していたアメリカ兵の印象からだった。アメリカ兵たちは、いつもやさしく、あたたかい心の連中で、おっとりしていて、とくに子どもをかわいがり、親切にしていた。

ハリスおばさんは、第二次大戦のさなかに、アメリカ兵士たちが、基地のまわりの子どもたちに配給の菓子をわけてくれたことを、わすれてはいなかった。兵士たちはおしゃべりで、うるさくて、ほらふきで、金づかいがあらかったが、よくつきあってみると、彼らこそこの世をささえている「地の塩」ともいうべき人々であった。

アメリカ人は世界で一番の金持ちである。ハリスおばさんの空想では、ジョージ・ブラウンがいま住んでいるところは、おとぎ話の宮殿みたいになっていた。

だから、ブラウンにヘンリーのあわれなようすを知らせてやりさえすれば、あの子はその宮殿で、この世に生をうけてきたことの幸福を味わうことができる。

(なんとしても、いまのヘンリーの境遇を、ブラウンさんの耳に入れなきゃなんないね)

そうしたらブラウンは、きっと、ジェット機のような勢いで舞台にあらわれて、ヘンリーを自分の子だとみとめ、あのいじわるなガセット一家の暴虐と束縛から、ヘンリーをすくいださずにはおくまいと、ハリスおばさんは信じきっていた。

だからここに、魔法使いのおばあさんがやおら登場して、運命のとびらのとってをつかみ、筋書きを一ひねりして、ぐあいよく配置を変えさえしたら、ドラマは正しい方向にすすんで行くのだ。

ハリスおばさんは、ヘンリーのみじめさが痛烈に頭にきていたので、自分がその魔法使いのおばあさんになったように思いこむには、そう手間もかからなかった。

そういういきさつを経て、ハリスおばさんは幻想の中ではすでに、広漠たるアメリカ合衆国に到着していた。そして、ぬけめのなさと幸運のおかげで、首尾よく、行方不明のジョージ・ブラウンを発見してしまった。それも、造作なく……。ヘンリーの現在のありさまを話してやっているうちに、父親の目には涙があふれ、すべてを語りおえたときには、ブラウンは、あたりかまわず、おいおいと男泣きに泣いた。

「ハリスさん、あなたはなんと親切なおかただ」と、ブラウンはいう。「あなたがぼくにしてくださった身にあまるご好意には、ぼくの全財産をさしあげても追いつくものではありません。さあ、すぐ飛行機で、むすこをぼくのところへつれもどしましょう」

というようなことになって、ハリスおばさんは、すっかり自分の夢に満足した。

しかし、ハリスおばさんは実際家だった。空想の糸車をまわしてつむいでばかりではない質だった。ハリスおばさんは、行動を開始することにかけては、はなはだすぐれていたばかりでなく、また、ガセット家のヘンリーのことは、現実の問題であった。

ところで、まだだれも、ジョージ・ブラウンの所在をつきとめる努力をしている人はいないし、気にしている人はあっても、一肌ぬぐ人はいなかった。

だがハリスおばさんは、自分にチャンスさえあれば、手がかりは、もと航空兵ジョージ・ブラウンという名だけであっても、いったんかためた決心がぐらつくものではない。きっとさがし出してみせるという信念が、幻想の底のほうで、しだいに根をはっていった。

第二章

ハリスおばさんは、アメリカへ旅行するなどということは、自分にとっては、月世界への旅行とたいして変わらない、夢のようなものだということをわきまえていた。

なるほどハリスおばさんは、以前に一度、英仏海峡をひと飛びした。アメリカ行きにしても、旅客機で威勢よく飛びたって、大西洋をひとまたぎし、海のむこう側へ着陸すればすむことだが、費用や、自分の暮らしむきのことなど、そうじっくりと考えないでも、自分にはおよびもつかないことだという結論しか出なかった。

ハリスおばさんは、食べることまで節約して、あらゆることをけちの一念でつらぬき、二年間も苦闘して、やっと念願のパリ行きの夢を実現させた。だがあれは、一生に一度の大事業で、そのためには、あらいざらいの犠牲をはらった。それに、ハリスおばさんもやはり年で、アメリカ行きなどというそんな大冒険のおぜんだての第一歩である、必要な経費をたくわえにかかる決断はつきかねた。

なんといっても、ディオールのドレスのときには、フットボールの賭けでせしめた百ポンドなにがしの金で勇気百倍したものだが、それがなかったとしたら、あとの三百五十ポンドをためる難事業にはとりかからなかったかもしれない。

ハリスおばさんは、賭けで費用をものにしようと、やなぎの下のどじょうをあてこんだが、まかりまちがっても幸運の女神は顔をほころばせず、ぱっと照りさしてくる山勘からも見はなされた。そのようなお光は、同じ場所には二度とさしてこないことが、しみじみとよくわかっていた。

ところが、ウィリスガーデンズ七番地のキッチンで、ヒルビリー歌手ケンタッキー・クレイボーンの、気をめいらせるかすれ声のかげで、ヘンリーがぶたれ、ろくに食べさせてもらえずに、ベッドに追いやられたその時刻……。運命の女神は、ヘンリーの人生ばかりでなく、エイダ・ハリスおばさんとバターフィルドおばさんまで引きこもうという、信じられないような激変の準備をすすめていた。

奇跡にまきこまれたわけでもないし、超自然の力がはたらいたのでもない。ただ、ハリスおばさんの住んでいる場所から九千キロほどかなたにある、ハリウッドの巨大な映画・テレビ会社の会議室で、重役用のテーブルの両側に陣どった二組の人々が、むかいあって、たがいに悪意に満ちた表情でにらみあい、会社の支配権を勝ちとろうと、欲の皮をつっぱらせてあらそっていただけのことである。

コーヒーを百三杯。葉巻きはハバナの細巻きを四十二本。それと七時間をついやして論争し、悪人づらのにらみあいは消えさらなかったが、戦いは終わった。海外電報がうたれた。

そしてこのことが、ノースアメリカン映画・テレビ会社の名さえ聞いたことのない人々をまきこんで、奇妙なとりあわせの人々の人生に、直接に、あるいは間接に、影響をおよぼす結果になった。

ハリスおばさんがいつも、ただの「出勤」ではなく、いそいそと出むく上得意さんの中で、ジョエル・シュライバー夫妻の家は、とりわけハリスおばさんの気に入っていた。シュライバー夫妻は、イートン街にある建物の、一番階上にある六部屋つづきのアパートに住んでいた。ジョエル・シュライバー氏とヘンリエッタ夫人は、子どものない中年のアメリカ人で、ロンドンに住んで三年になっていた。シュライバー氏はノースアメリカン映画・テレビ会社のヨーロッパ支社長で、配給網支配人をかねていた。

ハリスおばさんが、パリのディオールの店でドレスの代金を支払うことができたのも、おばさんがせっせとためこんだポンド貨を、国外にもち出せるドル貨に交換できるようにしてくれた、ヘンリエッタ夫人の好意によるものだった。ヘンリエッタ夫人も、ハリスおばさんも、自分たちが法をおかしているなどということには気がつかなかった。ヘンリエッタ夫人の考えでは、ポンド紙幣はイギリスにちゃんとのこっていて、国外に流れ出たわけではない、イギリス政府の望みどおりじゃないの、というわけだった。

ヘンリエッタ夫人は、国際経済がどんなふうにやりくりされているか、または、されることになっているかなどについて、とんと知らず、聞いてもわかりそうにない、おっとりした人種の一人だった。

ハリスおばさんが毎日手伝ったり、助言したりするおかげで、ヘンリエッタ夫人は、ロンドンで家事をきりもりしていくことに、すこしずつなれていった。ヘンリエッタ夫人が、エリザベス街へ買い出しに行ったり、料理をこしらえたりしている間に、ハリスおばさんの毎日二時間にわたるきびきびした大活動がおこなわれ、家の中はいつも清潔そのものだった。

ヘンリエッタ夫人は、すこしでも変わったことにぶつかったり、めんどうなことがもちあがったりすると、すぐにへどもどしてしまう。イギリスにくる前に、ハリウッドやニューヨークでやとった、むりやりに追いまくらないと仕事をしない使用人を相手にしてきたので、ハリスおばさんの、ごみをはらいとばすあの手早さ、器用さ、能率のよさには、ほとほと感嘆していた。それにもまして、どんな事態がもちあがろうと、おちついててきぱきと処理する能力には、深い敬意をはらっていた。

ジョエル・シュライバー氏は、元帥のつえをいつも背嚢に入れているナポレオン軍の一兵卒のように、折りかばんの中に想像上の社長任命の辞令書をしまっていた。シュライバー氏は手腕ある営業マンで、ノースアメリカン映画会社の給仕からたたきあげて、現在の地位にすすんだ人だった。

だが、仕事以外のときには、いつでも彼は、芸術と文学の夢をはぐくんでいた。そして、万が一、ノースアメリカンの社長になったらどうしたらいいかという想像は、その芸術と文学のほうが引きうけていた。

しかし、現実は、そんな偶然をあてにするには、あまりにもかけはなれていたので、妻のヘンリエッタとさえ、このことについては話したこともなかった。会社の方針で、シュライバー氏の仕事の方面から社長の地位につくことはなかったし、社の政策立案に関与することもなかった。シュライバー氏はまた、映画やテレビ界の一流スター、準一流スターとつきあうこともなかった。

ところが、ハリウッドで、先に述べたような会議が終わってうたれた海外電報は、ほかならぬジョエル・シュライバー氏あてになっていた。電文は、シュライバー氏は五年の任期の契約で、ノースアメリカン映画・テレビ会社の社長に就任し、いそぎニューヨークにもどるようにと指令していた。

ノースアメリカンの支配権をあらそっていた二大勢力が、どちらも勝利を占めることができず、精根つきはてて歩みより、ついに、予想外だった第三者のシュライバー氏を引きだして、社長にすえることでおりあったのだった。

その日の午後、シュライバー氏の事務所に電報がとびこんだあとで、すぐ長距離電話がかかった。どちらも予想もしていなかった「打ち合わせ」が、大洋と大陸をこえてかわされた。

それらの五人の人々――ロンドンに一人、カリフォルニアに二人、ニューヨークに二人――は、たがいに遠くはなれた場所にいる人物と、まるで同じ部屋にいるかのように話し合った。

その結果、機敏なまなざしで、がっしりとひきしまった小がらなシュライバー氏が、その晩、早めに家にもどるときには、うれしさでいっぱいで、興奮と一大ニュースが、身内にはちきれそうにふくれあがっていた。

シュライバー氏は、アパートへはいって、ドアをあけた。もう、はちきれそうになっているものをおさえておくこともいらない。爆発させて大声でさけんだ。

「ヘンリエッタ、とうとうやったぞ！　大ニュースだよ。いいかい、ほんとうのニュースなんだ。わたしは、ノースアメリカンの社長になったぞ。いっさいがっさいまかされたんだ。ニューヨークへ引っ越しだ。二週間以内にここを引きはらって、パーク街にある豪華なアパートにうつるんだ。会社が手配してくれたんだ。二棟あるペントハウス（屋上邸宅）だ。このとおり、胸がどきどきして、くるしいくらいだよ。ところで、きみはどうだい」

二人は、愛しあっている仲のいい夫婦だったので、しっかりとだきあった。それから二人は、部屋の中をおどりまわったが、小太りのヘンリエッタ夫人は、息が切れて、胸を大きく波うたせてあえいだ。

「ジョエル、あなたにはそれだけの値打ちがあるんだわ。とっくに社長さんになっててよかったのよ」

それから、気をおちつけて考えをまとめようと、窓のところへ行った。しずかなイートン広場の木かげを見おろし、車が大通りを走っていくのを見つめた。自分は、ここの平和な生活にすっかりなじんでいた。どれほどこの町を愛してきたことだろう。それなのに、あのニューヨークのくるったようなテンポの中に、またも投げこまれるのだ。こわくて、ぞっとした。

ところが、シュライバー氏は、すっかりのぼせていた。おちついて腰をおろしていることもできず、部屋の中をうろうろ歩きまわっていた。彼のまるっこい頭の中には、新社長の地位についてのさまざまな感慨や構想がかけめぐっていた。彼は足をとめていった。

「ヘンリエッタ、わたしたちに子どもがあったら、こういうときには、りっぱなおやじさんだなと、ほこらしく思ってくれるだろうね」

このことばは、まとにつき刺さった投げやりのように、ヘンリエッタの胸をふるわせた。そのことばが、べつに自分を責めているのでないとは、夫人にもわかっていた。夫は、そんないやみをいう質ではない。ただ、長い間、よい夫であり、そしてまた、よい父親でもありたいとねがってきたので、それがふと、ことばになってとび出したにすぎないのだ。夫がにわかに大物になった現在、

（子どもがあったらなあ）

と、ひときわ感じていることが、夫人には、痛いほどよくわかった。ヘンリエッタ夫人が窓からふりかえったとき、夫人の目には、涙があふれていた。夫人は、こういうのがやっとだった。

「ジョエル、わたしだって誇りに思っているのよ」

シュライバー氏はとっさに、妻をつらい気持ちにおとしいれたことに気がついたので、

すぐに妻に手をまわしていった。

「なにもそんなに、ヘンリエッタ……。わたしは、わたしは、そんなつもりでいったのではないよ。泣くことはないんだ。いいかね、わたしたちは、しあわせな夫婦なんだからね。もういままでは、おしもおされもしない地位もできたしさ。ニューヨークでは、すてきな生活をしよう。きみは有名な人たちを大勢まねいて、パーティーを開くんだよ。ほら、歌によくあるじゃないか。きみは、すばらしい女主人公になるのさ」

「あら、だけど、ジョエル、わたしたちがアメリカに住んでいたのは、もう何年も前のことだわ。わたし、自信がないのよ」

するとシュライバー氏は、なぐさめるようにいった。

「なにをいっているんだね。自信をなくすことなどないじゃないか。万事うまくやっていけるさ。わたしたちは金持ちになったのだから、召し使いだって、いくらもやとえるしね」

だが、シュライバー夫人が思いわずらっているのは、まさにそのことだった。翌朝シュライバー氏が、ピンク色の雲に乗ったここちで、ふわりふわりと事務所へ出かけたあと、夫人は長い間考えこんでいた。

夫人の、とりみだし、興奮した頭の中には、「熟練家政婦」と称して労働力を売りこんできた、役にたたない何人もの女たちのすがたが、つぎつぎにうかんでいた。とほうもないくわせものや、なまけもの、ぼんやり……。

夫人のなやめる心の中を、スロバキア人、リトアニア人、ボスニア・ヘルツェゴビナ人の執事たちや、黒いつめをした男の召し使いや、たばこのやにで黄色く指先をそめた男たちが、行進してすぎて行った。

この連中は、ちょっと働いてはとび出して行った。そして、たばこをひっきりなしにすいつづけて、灰をじゅうたんのあっちこっち、いや一面にまぶして行ったのだった。

夫人はこのほかにも、めうしのようなスウェーデン人、それによく似たまぬけのフィンランド人、よりなまけもののイタリア人、不可解な東洋人などとぶつかってきた。外国人の召し使いにへいこうして、黒人と白人のアメリカ人と契約することにした。すると、住みこみの家政婦さんは、酒をあおり、主人の香水をごまかしてつかった。

朝きて夜帰るお手伝いさんたちは、主人の衣類や寝間着を服の下にしのばせてもって帰った。そして、はたきのかけ方、家具のみがき方、ガラス器のふき方、銀器の手入れのしかたも、ろくに知っていなかった。ただし、まるで置き物の像のように、どっかとその場へ根をはやすことはじょうずだった。ほうきによりかかったまま、何時間もぼんやりとすごすものもいた。

家とか調度品をきれいにしておくという誇りは、これっぽちも持ちあわせていない。むしろ、けっこうな皿をぶちわったり、陶器をこわしたり、ランプや骨董品のたぐいを破損したり、家具のおおいをだめにしたり、じゅうたんにたばこの火の焼けこがしをつくったりして、ヘンリエッタ夫人の心の安息をかきみだした。

この、ぞっとするような連中に、さらに、陰気なふくれっつらの料理人をくわえなければならなかった。この婦人たちは、それぞれ、頭にちらほら白いものがまじるまで、この道についてきたと自称したが、料理のできるものもいれば、できないものもいた。そろって無気味な感じのするばあさんで、不潔で、つむじまがりで、仕事にきている間は、やとい主の家庭の支配権をにぎり、恐怖政治をおこない、暴虐きわまりない圧制者となった。連中のほとんどは、すこし頭がおかしかった。なかには、まともでないものもいた。親切な同情のひとかけらさえ見せたものはいなかった。

自分が楽をするためなら、「必要な仕事以外は手をぬくこと」などとかってに決めこんだ決まりに、ちょっとでもはずれるようなことは、まったく考えようともしなかった。

戸口でガチャガチャと鍵の音がして、ドアがあき、ハリスおばさんが、善意のいっぱいつまっていそうな例の模造革のハンドバッグをさげて——おばさんは得意先をまわるとき、かならず、これをたずさえていた——つかつかとはいってきた。

だれかの去年のおさがりの、長すぎるコートを着て、頭の上には時代物の植木ばち型の帽子——ずっと昔になくなったお得意さんの形見——をかぶっていた。だが、この帽子は、流行はくりかえすというたとえにしたがって、また、きゅうに最近はやりだしていた。

ハリスおばさんは、ほがらかにあいさつした。

「おくさま、おはようございます。けさはちょっと早くきましたが、おたくでは夕食にお客さまをお呼びなさるといってなさったもんで、お部屋をちゃんとしておきたいと思いましてね。アップルパイみたいにきれいにしておきますですよ」

シュライバー夫人にとっては、いましがたまで心の中に、かつてのろくでもない雇い人連中の、ぞっとするような行列がつづいていたので、ハリスおばさんのすがたが天使のようにうつった。夫人はつい、われをわすれて、小がらな通い家政婦さんのそばにかけより、その首をだきしめてさけんだ。

「ああ、ハリスさん、あなたがきてくれたので、わたしがどんなにうれしいか、わかってくれて？」

そして、しくしく泣きだしてしまった。ハリスおばさんが、ぎゅうっとだきしめかえして、かるく背をたたいてなぐさめたせいかもしれない。それとも、夫の昇進の喜びのニュースで、気がはりつめていたのが、一遍に解放されたせいかもしれない。いずれにせよ、シュライバー夫人はすすり泣きながら、

「ねえ、ハリスさん、わたしの主人にすばらしい幸運がおとずれてきたのよ。わたしたちはニューヨークへ引っ越すことになったの。でも、わたし、こわいのよ——ほんとにこわくてたまらないの」

ハリスおばさんは、なんのことやら、さっぱりわからなかった。だが、とにかく、おちつかせることが一番だと診断したので、例のハンドバッグをおろして、シュライバー夫人の腕をやさしくたたいた。

「まあまあ、おくさん、そう心配なさらないで。エイダ・アリスがお茶をいれてさしあげますからね。なあに、すぐによくなりますよ」

ハリスおばさんにそんなふうにしてもらうと、シュライバー夫人はなぐさめられる思いだった。

「では、ハリスさんもいっしょにね」

そこで二人は、キッチンでお茶をいれた。

シュライバー夫人は、姉のような思いやりのあるハリスおばさんに、自分のくよくよごとをすっかりうちあけた。――つまり、シュライバー夫妻の上にすばらしい幸運がふってきて、これからの生活が一変すること。アメリカで夫妻のために用意されている、大きな、びっくりするような、二棟もあるペントハウスのこと、それから、出発も二週間以内にせまっており、なによりもなやみの種となっている、ニューヨークでの家事と使用人のことなど……。

シュライバー夫人は、新たに胸をときめかせる一方で、ハリスおばさんのものわかりのいい耳に、大西洋のむこう側で待ち受けているお手伝いさんの心配と、家庭をその人たちにふりまわされそうなことなどをふきこんでいるうちに、胸のつかえもなおってきた。

ハリスおばさんもまた、なんとなくイギリス人の優越感とでもいえそうな満足を味わわせてもらったので、シュライバー夫人のことが、なおいとおしくなった。

シュライバー夫人は、話をしめくくるにあたって、リンゴ色のほおをした小がらな通い家政婦さんのほうへ、いっそうの親しみをこめたまなざしをむけていった。

「だからねえ、ニューヨークにあなたのような人がいてくれたらいいんだけど。——せめて、わたしたちがなんとかおちつくまでの間でもね」

それからひとしきり、沈黙がつづいた。この間、ヘンリエッタ夫人は、テーブルごしにハリスおばさんを、ハリスおばさんは、からの茶わんごしにヘンリエッタ夫人を、じっと見つめていた。二人とも、なにもいわなかった。

だが、二人のうちのどちらが先に、あるすばらしいアイディアを思いついたかとなると、どんなに最新の精密機械をつかったにしても、その判定はむずかしかったろう。もし、そんな判定ができたとしたら、二枚の銅貨は、まさに同時に落ちたのである。しかし、二人はまだだまりこくっていた。

ハリスおばさんはたちあがった。そして、お茶の道具をかたづけながらいった。

「さあてと、ぼつぼつ仕事にかかりましょうかね」

すかさず、シュライバー夫人もいった。

「わたしもよ。もって行くものに目を通さなくちゃね」

二人は、それぞれの仕事にとりかかった。これがふだんなら、そして、二人がいっしょにいたのなら、だまりこくってなどはいなかった。ハリスおばさんのほうがべちゃくちゃしゃべり、シュライバー夫人は聞き役にまわるのだった。

しかし、この日だけは、小がらな通い家政婦さんは、なにかを考えつづけているように黙々とはたらき、シュライバー夫人もまた同じだった。

その晩、バターフィルドおばさんと通りで出会ったとき、ハリスおばさんはいった。

「ちょいとあんた、心をおちつけて聞いておくれよ。話したいことがあるんだから。いいかい、わたしたちは、アメリカへ行くことになったんだよ」

「ひええっ」

バターフィルドおばさんの悲鳴が、すさまじくひびきわたったので、そんな奇声をあげた張本人をたしなめてやれとばかりに、ドアというドア、窓という窓があけはなたれた。バターフィルドおばさんは、ハリスおばさんになだめられて、いくらかおちついてからいった。

「あんた、ここのとこが左にまいたんじゃないのかい。さっき、『わたしたちが行く』とかいったねえ」

ハリスおばさんは、満足そうにうなずいた。

「だから、おちついてと、前もっていっといたじゃないか。じつはね、シュライバーのおくさんが、ニューヨークの新しい家におちつくまで、わたしにいっしょにきてほしいっていいだすにきまってるんだよ。わたしゃ引きうけるけど、あんたをコックとしてつれてかなきゃいやだ、というつもりなのさ。わたしたち二人で、ヘンリーのとうさんをさがしてやるんだからね」

同じ晩のことである。シュライバー氏が帰宅すると、ヘンリエッタ夫人は、長い沈黙をやぶって切り出した。

「ジョエル、あなた、怒らないでね。だって、わたし、とんでもないことを考えて、思いつめているのよ」

シュライバー氏は、まさに幸福感の絶頂のところにとまっていたから、怒りそうなわけはなかった。

「なんだね、いいからいってごらん」

「わたし、ハリスさんに、いっしょにニューヨークへきてくれって、たのみたいのよ」

シュライバー氏は、怒りはしなかったが、びっくりした。

「なんだって?」

「たぶん、ほんの二、三ヵ月でいいのよ、わたしたちがおちついて、代わりをさがすまで。あなたは、ハリスさんがどんな腕ききかごぞんじないんだけど、あの人なら、家の整理なんか、てきぱきとあっけないくらいよ。気心がわかっているんですもの。ねえ、ジョエル、そうしてもらえたら、わたし、ほんとに——安心できるのだけど」

「だが、きてくれるかな」

「それはまだわからないわ。でも——でも、きっときてくれると思うわ。お給金をはずんだら、『いいですよ』といってくれるんじゃないかしらね。それにあの人、わたしを気に入っているらしいから」

シュライバー氏は、首をかしげて、

「ロンドンっ子の通い家政婦を、パーク街のアパートのペントハウスにねえ」

だが、すぐにやさしくいった。

「きみが、それで気がすむのなら、話をすすめてごらん。わたしは、きみの好きなようにしてあげたいと思っているのだからね」

第三章

それからきっちり十四時間と三十分後、ハリスおばさんはバターフィルドおばさんに、シュライバー夫人から、アメリカへいっしょに行くように説きふせられた、と話した。シュライバー夫人は、あの翌日、ハリスおばさんが出勤してくるなり、すぐにそのことをもちかけたのだった。ハリスおばさんは一も二もなく承知したが、一つの条件がついていた。つまり、バターフィルドおばさんも一行にくわえていただき、彼女にも、自分と同じ額のお手当をはらってほしい、というのである。ハリスおばさんは説明した。

「あの人は、わたしの古い友だちでござんしてね。わたしはこの年になるまで、一週間以上はロンドンをあけたことがないんでございますよ。もしあの人といっしょでしたら、わたしも、そんなにさびしかないんですがね。

それに、あの人は腕のいいコックで、家政婦になる前は、けっこうなお屋敷でコックをしてたこともあるんですよ。アルフレッド・ウェルビーのおとのさまなんぞ、あんまりいいものばかり食べさせてもらって痛風にかかりなさったそうじゃありませんか。あれはだれのせいか、聞いてごらんなさいまし」

シュライバー夫人は、アメリカへもどってからの二、三ヵ月間、ハリスおばさんがたすけてくれるばかりか、同時に、ハリスおばさんと仲よくやってくれて、さびしさをいたわりあう腕ききのコックまでできてくれるようすなので、すっかり有頂天になった。というのは、以前ハリスおばさんがパリに遠征したあのとき、かわりにきてくれたことがあったからである。

シュライバー夫人はバターフィルドおばさんを知っていたし、好きだった。

「だけど、バターフィルドさんはきてくれるかしらねえ」

シュライバー夫人は心配そうに聞いた。

「飛んできますとも。あの人は冒険好きとでもいいますかねえ。知らないものに好奇心をもってとびこんで行く質(たち)なんですよ。わたしなぞ、引きとめるのに手こずってしまうこともあるんですよ。ええ、まちがいなしに行きますとも。とにかく、わたしにまかしといてください」

そこでシュライバー夫人は、その件はよろこんでハリスおばさんに一任することにして、二人は、出発のくわしい打ち合わせをはじめた。シュライバー夫妻は、十日以内にサウサンプトン港から、フランスの客船ビル・ド・パリ号に乗りこむことになっていた。二人はまるで、万事がきまってしまい、二人だけで手はずをととのえているかのような顔つきだった。

ハリスおばさんは、もっとも心理的な効果のある時刻をえらんで、親友を陥落させることにかかった。つまり、夜、床につく前に、二人でいっしょにお茶をのんで、その最後のふくいくとしたかおりの一杯にうっとりする魔の刻をねらった。

その晩のお茶の場所は、ケーキやビスケットやジャムやゼリーがどっさりしまってある、バターフィルドおばさんの豊富なキッチンだった。かっぷくを見れば一目ではっきりするが、バターフィルドおばさんは食い道楽だった。

はじめハリスおばさんは、敵を場なれした地形からさそいださずに、敵の領土内で肉迫行動を起こしたのは、作戦上のあやまりだったかしら、と思った。

バターフィルドおばさんは、ハリスおばさんの口をついて出る熱弁のすべてに対して、ことわりの返答しか持ち合わせていないかのように、がんとして首を横にふりつづけた。

「なんだって！　この年になって、わたしがなんでアメリカへ行かなきゃならないんだよう。あそこは、インフレと、ピストルのうちあいと、若いもんがナイフで殺しっこばかりしてる国だよ。新聞を読んでないのかい。わたしゃ、いいますけどね、あんなところへ行ったら、エイダ、死んじまうよ。そのときになって、わたしが忠告しなかったなんて、いわないでおくれ」

ハリスおばさんは、つぎには経済的な方面から攻撃をしかけてみた。

「だけど、バイオレット、お手当のことを考えてごらんよ。アメリカでのお給金は、月に百ポンドずつもくださるんだよ。ずっとだよ。ロンドンであんたがもらっている三倍なんだよ。それに、むこうへ行ってる間、この部屋を貸しちまうのさ。それから、未亡人年金だって、手つかずでためられるじゃないか。

つかうことなんかなにもないし、ここに帰ってくるときまでにゃ、五百ポンドはたまるねえ。いい見物もさせてもらえるしさ。割増券付き債券に投資したら、千ポンドにふやせるかもしれないよ。こんなにうまいはたらき口なんて、この先ありっこないんだよ」

「お金がなんだい」と、バターフィルドおばさんは逆襲した。「エイダ、あんたが聖書をもっとよく読んでりゃ、そんなことは、とっくにわかってるはずなんだよ。『金はもろもろの悪しきことの根源なり』そのとおりだってば。わたしゃ、いまのままでいいんだよ。だれが苦労をしょいこみたいものかね。金はわざわいのもとだよ。しょっちゅう裁判所に引っぱり出されて、新聞に名前を出したいのかい。百万長者が聞いてあきれるよ。わたしゃ、ここにいたって、暮らしに必要なだけのお金はかせげるよ。

だから、わたしゃ行かないよ。ニューヨークだろうとなんだろうと、一月五百ポンドもらっても、あんなソドムとゴモラの国——ギャングの国なんかにゃ、ぜったいに行きゃしないよ」

そこで、ハリスおばさんは最後の切り札、メガトン級の弾頭付き大陸間ミサイルを一発、ドカンと発射させた。

「じゃあ、ヘンリーぼうやはどうするんだよ」

バターフィルドおばさんは、一瞬狼狽（ろうばい）して、友だちの顔をまじまじと見つめた。

「ヘンリーのことって、なんだよう」

バターフィルドおばさんは、時をかせぐつもりで、こう聞きかえした。ハリスおばさんの提案が、あまりにも興奮と恐怖に満ちたものだったので、このアメリカ行きにひそんでいる真の目的をすっかりわすれていたのである。

「あの子のとうさんを見つけ出して、人なみのくらしにもどしてやるのさ。これがヘンリーにとって、なによりの幸福じゃないのかい。バイオレット、このことをわすれてしまうなんて、わたしゃあきれたよ。はずかしくはないのかい。一遍となえたことは、百遍となえても変わりゃしないよ。

いいかい、わたしゃ、アメリカへ行けさえしたら、あの子のとうさんをきっとさがし出して、ぼうやがどこでどんなざまになっているか、教えてやるのさ。わかったかい。だからいまこそ、それを実行するチャンスだってば。それなのに、なんだい。『ヘンリーのことってなんだよう』だって！　ヘンリーがかわいくないのかい」

そのことばは、バターフィルドおばさんには、ボディーブローをくらったようにこたえた。でも、バターフィルドおばさんは、大声をあげて抗議した。

「へえっ、エイダ、よくもそんなことがいえるねえ。わたしがヘンリーをかわいがってることを知ってるだろ。わたしゃ、母親みたいに、あの子にいつだっておいしいものをやり、だきしめてやってるじゃないか」

「だって、あんたは、あの子がとうさんといっしょになって、しあわせに平和にくらすのを見たかないんだろ」

「見たいにきまってるじゃないか」

　バターフィルドおばさんはそういっておいて、自分の知恵の戸だなから、原子力防御兵器を引っぱりだした。ハリスおばさんの攻撃力をにぶらせるためだった。

「だって、エイダ、お聞きよ。わたしまでがあんたといっしょに行ってしまったら、留守の間、だれがヘンリーのめんどうをみてやるんだい。あの子のとうさんがわかって、ここへつれてきたとしても、その間にヘンリーが飢え死にでもしてたら、なんにもならないじゃないか。だから、どっちかがここにのこってなきゃいけないんだよ」

　この言い分は、まさしく筋道がとおっていたので、ハリスおばさんは、かえすことばにつまり、胸のあたりに重くるしいものを感じながら、茶わんの中をじっと見つめて、ぼそぼそとこたえるほかはなかった。

「ほんとに、あんたがアメリカにいっしょに行ってくれるといいんだけどねえ」

　こんどは、バターフィルドおばさんがびっくりした。ハリスおばさんの誠意は、同じ量だけの誠意をバターフィルドおばさんの心に生じたのだった。もう、逃げ口上などいうことはない。バターフィルドおばさんはこたえた。

「アメリカなんかへ行きたくないんだよ。足がすくむんだよ」

「わたしもなんだよ」

　と、ハリスおばさんはいった。

　バターフィルドおばさんの気持ちは、驚きのほうから、あきれかえるほうへ変わった。

「なんだって。エイダ、あんたがこわいって？　へえ。わたしゃ、あんたと三十五年間もつきあってきてるけど、あんたにゃ、こわいなんてこと、たったの一遍だってなかったじゃないか」

「こんどは、だめ」と、ハリスおばさんはいった。「あそこまで、ちょい、ひとまたぎってわけにはいかないしね。それに、けったいな国だろうし、だいたい遠すぎるよ。万一、ひょんなことが起こったら、だれがめんどうを見てくれるの。だから、あんたにいっしょに行ってもらいたいんだよ。人間はわからないもんなんだからねえ」

このことばは、お門ちがいのようだった。二人のふだんの役割が、ふいに逆になってしまった。冒険好きで楽天家のハリスおばさんが、とつぜんにバターフィルドおばさんのおかぶをうばって、悲観論者に変わったのである。

しかし、ハリスおばさんのいったことは、あながち、お門ちがいでもなかった。ハリスおばさんは、もちまえの、むこうみずな冒険好きの気性から、ことを軽く見ていた無鉄砲さに、あらためて気がついただけのことだった。

ニューヨークは遠いばかりではない。そこはハリスおばさんが知っているどんな場所ともちがっていそうだった。なるほど、パリにしても、まったくの他国ではあったが、地図と首っぴきしたら、近くの町に行くようなものだ。

だが、アメリカでは英語は通じるというものの、フランスよりもさらに、あるいは中国のような、皆目見当のつきかねる異国かもしれない。

ハリスおばさんは、生まれてこのかた、ずっと自分をまもり育ててくれたロンドンから、――また、町並みやリズムやざわめきや、それぞれの町がかもしだしている雰囲気になじみ、目かくしをされていてもまよいっこない、なつかしくも安らかなたたずまいのロンドンから、とび出ようとしているのである。それに、年だって若くはない。

ハリスおばさんは、アメリカ人と結婚したイギリス女性のうちで、大勢が故国へ舞いもどってきたのを知っていた。アメリカの生活になじむことができないからだ。ハリスおばさんは六十一歳だった。その年にしては、事実たいへん元気で、旺盛（おうせい）なエネルギーの持ち主であることを自負してはいるものの、人の運命などというものは、一寸先は闇だ。もし病気にでもかかったら、だれが知らぬ他国から、愛するロンドンまでの世話をしてくれるだろう。

こう思ったとき、ハリスおばさんは、心の底からふるえあがった。そのおびえた色は、目にありありとあらわれていた。バターフィルドおばさんにも察しがついた。

「へえ、あんたったら」と、太っちょの親友はいい、ぷくぷくとしたあごをふるわせた。「本気なのかい、エイダ、ほんとに、わたしに行ってもらいたいのかい」

ハリスおばさんは友だちの顔を見つめた。この巨大なからだの、ふくれあがった、たよりない、それでいて気のいい友だちが、すこしでもその気になってくれたらと、心からのぞんでいた。それにまちがいはないのだ。

「もちろんだよ」

「そうかい。それじゃ行くよ」

バターフィルドおばさんはそういうと、おいおい泣きだした。ハリスおばさんも負けずに泣いた。二人は、たがいにだきあって、二、三分というもの、声をそろえて泣きじゃくりながら、なんともいえない満足のひとときをすごした。

さいころは投げられた。旅行の件は決定したのだ。

ハリスおばさんとバターフィルドおばさんのお得意先のように、二人の値打ちを知っている人なら、この二人の未亡人が、「一週間以内にアメリカに出発するので、今後すくなくとも三ヵ月――ことによってはそれ以上――仕事は休ませていただきます」と通告したあとで、ベルグレービア地区の、この高級な居住地域のあちこちで、黒布をかかげて痛恨の思いを表わしているのを見かけたとしても、だれしも、もっともなことしか思わないだろう。

しかし、肉体もそうだが、人間の精神というものは、ちっとやそっとでは、びくともしないものだ。一部の人たちが、いまなお「植民地」などと思いこんでいるむきもあるアメリカへ、こともあろうに、ハリスおばさんとバターフィルドおばさんが出かけて行くというニュースは、人々の肝をつぶさせ、たいへんなさわぎを引き起こした。そのために、有能な家政婦を失うという打撃のほうは、なんでもないことのように受けとめられたのだった。

二人が、たんに一日か二日、または一週間ぐらいの中休みを宣言したのだったら、お得意先の家庭は、二人が革命でも起こしたかと、町や広場や路地で、さわいだことだろう。

しかし、三ヵ月ともなると、それは「永久に」といわれたのと同じようなもので、近代生活の危機をまねく。ほとんどの人たちは、ため息とともにあきらめて、ふたたび職業安定所の窓口へ行くはめとなり、ハリスおばさんやバターフィルドおばさんに似た別の逸材にめぐりあうまでの、苦渋と失敗の長い月日をむかえることになった。

第四章

ずっとあとになってハリスおばさんが話したことによると、もしもウィンチェスカ伯爵夫人の家で、偶然にぶつかったあのできごとがなかったら、ヘンリーを、あのいまいましいガセット家から誘拐して、こっそりビル・ド・パリ号で密航させ、じきじきにアメリカにいる父親のもとにとどけようなどという考えは、金輪際思いうかばなかったろう。

ウィンチェスカ伯爵夫人のロンドンでの仮住まいは、ベルグレービア地区にあって、ハリスおばさんは、五時から六時までの間、そこをそうじすることになっていた。この伯爵夫人は、新しい電気そうじ機を買うとか買わないとかいうことで、心ならずも、ハリスおばさんと一悶着を起こしたご当人だった。

あのときには、バターフィルドおばさんの悲観的な予測ははずれた。伯爵夫人は、どうしたほうが結局は身のためであるかさとって、新しいそうじ機をはりこんだのだった。

ある日、ハリスおばさんが伯爵夫人のアパートへ出むいていたそのとき、ウィスコンシン州ミルウォーキーに住んでいる十八歳の甥ごさんからの、伯爵夫人あての小包が配達された。小包の中身は、伯爵夫人がいまだかつて拝観したこともない、まゆをひそめさせるしろものだった。まがいの銀のふたがついていて、胴に「ミルウォーキーみやげ」とはいっている、けばけばしいビールのコップだった。

あいにくなことに、この感じの悪い美術品は、完全に包装され、古新聞に保護されて、こわれないでとどいた。

伯爵夫人は、貴族的な顔をおおげさにしかめた。

「いやだねえ。いったいなによ、これ」

それから、ハリスおばさんがそばに興味ぶかげな顔で立っているのに気がついたので、すぐに、わが心をたしなめていった。

「ちょっとすてきじゃない？　だけど、どこに置いたらいいかわからないわ。ハリスさん、あなた、おうちへもって帰ったら？」

ハリスおばさんはいった。

「いえいえ、どういたしまして、そんなつもりじゃないんでございます。『ミルウォーキーみやげ』と書いてありますが、わたしもアメリカへまいりましたら、そこへ行くかもしれませんねえ」

「そう。あなたが気に入ったら、あげようと思ったのよ。それじゃあ、そうじのときに、この紙くずをすてててくださいね」

と、伯爵夫人は新聞紙を指さして、それから外出した。

(このごろの家政婦は、しょっちゅう旅行ばかりしているらしいけど、どうなってるのかしら）などと考えながら。

ひとりになったハリスおばさんは、楽しみの一つである古新聞のひろい読みをはじめた。さかな屋の店に買い物に行ったときなど、店の台の上に置いてある、包み紙がわりの二年前のデイリーミラー紙などを立ち読みすることに、ハリスおばさんは、一種の醍醐味を味わっていた。

ハリスおばさんは、おもむろに、ミルウォーキーセンチネルという新聞をとりあげて、「牧師、干し草置き場でご乱行」という見出しを見つけ、この記事をたのしんだあと、公共サービス機関と銘うっているこの新聞をめくっているうちに、「社交界消息欄」というのにぶつかった。この欄には、婚約中のカップルと、新婚夫婦の写真がたくさん載っていた。

かねがね、結婚話には興味をもっているハリスおばさんは、じっくりとその記事を読みはじめた。そのうちに、目の王がとび出しそうな記事にいきあたった。ハリスおばさんは大声をあげた。

「ひゃあ、これだよ、これだよ、あの人だよ！　たまげたね。きっとまちがいないよ」

ハリスおばさんの目は、一組のりっぱな花むこ花嫁の写真と記事にそそがれていた。

「ブラウン氏とトレーシー嬢、華燭の典をあげる」

記事の下には、ウィスコンシン州シボイガン市一月二十三日の日付があった。記事の詳細は、つぎのとおりであった。

「本日、当地のメープル街、第一メソジスト教会において、ハイランド街一三二七番地フランク・トレーシー夫妻の令嬢ジョージア・トレーシー嬢と、ウィスコンシン州マジソン市デラウェア街八九二番地ヘンリー・ブラウン夫妻のひとりむすこジョージ・ブラウン氏との結婚式が挙行された。

新婦は初婚、新郎は再婚である。新婦はイーストレーク高校出身の評判の才媛で、社交界の若手グループのリーダーとして活躍中。新郎（三十四歳）は電子工学技術者で、以前アメリカ空軍に在籍し、イギリスに駐屯していた。新居はウィスコンシン州ケノシャ市の予定」

ハリスおばさんは、やせて青すじのうきあがっている手で、その新聞をわしづかみにすると、さけび声をあげて、伯爵夫人の応接間をぎごちなくおどりまわった。

「あの人だよ！　あの人だよ！　まちがいないよ！　ヘンリーのとうちゃんをめっけたよ」

ハリスおばさんは、すこしのうたがいもさしはさんではいなかった。ジョージ・ブラウン氏は、なかなかりっぱな顔だちだった。そして、目が二つ、鼻が一つ、耳もついているという点では、ヘンリー少年とうり二つといえた。年のころもヘンリーの父にふさわしいし、それに、裕福そうなところが気に入った。ハリスおばさんが想像していたとおり、品もよさそうだった。

そのブラウン氏が、きれいな娘さんと結婚する。ヘンリーの母親にはうってつけらしいと、ハリスおばさんはふんだ。評判のよい娘さんだと新聞にも書いてある。その娘さんは、気だてのよさそうな、おっとりした顔だちで、やさしい目をしているではないか。なかでも決定的な証拠は、ブラウン氏の父親のヘンリー・ブラウンという名だった。ヘンリー少年の名は、むろん、このおじいさんの名にあやかってつけられたものにちがいない。

　ハリスおばさんはおどりをやめ、貴重な写真を見つめて呼びかけた。

「ジョージ・ブラウンさん、あんたに、ぼうやをかえしてあげますよ」

　その瞬間に、はじめて、（ヘンリーをガセット家からつれ出して、すぐに父親の手にわたしたらいい）という考えがうかんだのである。これまでは父親の住所がわからなかった。だが、こうとわかったからには、ケノシャ市のブラウン氏にヘンリーをかえすことは、いたって簡単だ。

　この記事こそ、ハリスおばさんに、義務と、どう行動すべきかを教えてくださった、天からの声でなくてなんであろう。ハリスおばさんは、天のお告げというものには、いつのころからかわからないほどの以前から、つきあっており、それを解釈することも、多少、経験をつんでいたのだった。

　ヘンリー・ブラウン少年は、まだ八歳で、ひよわなからだをしていたが、この子が味わった、むごく、みじめなこの世の体験の点では、八十歳の年寄りほどのものがあった。ヘンリーは、たった八年間の短い年月に、虐待されながらも生きのびるための、ありとあらゆる手の内を習得した。たとえば、うそをつくとか、ごまかしだとか、それにこそどろもやらないわけではなかったし、どろんを決めこむことなどもおぼえこんだ。
ひと口にいえば、これも生きるためのわざだった。自分のちっぽけなからだを、ロンドンのうちつづくアスファルトのジャングルの中へ投げこんで、悪いやつに対抗するためには、おさなくてもすばしこく、ずるくたちまわるこつを身につけていなければならなかった。

しかし、ヘンリーは、子どもらしいかわいらしさと、生まれついての心の善良さを失ってはいなかった。友だちに乱暴したり、親切にしてくれた人——たとえば、ハリスおばさんやバターフィルドおばさんのような人——を、あざむいたりはしなかった。そしていま、ヘンリーは、バターフィルドおばさんのキッチンにいて、スリルと興奮に満ちた共同謀議の下相談に参加していた。

ヘンリーは、キッチンの床に小人の魔法使いのようにちょこんとすわりこんで、おなかがいっぱいになるまで菓子パンを食べ、お茶をのみ、ハリスおばさんが作戦をくわしく説明するのを聞いていた。——ヘンリーは、しいたげられた生活から、知らず知らずのうちに教えこまれていた。それはつまり、どんなときにも、食べ物に出会ったら、早いとこやっつけることがかんじんで、それも、できるだけ長もちするように、徹底して腹につめこむこと、という教訓だった。

ヘンリーの長所の一つは、無口なことだった。彼は、おさないころから口をつぐんでいることを学んでいた。ただ、ヘンリーのくりくりした、黒い、悲しそうなひとみだけが、その年ごろの子どものもっていないはずの知恵を宿して、雄弁に、なにかをうったえかけているようだった。そして、そのひとみは、わが身におよんでくることとなると、なにひとつ見のがしはしなかった。

ヘンリーはやせていたし、発育もよくなかったので、頭だけが大きく、おとなほどもあった。もじゃもじゃの黒い髪をしていて、おとなっぽく青白い顔は、たいてい薄汚れていたが、どこかにあどけなさがのこっていた。逆境にあっても、ヘンリーは、いやしくならず、ひねくれもしなかった。これはヘンリーにそなわっている長所だった。

だから、ヘンリーがどんな手を使ったにしても、それは、子どもなりにけんめいに生きようとし、こまりぬいたあげくのはて、しかたなくやることとなのだ。ヘンリーは、めったに口をきかなかったが、口をきくときには、しっかりしたことをいった。

そしていま、ハリスおばさんは、ヘンリーをおそろしい暴虐の家からすくい出し、三度の食事を心おきなく食べられるようになる、だれも思いつかなかったスリルとサスペンスに満ちた大作戦の手順を、ことこまかに説明していた。

ヘンリーは、だまってすわっていた。口の中には菓子パンがいっぱいつまっていたが、そのほうに夢中だったのではない。これから起こるさまざまなできごとの中で、ヘンリーがどう立ちまわったらいいかという、ハリスおばさんの説明に、目をかがやかして聞きいっていた。そのまなざしには、ハリスおばさんへの尊敬がこもっていた。

ヘンリーは、空気まくらのようにふわふわしたバターフィルドおばさんの胸にだかれるのもきらいではなかったが、そんなにふわふわしたものは、もともと、あまりヘンリーの趣味に合わなかったので、自分からだかれていこうとはしなかった。

むしろ、ハリスおばさんのほうと、気心が合った。二人は、たがいに、自分たちには共通したものがあるということをみとめあっていた。それは、独立心・冒険好き・不撓(ふとう)不屈(ふくつ)の精神といったようなものだった。どんなことにぶつかろうと、いさましく立ちむかって、これを克服する能力を、たがいにもちあわせていた。

ハリスおばさんは、ヘンリーをちやほやとあまやかしはしなかった。また、ヘンリーを子どもあつかいせず、同等の人間としてつきあった。なぜなら、人生は戦いの連続であり、自分の腕だけしかたよりにならないのだ。衣食をあがなうためには休んではいられない。困苦に満ちているこの世界では、二人は、同等の人間のはずだった。

二人は、いろんな点で似たものどうしだった。たとえば、ヘンリーが泣きべそをかいてしゃべるのを、だれも聞いたものはいない。彼は、どんなことが身にふりかかってこようと、黙々として耐えていた。

同じように、ハリスおばさんの泣きごとを聞いたものもいなかった。

ハリスおばさんは、三十のときに未亡人になった。それ以来、女手一つで娘を育て、教育をさずけて嫁にやり、自分はひとりきりでくらし、誇りをたもってきた。それは、四つんばいになって、ごしごし床をこすり、ほうきやはたきをにぎり、汚れた皿が山づみになった流しにかがみこんで、きずきあげたものであった。ハリスおばさんは、けっして自分のことを英雄視などする人がらではなかったが、それでもハリスおばさんの中には、素朴な英雄的なものがあった。そして、ヘンリーにも同様のものがあった。

また、ヘンリーは、ものごとの急所を、すぐにぴんとつかむ。ところが、バターフィルドおばさんは、ハリスおばさんから、長々と念入りに説明を聞かなければならなかった。しゃべり手にとっては、たいへんに忍耐のいることだった。子どものほうは一遍にさとってしまい、ハリスおばさんが、計画していることの半分もいわないうちに、「わかった」とうなずくのだった。

さて、ハリスおばさんが、かんでふくめるようにくりかえして説明を終わると、たわごとじみたその計画をはじめて聞いたバターフィルドおばさんは、エプロンを頭の上からひっかぶって、からだをゆさぶってうめきだした。

ハリスおばさんはおどろいた。

「しっかりするんだよ！　しっかり！　どうかしたのかい。どこか悪いのとちがうのかい」

バターフィルドおばさんはさけんだ。

「悪いどころじゃないよ。まちがいなんだよ。なんといおうと、あんたのやろうとしてることた、刑務所行きの大罪だよ。うまくいきっこないよ。うまくいくわけがないじゃないか」

ヘンリーは菓子パンの最後の一つをほおばって、お茶でのみこんでから、手の甲で口のまわりをふくと、ぶるぶるふるえているバターフィルドおばさんを、くりくりした目で見ながら、簡単にいった。

「へえ、どうして？」

ハリスおばさんはそっくりかえって、大声でわらった。

「ああ、ヘンリー、おまえはほんとに、わたしとうまの合う子だねえ」

第五章

天才の思いつきも計画も、必要にせまられて実をむすぶ。ヘンリーをサウサンプトン港からビル・ド・パリ号にこっそり乗船させてしまおうという、ハリスおばさんの思惑は、いたって単純明快で、それがまた取りえになっていた。シュライバー氏の話によると、乗船時はずいぶん混雑するものだそうだが、ハリスおばさんは、そのすきにうまくやってしまおうというのだった。

シュライバー夫妻は一等船客だが、ハリスおばさんとバターフィルドおばさんは普通クラスで行く。だから、船にいっしょに乗りこみはしない。シュライバー氏は、乗船までのことを、くわしくハリスおばさんに説明しておいた。

まず、ウォータールー駅から臨港電車でサウサンプトンの埠頭まで行き、税関と出入国管理事務所で手続きをすます。それから、ソレント水道の沖合いに停泊している本船まで、はしけに乗る。そして最後に本船の舷側から船室に案内され、それから後は、フランス汽船のほうで世話してくれる。

ハリスおばさんは、シュライバー氏のこの説明につけくわえて、自分が以前、郊外電車に乗ろうとしてサウサンプトンへ行ったときの記憶を参考にした。あのときは、入り口あたりで暴動でも起こったような大さわぎだった。群衆が戦争のようにおしあいへしあいして、それにまきこまれた子どもは悲鳴をあげるし、いやはや、たいへんな混乱ぶりだった。

だが、そのさわぎの実体はというと、たまたま旅行シーズンのまっさかりで、ただ臨港電車が出発するところに行きあっただけのことだった。

いつも悪いほうばかりに解釈する女予言者のバターフィルドおばさんは、ハリスおばさんの計画の全貌がはっきりするにつれて、ひどくわななき、たまげた声を発し、おどおどし、ときには両手をにぎりしめて聞きいった。が、さて、バターフィルドおばさんは、

「そんなことをすれば、あげくのはては牢の中で命を終わるのが関の山であることは、神さまだってちゃんとお見通しなのであるから、このわたし、バイオレット・バターフィルドは、そんな計画に一役買うのはまっぴらだ」と声明した。

バターフィルドおばさんは、ともかくも、海行かば波にのまれ、町行かば町角ごとに死の手がひそむ、身の毛もよだつ旅行にいでたつことに同意はしたものの、その旅立ちのしょっぱなから、こともあろうに誘拐と密航をやらかして、災難の上ぬりをしたくない、と力説した。

しかし、ハリスおばさんは、ひとたびひねりだした自分の考えを、自分ではうまくいくと見こみをつけている以上、おめおめとひっこめることはできなかった。

「ちょいとおまちよ、バイオレット。そんなふうにとっちゃこまるよ。天はみずから助

くるものを助くっていうじゃないか」

ハリスおばさんはそれから、おどろくべき忍耐とねばりを発揮して、友だちの抗議をしゃにむにねじふせてしまった。

ハリスおばさんの計画は、自分がまだおさなかったころ、両親につれられて、クラットン・ロン海やマーゲットへ船遊びをした、たのしかった思い出からひねり出されたものだった。それは、まずしい家庭がこころみた、めったとない行楽だった。

貧乏でけちときている両親は、二枚の切符は買ったものの、三枚はとうてい奮発できなかった。駅の改札係の前を通るときには、エイダは、いいふくめられたとおりに両親からはなれて、子どもを五人以上つれている家族をさがしだし、そのあとにくっついて、難なく改札口を通過してしまった。

エイダのとうさんとかあさんも、みずからの体験からこの戦術をあみだしたのだった。日曜日の混雑でのぼせあがっている改札係は、自分の前を通った子どもが五人だったか六人だったか、見分けることはできなかったし、同時に、一連隊を引きつれている父親のほうものぼせあがっていて、余分の女の子が一人くっついていても気がつかなかった。こうして、ぶじに改札口を通過したころ、一連隊の父親は、自分のおちびさんたちの中にちょっと見なれない子がいるのに気づいて、頭数を勘定しはじめる。と、エイダは、ぴょんと一群からとび出して、両親のそばへ帰っていった。

両親はさらに、万全を期して、もしも一連隊を引きつれた家族がいなかったばあいにそなえて、とっておきの妙手もさずけてあった。そういうときには、まず両親はさっさと先に改札口を通ってしまうのである。それから、ちょっとおくれて、エイダが声をかぎりに、「かあちゃんがいないようっ！　かあちゃんがいないようっ！　おかあちゃん！」と絶叫する。

この演技がクライマックスに達するまでには、エイダは、正気をうしなったようにうろうろとさがしまわっている両親の手もとにつれていかれるという寸法で、だれもがこの絶叫にへきえきして、この子の切符を切ることなど考えてもみない。こうして旅行は、以後、快適に運ぶしかけになっていた。

バターフィルドおばさんも子どものとき、似たりよったりの経験をしていたので、ハリスおばさんのこの計画がうまくいくことを、いやでもみとめないわけにはいかなかった。そのうえ、「世界をまたにかけて」旅行したことのあるハリスおばさんの、ぬきんでた知識が、バターフィルドおばさんの予言のほこ先をにぶらせてしまったのだった。

ハリスおばさんはいった。

「あんた、わすれちゃいけないよ。相手はフランスさんの船なんだもの。『とんま』という、とんだ別名を、あの連中はもってるんだよ。フランス人は、腕をぶんまわしたり、でかい声をはりあげなきゃ、なに一つできないんだからね。わかったかい」

バターフィルドおばさんは、最後の抵抗をこころみた。

「だけど、一度船室へもぐりこんだって、連中はヘンリーをめっけないだろうかねえ」

バターフィルドおばさんはふるえながら、だぶだぶのあごをひくひくさせた。ハリスおばさんは、いささかじれったくなって、ふんと、鼻の先でわらった。

「なにさ、あんたは、ちっとは、どたまをひねっておくれ。わたしたちの船室は浴室付きだろ」

なるほど、そういえばそうだ。シュライバー夫人は、お気に入りの二人のお手伝いさんを、まんまと手に入れた幸運に感激して、夫にたのみこんで、普通クラスでは数少ない、大家族用の浴室付き船室を予約してくれていた。

ハリスおばさんは、船室の設備をざっと説明されたときには、乗船してからこの浴室が特殊の任務をはたすことなど、気がつかなかった。が、いまや、浴室が警戒警報のさいの重要なかくれがとして、作戦の勘定の中にはいってきたのだった。

第六章

思ったとおり、ハリスおばさんとバターフィルドおばさんのアメリカ行きは、古代ローマ風な敷き石のあるウィリスガーデンズ一帯に、大事件としてひろがりわたった。友人たちはもちろんのこと、町内のものすべて、あの性悪なガセット一家までが見送った。五番地にタクシーが到着し、旧式なトランクや旅行かばんが、車のやねや助手席につみあげられるころは、この界隈(かいわい)は興奮のるつぼと化していたので、だれも、ヘンリーがいないことには気がつかなかった。

ハリスおばさんもバターフィルドおばさんも旅なれしていない。だから、そんな人がよくやるように、なんの役にたたせるつもりか、古めかしい写真のアルバムから、装飾用のおもちゃ、こまごましたがらくた類にいたるまで、旅行にいらない品物をいっぱい荷造りした。

おかげでタクシーは荷物でいっぱいになり、太っちょのバターフィルドおばさんはいうにおよばず、小さなハリスおばさんまでが、からだをおしこむすきもないくらいになった。

タクシーの運転手は、二人がほんとうにアメリカに行くのだと聞いて、おおいに感銘し、かいがいしく手伝い、再三おじぎをし、二人をきわめて丁重にとりあつかい、二人のかばんやスーツケースをつみあげ、しめつけ、見送りにきた人々に対しては、まさに劇的効果満点に、その役を演じていた。

ハリスおばさんは、ゆったりとかまえて、丁重にされるにまかせ、友だちや近所の人々の好奇心と興奮の中で、心をこめてあいさつをかわし、その合い間に運転手をてきぱきとさしずして、荷物についての注意をあたえた。

だが、バターフィルドおばさんのほうは、胸をどきどきさせ、ひたいに汗をにじませて、ただやみくもに、ばたばたと顔をあおいでいた。バターフィルドおばさんは、これからとりかかる大犯罪のことが頭にこびりついていた。どうなることかと気が気ではなかった。

ガセット一家の態度には、ふてぶてしさと、ひやかし半分のねたみが入りまじっていた。そして、隣家のうるさいやつらから解放されるので、やれやれとも感じていた。あの二人が行ってしまえば、ヘンリーをどんなにむごくあつかおうと、横やりを入れられることはないのだ。

ハリスおばさんがいる間は、ヘンリーをいじめるにも、ある程度手かげんをしないわけにはいかなかった。ハリスおばさんは、いざとなったら警察にかけこむことをためらうような女ではない。ガセット一家はやはり、ハリスおばさんをおそれていた。だがやっと、両隣から二組の目と耳がいなくなる。「さっさと消えちまえ」であった。

ガセット家の子どもたちは、この後、ヘンリーを獲物にして狩猟ごっこができるだろうし、ガセットは、ソホー地区での、うしろ暗い彼の商売がうまくいかないとき、ヘンリーで気晴らしをやれる。いよいよ、ヘンリーに多難のときがやってきたのだ。二人のお目付け役はアメリカへ行ってしまう。ガセット夫妻とその子どもたちの顔には、ばんざいをさけぶ表情がありありとうかんでいた。

ついに最後のずだぶくろがつめこまれ、ドアをしめると、運転手はハンドルの前にすわってエンジンを始動させた。バターフィルドおばさんは汗をびっしょりかき、ハリスおばさんはますますはりきって、車のわずかにのこっているすきまにもぐりこんだ。そのあとで、友人たちが手におしこんでくれた、銀色のリボンでゆわえた花たばをにぎった。車は歓呼の声と、かってなさけび声に送られて走りだした。

「お元気でね」

「からだに気をつけてえ」

「絵はがきをたのむわ」

「帰るのをわすれないでよ」

「ブロードウェーによろしくね」

「手紙をわすれずにちょうだいよ」

「主よ、二人をお守りください」

車のスピードが調子を出してきたとき、二人は、うしろの窓から観察した。見送り人たちは、まだ手をふり、わめきながらこちらを見守っていた。ガセットの子どもたちは、親指で鼻先をおしあげて、「へえんだ」というのをやっていた。

バターフィルドおばさんが、ふるえ声でいった。

「ねえ、エイダ。わたしゃ、こわくってしかたがないんだよ。わたしたちゃ、あんなことしちゃいけないんだよ。万が一……」

しかし、ハリスおばさんは、出発にさいして相当に神経をつかって、重要な役割を演じたし、この後さらに大冒険の指揮をとらなければならないのだ。身が引きしまる思いで、「バイオレット、がたがたいわないで」と命令した。「どうってことはありゃしないよ。ひみつをばらすつもりじゃないんだろ。だまっててよ。それより、むこうへついたときのこと、わかってるだろうね。うしろを見はっておくれよ」

ハリスおばさんは、運転手のうしろの窓を銅貨でコツコツたたいた。運転手の大きな赤い耳が、仕切り窓のところにつっ立つと、ハリスおばさんはいった。

「ギフォードさんの家のところをまがってから、アンスベリ通り（ハンスベリ通り）に出てよ。それから、かどの青物屋のワーブルの店に寄ってよ」

運転手は、まずいときにじょうだんをいった。

「おくさんがたは、ハメリカ（アメリカ）へ行くんだとばかり思ってたよ」

そして、ハリスおばさんにつっけんどんにいいかえされて、びっくりした。

「いわれたとおり走りゃいいんだよ。とっととやんな」

ハリスおばさんは、実現はたやすいと思っていた計画を、いざ行動にうつしたとたんに、その困難さも思いやられてきて、気がたっていたのだった。

運転手は車を青物屋の前にとめた。店のおやじのワーブル氏は、歩道で客ににんじんの頭をもいでやっていた。ハリスおばさんはいった。

「よりによってこんなとき、外に出てるなんて」

それから、なにやらひどいことばを、いまいましげにつぶやいた。が、うまいことに、ワーブル氏は、呼ばれて店の中にはいっていった。

「それっ！」

と、ハリスおばさんは、心配そうにうしろの窓から見はっているバターフィルドおばさんに、活を入れるようにさけんだ。

「だれかいるかい」

「よくはわかんないけど、見えないようだよ。知ってる人は、いないようだよ」

バターフィルドおばさんは、ふるえ声でこたえた。

ハリスおばさんは仕切り窓のほうにからだを乗りだして、運転手の大赤耳にささやいた。

「ホーンを三度鳴らしておくれ」

いぶかしげに、また、気をのまれたように、運転手はホーンを三度鳴らした。とたんに、近くのキャベツの入れ物のかげから、小さな髪の黒い子どもがとび出してきて、左右を見るひまもおしんで、一直線にハリスおばさんがひらいているドアに突進し、いたちのようなすばやさで身軽くとびこみ、山とつまれた荷物の中に、からだをひねってもぐりこんでしまった。

ドアをいきおいよくしめたハリスおばさんは、大赤耳に、

「ウォータールー駅へ」

と、平然と命じた。

(こりゃ、どういうこったい)

このふしぎな一幕にあっけにとられた運転手は、心の中でつぶやいて、車のギアを入れた。だが、ご近所さんからりっぱな見送りをうけて、アメリカへいで立つ二人のご婦人が、しゃあしゃあとして誘拐をもくろんでいるのだとは、夢にも思っていなかった。

第七章

人目を引こうとしている子どもほど、人目にたつものはない。これは事実である。また、すがたをくらまそうとしている子どもほど、うまくすがたをくらましてしまうものはないことも、事実である。雑踏の中では、なおさらだった。

ハリスおばさんとヘンリーの二人は、このことは、とっくに計算ずみだった。ウォータールー駅のごったがえしているプラットホームで、こちらにシュライバー夫妻が近づいてくるのを見たとき、バターフィルドおばさんは、おもわずちぢみあがって、恐怖のさけびをあげた。

だが、ハリスおばさんにとっては、ヘンリーを消す術など造作もなかった。ハリスおばさんは、ヘンリーのおしりを軽くたたいた。前もってうちあわせておいた合図だった。ヘンリーは、すうっと、二人からはなれていって、すぐに、ほかの人のそばに立っていた。

シュライバー夫妻は、ヘンリーを見たこともなかったし、どこかの子どもが荷物のそばに立って、空をながめながら、賛美歌風のものをうたっているのを見かけただけのことだった。

「あら、あなたがた、ここにいた」と、シュライバー夫人は息をきらして、「さわりなく順調にいってて？　きっとだいじょうぶよね。でも、なんてひどいこみようだこと。こんなことってあるかしら。わたし、切符はさしあげていました？　まあ、わたしったら、すっかりまごまごしちゃって」

ハリスおばさんは、女主人をなぐさめた。

「おくさま、気をおもみになることたございませんよ。すべてうまくいってますよ。わたしたちのことはご心配なく。ちゃんとバイオレットがひかえていて、わたしのめんどうをみてくれてるんでございますから」

バターフィルドおばさんは、この気のきいた返事にも、さっぱり気がつかず、前よりもなお汗をかいて、ただ顔をばたばたあおいでいた。たとえヘンリーがどろんと消えてしまっているにしても、シュライバー夫人がかならず、

「あなたたちがつれている、あの男の子はだれですか」

と質問してくるにきまっていると、息もたえだえの気持ちだった。

シュライバー氏がいった。

「このお二人はだいじょうぶだよ、ヘンリエッタ。ハリスさんは、一人でフランスまで行ったんだからね。しかも、一週間もむこうに滞在したほどじゃないか」

シュライバー夫人は、おちつかない口調で、ハリスおばさんにいった。

「きっと、船に乗ってからは会えないと思うの」

そして、さっと顔を赤くした。非アメリカ的な、非民主的な、船客の等級の差別のこ

とにふれたからである。夫人は口早にいった。

「船の中では船室から船室へ行くことが、どうしてできないのでしょうねえ。でも、わたしたちに用があったら、ことづてをたのむこともできるし……。あなた、なに？」

シュライバー氏は、こまっている妻をかばった。

「いやいや、このお二人に心配はいらないよ。さあ、行こう、ヘンリエッタ。席へもどったほうがいいよ」

ハリスおばさんは、二人が立ち去りぎわに、ぴんと両の親指を立ててみせた。心配ご無用、というように。ヘンリーは、シュライバー夫妻が見えなくなったのを見さだめて、すうっとすがたをあらわして、二人のそばにもどってきた。

「うまいよ。ぼうやは、なかなかやるじゃないか。このぶんならうまくいくよ」

こういいながらハリスおばさんは、光ったボタンのようないたずらっぽい目で、あたりをゆだんなく点検した。旅行客の見送り人たちもいっぱいつめかけていたが、だれが旅するご当人かは、すぐ見分けがついた。旅立つものはいらいらと不安そうで、見送る側は陽気にのんびりした顔をしていたからだ。

すこしはなれたところのドアの前に、大家族がたむろしていた。山のような手荷物と、大勢のおちびさんにとりかこまれた、アメリカ人夫妻の家族だった。五、六人の子どもたちが、ひっきりなしにはしゃぎまわり、とびはね、かくれんぼや鬼ごっこをしているので、ハリスおばさんも、じっくりと数をかぞえられてはいなかった。

ハリスおばさんは、その大家族を観察していたが、ヘンリーの腕をつかんで、指さしながら、かがみこんでささやいた。

「あの連中だよ」

ヘンリーは、返事のかわりに重々しくうなずいた。そして、悲しげにも見えるりこうそうな目で、うまくまぎれこむ下準備に、そのおどけた一家のようすをうかがった。

もしもハリスおばさんの計画が立ち往生してしまい、お定まりのいじわるい運命にもてあそばれるとしたら、物語も、もっと血わき肉おどらせるものとなったであろうが、本番は、いやどうして、ごくすんなりとスタートしたのだった。

とちゅう、なんのさわりもなく、一行はウォータールー駅からサウサンプトン港へ、サウサンプトン港からはしけへ、はしけから黒ぬりの定期客船ビル・ド・パリ号へとすすんでいった。ビル・ド・パリ号は、赤い煙突をつきだして、上部はクリーム色にぬってあり、舷側(げんそく)には無数の窓がならんでいた。

一行の前進の中途でも、ちょっとでも、改札係や車掌や、税関の役人らしい人物が近づいてきそうな気配があると、ヘンリーはすばやく、しかもこっそりと、ウォータールー駅で選定しておいた、ワイオミング州ボナンザ市、ボナンザ大学の中世文学の教授アルバート・R・ワグスタッフ先生の家族の一員になりすました。

ハリスおばさんの直感力はまさに的中して、いつも考えごとにふけっているせいで間がぬけたところのある、大学の先生をえらんでいたのだった。

この大学教授は、ときどき、彼の家族の頭数が六人だったか七人だったか、あやふやになってしまい、また同様に、携帯している荷物の数が何個だったか、頭がこんぐらかってしまうのだった。

そのたびに教授は、ひい、ふう、みい、と勘定をはじめるのだが、結果はいつもてんでんばらばらで、しまいには教授夫人のほうがのぼせて、さけびだすのがおちであった。

「ああ、アルバート、やめてえ！　あるものはあるし、ないものはないんだわよ」

夫人がくちばしをはさむと、教授はいつもかしこまってしまう。ワグスタッフ教授はいうのだった。

「はいはい、わかりましたよ」

荷物も、子どもの頭数の勘定もやめてしまう。なんだか、ときどき、余分に一人いるような気がしてならないのだが、とも思いながら……。だから、ヘンリーの仕事はすこぶる造作なくいった。そして、前にもいったとおり、いじわるい運命にも出くわさず、事は進行した。

ただ一度だけ、みんなをはっとさせた小事件が起こった。それは、三人――つまりハリスおばさん・バターフィルドおばさん・ヘンリー――が、ぶじに、二段ベッドのある、居ごこちよさそうな、浴室付きの広い船室――Ａ一三四号船室――に案内されて後のことであった。甲板へ通じている階段を大きな足音をたてておりてきたものがあって、無遠慮にドアをノックした。

バターフィルドおばさんの赤い顔は、ピンク色に変わった。これは、青くなるくせのある彼女にしてみれば、上できのほうだった。彼女は小さな悲鳴をあげ、ドシンと腰をおろして、汗のふきだす顔をばたばたあおいだ。

「ああ、神さま。これでおしまいだよ」

バターフィルドおばさんの声はふるえた。

「おだまりよ」と、ハリスおばさんは語気するどく命じた。それからヘンリーに、「さあ、いい子だから、ちょっと、あの浴室にはいっておいで。腰でもかけて、じっとしているんだよ。わたしゃ、その間に、これからアメリカへ行こうっていう、かよわい女二人を、じゃましにきたやつの顔を見てやるからね。さ、いいかい、おまえの仕事にかかりな」

ヘンリーが浴室の中にすがたを消すと、ハリスおばさんは船室のドアをあけた。そこには、えりをひろげた白い制服のボーイが、汗をかきながら、ゆであがった顔をして立っていた。

「まことにおじゃまさまですが、切符をいただきにまいりました」

ハリスおばさんが、片目でちらっとバターフィルドおばさんのほうを見ると、彼女の顔はピンクからまっ赤に変わり、いまにも卒中を起こしてたおれそうなようすだ。それをしりめに、ハリスおばさんはいった。

「どうぞもってってくださいよ」

そして、ハンドバッグにさっと手をつっこんで、切符をとりだした。

「暑いじゃありませんか」

と、うれしそうにその切符をわたした。

「そこにいる、わたしの友だちが、とても暑がっているんですよ」

「あ、そうですか。すずしくしましょう」

とボーイは、扇風機のスイッチを入れた。

「なんて、人がごったがえしてるんでしょうね」

と、ハリスおばさんがいった。この一言は、ボーイのノイローゼをゆるめる押しボタンの作用をしたらしい。ボーイは両手をふりふり、べらべらしゃべりだした。

「まったくです。人、人、人です。どこへ行っても人だらけなんです。目がまわりますよ」

するとハリスおばさんが、

「しまつにおえないのは子どもでしょ」

これは、もっと強力な作用をする部分の押しボタンだったらしい。ボーイは声を大きくして、ますます手をふりまわし、

「ウイ、ウイ、ウイ、まったくそのとおりですよ。そのとおりです。ごらんになったでしょう。子ども、子ども、どこへ行っても子どもだらけです。こいつがよけいに頭にきちまうんです」

「ほんとですねえ」

と、ハリスおばさんは相づちをうって、

「こんなにたくさんの子どもは、わたしも見たことがないですよ。わたしなら、どこに子どもがいて、どこに子どもがいないのか、さっぱりわからないでしょう。あんた、よくそれをおぼえておれますねえ」

「そうなんです。ときにはわからなくなることもありますよ」

ボーイは、胸のつかえがおりたものだから、いささか気も晴れたらしく、

「おくさまがた、どうもありがとうございました。なにかご用がございましたら、ベルを鳴らしてアントニーとお呼びになってください。この部屋の係は、アーリンと申します。アーリンがいろいろとお世話をさせていただくはずです」

ボーイは、そういって立ち去った。

ハリスおばさんは浴室のドアをあけて、のぞきこんでいった。

「じっとしてたかい。いい子だったね。もう出てもいいよ」

ヘンリーがきいた。

「ノックの音がしたら、いつでもかくれるの」

「いや、これっきりでいいよ。つぎからはだいじょうぶさ」

たしかにそのとおりだった。ハリスおばさんは、心理的な暗示の種を、タイミングよく、うまい場所にまいておいたのだった。その夜、アントニーが前よりもぐったりした

顔で、ベッドをつくりにやってきた。船室には、二人の未亡人とヘンリーがいた。ボーイは、ヘンリーを見ていった。

「ぼっちゃん、今晩は。どこのお子さん？」

ハリスおばさんはたちまち、いままでのやさしくしたしげな調子を、がらりと変えた。

「なにが今晩はですよ。どこの子とはなんだい。わたしの甥っ子のヘンリーだよ。テキサスで給仕をしているママのところへつれてってやるとこじゃないか」

ボーイは、とまどったようすで、

「だが、さっきは見かけませんでしたが」

ハリスおばさんは、いきりたった。

「さっきは見かけなかったとはなんだい。なんだと思ってるの。バタシーの家を出たときから、いっときだって、わたしゃ、この子から目をはなしてないんだよ」

ボーイはたじろいだ。

「ですが、おくさま」

「ですがもへちまもあるもんかね」とハリスおばさんは、ぴしゃりと決めつけて、「あんたたちフランスさんが、とんちんかんなことをぎゃあぎゃあわめきたてて、ぽっぽとのぼせあがったところで、わたしのせいじゃないよ。さっき、ここへきたとき、人や子どもが多すぎるって、こぼしてたじゃないか。とてもじゃないけど、みんながみんな、子どもをおぼえきれないって、おまえさん、自分でいったくせに。さあ、これからは、うちのヘンリーをわすれないでおくれよ。それとも、なにかい、事務長さんにでも、こっちから話してもいいんだよ」

ボーイは、おとなしく降参した。この航海は、だいたい出だしからこみいりすぎている。ちょっと先の大部屋には、手荷物の数と子どもの数をちゃんとかぞえられない、奇妙なアメリカ人の一連隊がいる。

それに、切符は事務長にわたしてしまってあるし、また、このばあさんたちは、見たところ正直そうではないか。現に子どもは、ばあさんたちといっしょにいるではないか。出入国管理事務所の手続きもすましているのだから、へんなことのあろうはずもない。ボーイは、長く客をあつかってきた経験から、さわらぬ神にたたりなしという哲学をわきまえていた。調べるだけ骨折りぞんというものだ。

「ウイ、ウイ、ウイ、マダム。もちろんおぼえていますとも。ヘンリーさんでしたね。部屋をちらかさないでくださいよ。このアントニーのためにも。どうぞ、たのしい航海をおつづけください」

ボーイは、なだめるようにいうと、ベッドをととのえて退散した。それからというもの、ヘンリーは船客としてのいっさいの特権とサービスにあずかり、だれもあやしみはしなかった。

さて一方、バタシーのウィリスガーデンズ六番地では、ハリスおばさんの起こしたとほうもない旋風のあおりとともにガセット家からヘンリーが永久にすっ飛び消えてしまったようだった。このうわさは町じゅうにひろまった。

ガセットおやじが、ソホー界隈で、いかがわしい商売をやって家にもどってくると、子どもたちはさわぎながら夕食を食べており、かみさんは、ゆりいすに腰をかけて一休みしていた。

「ヘンリーが朝からいないんだよ。亭主がはいってくるのを見たかみさんは、夕刊をおろして、「ずらかった？　ねがってもねえことじゃないか」

ガセットは、かみさんから夕刊をひったくって、

「ばあさん、どきな」

と追いたてると、かわってどっかと腰をおろし、競馬の速報をにらみはじめた。

第八章

「ねえ、あなた」

ヘンリエッタ・シュライバー夫人が、ふいにいった。

「わたし、まちがってたんじゃないかしら」

夫人はいま、船室の鏡の前にすわって、お化粧の最後の仕上げに余念がなかった。そのそばには、「今夕七時三十分よりカクテルパーティーを開催いたします。つきましては、ぜひともジョエル・シュライバーご夫妻のご来席をおまちいたします……」という、ビル・ド・パリ号船長ピエール・ルネ・デュボアからの銅版刷りの招待状が置いてあった。船室の時計は、すでに七時三十五分をしめしていた。

「なんのことだね」

と、シュライバー氏は聞きかえした。彼は礼儀正しく黒い蝶(ちょう)ネクタイをつけ、おくさんのおめかしが終わるのを、もう十分も待っているのである。

「じつにきれいだよ、ヘンリエッタ。それ以上きれいになりっこないよ。もう行かなくてはならん。フランス大使も出席なさるそうだ。ボーイがそういっていた」

「ちがうわ、ちがうのよ。そんなことではないわ。ハリスさんのことなの」

「ハリスさんがどうしたんだね。なにかあったのかい」

「ないわ——ただね、あの二人を住みなれた生活からもぎはなしてきたのが、まちがっていたのではないかしら、と気になるのよ。二人は、ロンドンの空気にそまりすぎているわ。地元でなら、通いの家政婦さんのことは心配いらないけど」

「だれかが、わたしたちのことを、ロンドンの家政婦を二人やとっていると、わらうとでもいうのかい」

「そうじゃないわ。ハリスさんのことを、だれがわらったりするものですか」

夫人は、こんどはもう一方のまゆの仕上げにとりかかって、

「あの人をこわがらせたくないのよ。ハリスさんに話し相手があって？　友だちがあって？　おつにすました人ばかりでしょ」

あまり待たせられるので、シュライバー氏はじりじりしてきた。

「そんならそうと、はじめから考えりゃよかったんだ。だが、バターフィルドさんが話し相手になれるじゃないか」

シュライバー夫人は、ちょっと口もとをゆがめた。

「ジョエル、そう責めないでよ。わたし、あなたが社長になったことを、ほんとうに誇りにしているわ。だからニューヨークでは、なんでもうまくいきますようにって、そのことばかりねがっているんだわ。それには、ハリスさんは、まったくうってつけのお手伝いさんなの。でも、あの人、いまごろ船のどこかで、大勢の知らない人たちにかこまれて、目をはらして、死ぬほどおろおろしているんじゃないかしら」

シュライバー氏はそばによって、夫人の肩あたりを愛情のこもった手でやさしくたたいた。

「もうそれくらいにしよう。ずいぶんおくれたよ。そのことなら明日、わたしが普通船室へ行って、ハリスさんたちがどうしているか見てきてあげよう。さあ、ぼつぼつ、おみこしをあげようじゃないか。これから一時間かかってお化粧をしても、それ以上きれいにはなれないと思うがね。パーティーでは、きみがきっとナンバーワンだな」

ヘンリエッタは、ちょっとの間、夫の手にほおをあずけていった。

「あなたは、ほんとにやさしいかたね。ごめんなさい。すっかりとりみだしてしまって」

二人が船室を出ると、ボーイが会場に案内するためにまっていた。そのボーイは、船長室に通ずる専用階段まで二人をつれていった。その階段をのぼると別のボーイがいて、夫妻の名をたしかめ、まさにたけなわらしいカクテルパーティーのざわめきが聞こえてくる、大きな船室の入り口に案内した。

と、パーティーのざわめき――グラスのふれあう音、話し声のうずまき――にまじって、風変わりなくせのある話し声が、シュライバー夫人の耳にとびこんできた。夫人には、それを真実聞いたとは、どうしても思えなかった。

「……んでまあ、侯爵とわたしゃ、パリからの古いつきあいなんですよ」

と、その声はいった。

シュライバー夫人は、

(そんなことがあるわけはないじゃないの。きっと、ここへくる前に、ハリスさんのことばかり思いつめていたせいだわ)

と、心の中でひとりごとをつぶやいた。

ボーイが、入り口から会場にはいって、呼ばわった。

「ジョエル・シュライバー夫妻がおいでになりました」

この声で、さきほどの会話がとぎれ、男性はいっせいにざわめいて立ちあがった。

こんなふうにパーティーにおくれてはいって行くと、どぎまぎして、だれの声やらだれがだれやらわからなくなってしまうものだ。みんなの姿が目にはいっているのだが、実はだれひとり目に映ってはいない。シュライバー夫人は、いましがた耳にした声にもまして信じがたい光景に出くわして、一瞬、鳥肌立つほどのショックを受けた。

目の前にハリスおばさんが、船長と白髪の貴族的なフランス紳士とにはさまれて、ちょこんとすわっていたのである。しかも、ハリスおばさんは、まことにシックなドレスをつけていた。

礼装用の金モールのついた制服を着た好男子の船長がいった。

「おお、これはシュライバーさんご夫妻、ようこそいらっしゃいました」

それから、なれた態度で近くの人を順ぐりに紹介した。シュライバー夫人は、船長が最後の二人を紹介するまで、その声をなかば上の空で聞いていた。最後に聞いたことばは、まぎれもなく、こうひびいた。

「こちらはイポリット・ド・シャサニュ侯爵閣下、新たにアメリカへ大使として赴任されます。こちらはハリスさま」

やはり、まちがいではなかった。事実なのである。リンゴのほっぺた、大つぶのビーズのような目のハリスおばさんは、晴れやかな笑顔をうかべ、その風采はというと、人目をひくへんちくりんなところはなく、パーティーに列席している淑女たちとはくらべられないにしても、地味で趣味のいい身なりをしていた。

ハリスおばさんがそこに鎮座ましましている、それはそれとして、ヘンリエッタ夫人をさらにまごつかせたのは、そのハリスおばさんの服装だった。

(あのドレスは、ええと、たしか前にどこかで見かけたことがあるんだけど……)

夫人は、心をよぎったそのことに、さらにかきみだされた。

ハリスおばさんは、シュライバー夫人にあいそよく会釈をすると、侯爵にむかって、

「わたしがお話ししてたのは、このかたですよう。きれいでござんしょ。このかたがいてくださらなかったら、わたしゃ、とてもじゃないけど、ディオールのドレスを買うドルを手に入れることはできなかったでしょうよ。こんど、このかたがわたしをアメリカへつれてってくださるんです」

侯爵は、ヘンリエッタ・シュライバー夫人の手をとって、くちびるをおしあてた。

「おくさま、わたしはハリス夫人の情味と善意をくみとるだけのあたたかい心をもって

おられるおかたにお目にかかることができて、たいそううれしく思います。おくさまはきっと、やさしいお気持ちのかたにちがいありません」

　この短いあいさつは、この航海が終わるまで、シュライバー夫人の社交的地位を高くおしあげることになった。が、夫人としては、この言葉に、息もつまるほどおどろいた。つぎからつぎへと加えられる衝撃に足をさらわれて、まだふらふらしている感じだった。

「ですが、あのう――ハリスさんをごぞんじでいらっしゃいますの」

「ぞんじておりますとも。わたしたちは、パリのディオールの店で会いましてね。それ以来の友人です」

　どうしてこんないきさつになったかというと、侯爵は、おかかえの運転手から、ハリスおばさんなる人が、この船の普通船室に乗っていることを聞いた。そこで、侯爵は、友人である船長にいったのである。

「ピエール、この船に、じつに注目すべきご婦人が乗っているのを知っているかね」

「T伯爵夫人ではありませんか」と、船長は聞いた。乗客名簿を確認しておくことも、彼の任務の一つである。船長はつづけて、「おおせのとおりですよ。あのかたは、すばらしいかたですが、いうなれば、ちと……」

「ちがう、ちがうよ、きみ。わたしは、ロンドンのそうじ婦――ふつう、通いの家政婦と呼ばれているのだがね――その人のことをいっているのだ。その婦人はな、きみ、一日じゅう、ベルグレービアあたりのお得意さんの家で、腰をかがめて床こすりをしているか、皿あらいで手を痛めている御仁じゃ。ところが、このご婦人の衣装戸だなをのぞいてみると、きみ、おどろくなかれだ。四百五十ポンド以上は出さぬと手にはいらぬ、パリのディオールの最高級の創作ドレスがつるしてあるのだからな。しかも、そのドレスは、自分の腕一本の力で買いもとめたのだよ」

船長は、おおいに好奇心をそそられた。

「それはそれは。たしかに値打ちのある話ですなあ。そのご婦人が、この船に乗っておいでなのですね。とすると、こんどは、なにをなさろうというわけなのでしょうね。どこへ行くのでしょう」

「その人がアメリカでなにをやるかは、神のみぞ知る、だろうな。わたしにはわからんね。ただわかっていることは、あのご婦人が、なにごとかをやろうと思いたったら、なにものも、それをじゃまずることはできん、ということだけだ」

そして侯爵は、ハリスおばさんがパリに行ってドレスを買うまでの一部始終を、船長に話して聞かせた。そして、こうつけ加えた。

「あの婦人とつきあいをもった御仁は、かならずその後の運命が変わってくるのじゃ」

船長は、さらに好奇心をそそられて、ぜひともそのドレスのおばさんに会ってみたくなった。

「そのご婦人がこの船に乗っていて、しかも、あなたのご友人とあれば、パーティーに招待しましょう。なんとしても拝顔の栄に浴したいものです」

　そういうことで、ハリスおばさんのもとへも、シュライバー夫妻に送られたのと同じ銅版刷りの招待状がとどけられた。もっとも、そのカードには、こう書きそえてあった。

「ボーイが船室におうかがいしますから、船長室までご足労ください」

　シュライバー氏は、夫人がそばからはなれる前に、ちょっと耳打ちした。

「ハリスさんのことは、心配しないでもすみそうだね。そうだろ？」

　まさに、ハリスおばさんは悠然とかまえて、自信満々の体だった。なにひとつ気にかけているようすもなく、たのしそうに船長とおしゃべりしていた。ハリスおばさんがパリに行ったとき案内された、セーヌ河畔の小さなレストランは、船長も上陸したときによく行く店だったので、二人は、そこの感想を話しあっていた。

　ヘンリエッタ夫人のとなりの席にすわっていた男の人が、夫人に声をかけた。

「航海はお気にめしておいでですかな、シュライバー夫人」

　そして、目をまるくするような返事をもらったのである。

「そうだわ、そうだわ！　あれは、わたしがハリスさんにさしあげたドレスじゃないの」

　もちろん、その人には、ハリスおばさんの着ているドレスが、シュライバー夫人が着なくなったのを何年も前にプレゼントしたものだなどとは、知るよしもなかった。ただ、シュライバー夫人が、はたと気づいただけのことである。

第九章

船の中では万事がうまく運び、ハリスおばさんもほっとして、かつ内心満足し、見当ちがいの安心感をいだくようにさえなった。

ハリスおばさんは楽天家であるにしても、好事魔多しのたとえもあることだし、ゆたかな人生体験から、そのたとえは承知していた。しかし、大客船の毎日の行事は、たいへん豪華で、食事にしろ、パーティーにしろ、娯楽にしろ、いたれりつくせりのもてなしだったので、あのバターフィルドおばさんまでが、ゆったりとくつろいで、予想していたような死と破滅にむかって一路つきすすんでいるのではなかった、とも思いはじめていた。

ヘンリーも、この三日間、ぜいたくな食べ物を腹いっぱい食べ、日の光をさんさんとあび、二人の未亡人に愛情を惜しみなくそそがれたので、効果はてきめん、しなびた青白い顔は、しだいに生色をとりもどしていった。

定期船ビル・ド・パリ号は、鏡のようになめらかな海の上を、すべるように航行していった。ハリスおばさんは、

「うまくいってますよ」

と、ひとりごとをいったが、しかし、四十八時間後に大きな災難がひかえていたのだ

った。ハリスおばさんがそれに気づいたとき、その不吉なものは、あまりにもおそろしい形でゆくてに立ちふさがっていたので、ハリスおばさんは、バターフィルドおばさんにうちあけるのをよした。この親友が、恐怖のあまり海にとびこんでしまうかもしれないと思ったからだった。

ハリスおばさんが災厄のおとずれを知ったのは、船で知りあった人とのおしゃべりからだった。さいわい、バターフィルドおばさんは、その席にはいなかった。

外国航路の日々にはつきものであるが、ハリスおばさんは、大西洋のまっただ中を航行している、この水上のホテルの中で、自然にできあがった、ささやかなイギリス島の会員になっていた。

このイギリス島のメンバーは、上品な初老の自家用車の運転手、ミサイルの研究にアメリカへ派遣される二人の技術者、アメリカ兵と結婚した娘と孫に会いに行くウルバーハンプトンからきた夫婦づれ、それに、ハリスおばさんとバターフィルドおばさんの、気の合った一組だった。このグループは、いつも同じテーブルで食事をし、デッキチェアにならんで休息したりしていた。おおむね、みな同じ言葉をしゃべり、おたがいに気心が知れあっていて、好もしかった。

ハリスおばさんが、このグループの陽気さの源泉であるとしたら——事実、そうだったが——おかかえ運転手のジョン・ベイズウォーター氏は、まぎれもなくグループのリーダー格で、みんなから一目おかれていた。彼は自分のことを、「ロンドン最高の住宅地ベイズウォーターの住人」と自慢していた。

彼は三十五年もの経験をもっている自家用車の運転手で、年は六十そこそこ、いつもすっきりした仕立ての趣味のいい服を着た、白髪まじりの紳士というだけでなく、同じ自動車でも、ロールスロイス専門の運転手だった。ベイズウォーター氏は、生まれてこのかた、ほかのメーカーの車に乗ったことも、運転したこともなかった。ほかのエンジンを、ろくろくのぞいたこともなかった。そんなのは自動車などといえたものではない、と思いこんでいるらしかった。ロールスロイスだけが車というわけだった。

ひとりものの彼は、妻君のかわりにロールスロイスを愛して、何度か相手をかえはしたものの、そのたびに、つねに変わらぬ心づかいをささげてきたのだった。

だが、まだこれだけでは、ベイズウォーター氏の紹介は十分ではない。彼は、新任の駐米フランスの大使イポリット・ド・シャサニュ侯爵のおかかえ運転手として、ワシントンへ随行するとちゅうだった。

ジョン・ベイズウォーター氏は、うきうきした心境でいた。というのは、ビル・ド・パリ号の船倉には、彼がこれまでに運転した車の中でも、最高性能をほこる最新型の新車、車体は特注のフーパー製、あわいブルーと灰色のツートンカラーという、ぴかぴかのロールスロイスがつみこまれてあって、ともに航海しているからだった。

侯爵は、外交官生活での最高の栄誉である駐米大使に任命された記念に、せいいっぱいはりこんで最上等のロールスロイスを買いこんだ。イギリスで教育を受けた侯爵は、車もイギリスびいきだった。

つぎは運転手である。ロールスロイスの会社では、ジョン・ベイズウォーター氏を、太鼓判をおして侯爵に斡旋（あっせん）した。ベイズウォーター氏は、ロールスロイスの運転にかけては第一人者でもあるし、人物も申し分なかった。それに、以前も駐米イギリス大使のおともをしてアメリカへ行ったことがあった。

ところで、ベイズウォーター氏にとっては、雇い主が侯爵だろうとおたまじゃくしだろうと、仕事の善し悪しには関係がなかった。彼の仕事の善し悪しは、彼にまかされるロールスロイスの、性能・型・くせによってきまった。侯爵が、その外交官生活で最高の働き場所を得たとすれば、ベイズウォーター氏は、ロールスロイス会社にたのまれて自分で工場へ行き、ボディーとエンジンを選定した。それに、雇い主の侯爵がひじょうにさっぱりした、ものわかりのいい人物であったということは、ほくほくするような楽な仕事で、たっぷりとお給料をもらえるということだった。

イギリス島のグループの中で、ベイズウォーター氏がリーダーにかつぎあげられたのは、アメリカへ行ったことのあるのは彼だけだという理由もあった。彼は、二度も渡米していた。

一度めは四十七年型のシルバーレイスと同行した。このときは、まったくいい仕事といえた。彼は、この車を心底かわいがった。二度めは五十三年型シルバークラウドで、この車には、さほどの愛情はわかなかったが、それでもこの車は、彼でなかったら、ほかに御せる人はいなかったろう。ことにアメリカのような他国では、なおのこと彼がいなくてはならなかった。

さて、ハリスおばさんは、ヘンリーとバターフィルドおばさんと自分が、思いもよらぬ罠(わな)の中に落ちこんでいると気づいて、恐怖のどん底に落ちこんだのだが、そのことをハリスおばさんに気づかせたのはベイズウォーター氏だった。というのは、ベイズウォーター氏には、自由とデモクラシーの国のアメリカへ入国する手続きについての知識があったからだった。

たまたま、会話がそのことにふれたのは、イギリス島のグループがデッキチェアに陣どっていたときだったが、バターフィルドおばさんは、そこに居あわせなかった。ウルバーハンプトンからきた夫婦づれで、停年退職したもと官吏のティダーさんが、アメリカ入国のビザをもらうまでに、アメリカの役人から要求されたやっかいしごくな手続きの数々を、ことこまかにこぼしていた。

ハリスおばさんは同情しながら聞いていた。ハリスおばさんも同じような責め苦を味わわされてきていたからである。予防接種・指紋をとること、身元照会先の氏名、経済状態、山ほどの書類への記入、形式だけの役にたちそうにもないことを、だらだら続ける質問。ティダー夫人は、ため息まじりにいった。

「まったくやっかいなことでしたわ。わたしどもがアメリカを侵略しに行くみたいなうたがいぶりでしたよ。だけど、いまさらぶうぶういうこともありませんわ。とにかく、すんだことだし、ビザもくれたんですからね」

　ベイズウォーター氏は、読みかけのロールスロイスの月刊パンフレットをひざの上に置いて、上の空で話を聞いていたが、にやりとした。

「ははん、そうお考えですか。まあ、入国検査官に出会ってみたらわかりますがね。それ以上にうるさいでしょうよ。わたしがはじめにやられたときのことは、金輪際わすれられませんね。そう、戦後すぐのことでした。さんざんしぼられましたよ。

　エリス島をごぞんじですかな。顔つきが気にくわんというだけのことでほうりこんでしまう牢獄(ろうごく)のようなところですが、とにかく、役人どもと鼻つきあわせたら、わたしのいう意味がおわかりになるだろうし、ご期待あれだ。もしも、みなさんがたの旅券にあやふやなところがあったり、コンマの打ち方一つでもちがっていたら、まちがいなしに、どやされるでしょうな」

　ティダー夫人はがっくりして、かすれたような悲鳴をあげた。

「おやまあ、ほんとうですかね」

　ハリスおばさんは、みぞおちのあたりに、小さな冷たいしこりのようなものを感じたが、わざとそれには気づかぬふりをしようとつとめた。そして、ティダー夫人に、

「ばからしい。信じられませんよ。きっと根も葉もないことですよう。アメリカは自由の国でしょうがねえ」

　ところが、ベイズウォーター氏は、それを受けて所見をのべたてた。

「どうして、どうして。入国しようとするときは、別ですよ。まさに、かつての宗教裁判もどきですなあ。こんなぐあいですよ。『名前は?』『どこからきた?』『所持金は?』『同行者は?』『どこへ行く?』『日数は?』『用件は?』『滞在期間は?』『前科はあるか?』『共産主義者じゃないだろうな?』『そうでないなら、なんだ?』『イギリスに家はあるか?』『なぜアメリカへきたんだ?』——書類を調べるのは、それからのことですよ。

もしも書類に不備のところがあろうものなら、お手あげですよ。まあ、だれかがきて、首ねっこをつまみあげてくれるまでは、いまいましいエリス島の牢獄で、うんざりするほどまたなきゃなりません」

ハリスおばさんのみぞおちの、さっきまでは小石ぐらいだったしこりは、だんだんと大きく、冷たく、かたくなっていき、もはや無視できなくなった。ハリスおばさんは、つとめてさりげなく聞いてみた。

「アメリカのお役人さんは、子どもにもそんなですかね。わたしの知ってるロンドンにいたアメリカさんは、子どもにはそりゃ親切でしたがねえ」

「ははっ」と、ベイズウォーター氏は、もう一度、人を小ばかにしたようにわらって、

「連中は、子どもだろうとなんだろうと、区別はしませんよ」といった。

それから、彼にしてはめったにない、紳士らしからぬことばをはいた。

「がきなんぞは頭から塩かけて食っちまうね。だいている赤んぼにさえ、連中は、密輸

入の爆弾みたいに目を光らせますぜ。もしも子どもの名や出生証明や正式の書類があやふやだったら、ぜったいに通しませんぞ。ごたごたでも起こした日にゃ、おくの事務所に追いたてられて、目つきのするどい看守のようなのがひかえている机の前にしょっぴかれるまで、しょぼんとして順番をまってなきゃならんのです。

　だから、みなさんも、こたえるべきは、はっきりとこたえたほうがまちがいありませんな。わたしは、どこかの家族が、出発の際に事務員がなにか子どもの書類のことで手ちがいをしでかした、そのままの書類をもっていたので、三時間もとっつかまってるのを見ましたがね。こういうやり口が、連中の好みなんだから。一難去って、また一難。つぎは税関ですよ。これがまた、似たりよったりなんです。いやはや、まったく！」

　ハリスおばさんのみぞおちのしこりは、いまやメロン大となり、氷の塊のように冷たくなった。

「ちょっとごめんなさい。わたしゃ、からだのぐあいがへんになっちまった。船室で横になってきますよ」

　その後十二時間、ハリスおばさんはみじめにも、ぞっとするこの大問題を自分の胸一つにしまいこんで、あれこれと思いなやみ、はては、この危険の最悪の状態まで心にえがいたのだった。

　ベイズウォーター氏は学のあるところを見せて、スペインの宗教裁判になぞらえた話までしてくれた。ハリスおばさんは、まっかに焼いたやっとこで拷問される、牢獄の地獄絵図をまざまざと思いうかべた。といって、不安をのぞく手段は、なに一つひねりだせなかった。

もしも相手がイギリス人か、せめてフランス人だったら、かの有名なロンドンの通いの家政婦のはしくれとして、その名誉にかけても、なんとか対抗するつもりになったかもしれない。しかし、ベイズウォーター氏から、アメリカの役人の血も涙もない仕打ちと、入国時のいかにも役所仕事に徹した態度を聞いてからは、

(すこしはおおげさにふいたところもあるだろうけどさ。それにしても、わたしゃお手あげだよう)

と感じないわけにはいかなかった。ウォータールー駅のプラットホームや、サウサンプトン港の埠頭のような、おあつらえむきの混雑もないだろうし、とほうにくれた一家に同情していた、おおらかな気分のイギリス移民局のお役人のような、いい人物に出くわすこともないらしい。

そして、ヘンリーはもはや、あの気のいいワグスタッフぽかん先生の子どもたちにくっついてはいられなくなる。どんなささいなごまかしも通用しないだろうし、かくれる場所もないだろう。

手ぬかりのある書類どころか、ヘンリーは書類の半ぺらさえもっていないのだ。つかまるにきまっている。

ハリスおばさんをぞっとさせたものは、そのエリス島とかいう、おっかない場所にあ

る牢獄の中で、心身ともにおとろえる地獄の責め苦だけではなかった。それは実際には、現在はニューヨーク湾のスターテン島にうつっていたのであるが、ドイツかソ連の捕虜収容所のように密入国者がつめこまれていることは、よく知られている。

しかし、ハリスおばさんがそこにつめこまれることは、身から出たさびとしても、ヘンリーもぶちこまれ、ロンドンへ送りかえされ、またもガセット一家の非情な手にゆだねられることを思うと、ハリスおばさんの胸ははりさけそうだった。しかもその間、ヘンリーのかばい手だった二人は、うちそろって刑務所に入れられ、あの子をなぐさめてやることもできない。

ハリスおばさんは、ベイズウォーター氏の説明で知った、きびしい監視の網の目を、ヘンリーにくぐりぬけさせる方法はないものかと考えこんで、すっかりへたばり、ただ気をもむばかりだった。名案は一つとしてしぼりだせなかった。ベイズウォーター氏のことばでは、正式な書類がととのっていないことには、ねずみ一匹でさえ、アメリカ合衆国へもぐりこむことはできないのである。

ハリスおばさんは、自分がむくいを受けることはかまわないと思った。しかし、ヘンリーと、無二の親友の、おくびょうなバターフィルドおばさんを、その恐怖だけでどっと病の床につかせてしまいそうな結果におとしてしまおうとしているのだ。シュライバー夫妻についても同様だった。シュライバー夫人がハリスおばさんを一番必要としているとき、エイダ・ハリスは牢獄ぐらし。シュライバー夫人はとほうにくれて、しかも、くれっぱなしとなるだろう。

エイダ・ハリスは、このときに当たって、ぜひとも、だれかの助けを必要としていた。しかし、その助けをだれにもとめたらいいものか。

もちろん、バターフィルドおばさんはお話にならない。シュライバー夫妻も、いよいよせっぱつまった場合のほかは、さわがせたくなかった。

そこでハリスおばさんは、自分が知っている人たちの中で、豊富な経験をつんでいるただ一人の人物、ベイズウォーター氏に白羽の矢をたてた。ベイズウォーター氏は徹底した独身主義者ではあっても、ハリスおばさんには、ちょっぴり好意を見せてくれていた。食事前に喫茶ルームで、ワイン入りのレモン水をおごってくれたことが、何度かあったのである。

ハリスおばさんはその晩、食事が終わって、一同がコーヒーやたばこをのみに喫煙室へあつまったとき、ベイズウォーター氏にささやいた。

「ちょっとお話を聞いてもらいたいことがあるんですよ。あなたは見聞の広いかたでおあんなさるし、そこを見こんでお知恵をお借りしたいんです」

「ええ、よろしいですよ、ハリスさん。わたしの経験がお役にたてばなによりです。ところで、どんなことでしょう」

と、彼は、いんぎんにこたえた。

「甲板に出たほうがいいと思いますですよ。あそこなら人もいないでしょうし」

と、ハリスおばさんはいった。ベイズウォーター氏は、びっくりしたようすだったが、グループからはなれると、ハリスおばさんのあとについて甲板へあがって行った。星明かりに、大きな客船のたてる白波が船尾に長く尾を引いて、燐光のようにきらめいていた。二人は手すりのそばに立って、海を見わたした。二人は、しばらく無言でいたが、ハリスおばさんが口をきった。

「ええとねえ、きていただいたのはいいけど、どこから話したらいいものやら、まよってるんですよ」

ベイズウォーター氏のおどろきは、いよいよほんものとなって、小がらなそうじ婦の顔をふりむき、なにをいいだすかと、身を固くした。

ベイズウォーター氏は、四十年もの間、さまざまな女性から愛の思いをうちあけられたのに、堅固にその攻撃をかわしてきた。いまさら軍門にくだるつもりはさらさらなかった。決意を新たにしてハリスおばさんを見ると、すこし勝手がちがった。白髪まじりのこのご婦人の顔にうかんでいるのは、心配と気落ちした表情だけだった。

「どうしようもなくまいっちまってるんですよ。ベイズウォーターさん」

名車ロールスロイスの運転手は、ほっとすると同時に、弱いものをかばってやりたい、あたたかい思いやりと、力になろうという気持ちがわいてくるのを感じた。自分がそこにいて、ハリスおばさんの力になれることが楽しいことのような気がしてきた。このうえなくいい気分だった。それで、ベイズウォーター氏は、先をうながした。

「ハリスさん、お話しなさったらいかがですか」

「ヘンリーという子をごぞんじでしょう？」

ベイズウォーター氏はうなずいた。

「はあ、いいぼうやですな、口数がすくなくて」

「あの子はねえ。あの子は、わたしの子じゃないんです。だれの子でもないんです」

それからハリスおばさんの口から、洪水がせきを切った勢いで、一部始終が流れ出した。ガセット一家のこと、親切なシュライバー夫妻のこと、ヘンリーを誘拐して密航させていること、長い間、ゆくえのわからなかった父親のもとへ送りとどける計画のことなどが、のこらずうちあけられた。

ハリスおばさんの話が終わると、いっとき沈黙がつづいた。やがて、ベイズウォーター氏は、

「くそっ。こりゃ、どえらいこっちゃ」と、またも、彼らしからぬ言葉をはいた。「これは、ちとめんどうなことになりましたね」

「あなたはアメリカに行ったことがおありなさるし、なんとか、あの子をかくしちまうか、うまく通してやる手だてはないもんでござんしょうかね」

ハリスおばさんは、おろおろ声だった。

「あの関所をぬけることは、どだい無理でしょうな。わたしたちがそんなことをすれば、よけいにまずいことになります。あの連中の目をごまかそうとして、露見したら、それ

こそ十倍もひどいめにあいますよ。そうだ、その子のおとうさんはどうです？　埠頭にくるように電報はうてないものですかな。そうすれば、すくなくとも、子どもを保護して身元の確認はしてくれるでしょうからね」

ハリスおばさんは心配で胸がつぶれる思いだったが、それでも、ベイズウォーター氏が、「あなたがそんなことをすれば」とはいわず、「わたしたちがそんなことを……」といった、そのことばを聞きのがしはしなかった。

つまり、ベイズウォーター氏は、ひとごとでなく、自分のこととして、同じ窮地に身を置いて心配してくれるのだ。そう考えると、ハリスおばさんの心に、感謝の念と勇気がわいてきた。だが、またも悲しくなって、勇気のほうだけは、すぐにしぼんでしまった。

「だけど、父親の住所をはっきりとは知らないんですよ。これから住む町はわかっているつもりですけどね。とにかく父親をまっ先にさがさないことには……。なんとかなりませんでしょうか。どうしていいやら、わたしゃもう、さっぱり」

ベイズウォーター氏も同様に、とほうにくれて、うなずくばかりだった。

「ほんとうに弱りましたね」

ハリスおばさんのほおを流れ落ちる涙が、星明かりの中でわかった。

「みんな、わたしが悪かったんです。いい年をしていながら、ばかなことをしでかしてしまって。分別がなさすぎましたですよ」

「まあ、そういわないでも……。あなたは、あの少年のために最善をつくそうとしただけなんだから」と、ベイズウォーター氏はなぐさめて、しばらく考えこんでいたが、

「ねえ、ハリスさん、あなたは、わたしの主人の侯爵とお知り合いだそうですが、パーティーに招待されたというのはほんとうですか」

ハリスおばさんは、いぶかしげな表情で、上品な身なりの運転手を見つめた。

(このわたしを、見くだすつもりじゃないだろうね)

「ほんとうですよ。でも、どうかしたんですか。侯爵さまとはパリ以来の仲よしですよ」

「それならばですよ」と、ベイズウォーター氏は、考えがまとまりかけたので、せきこんでいった。またも、ロンドンっ子特有のべらんめえ調が、口をついて出てしまった。

「ほい、しめこのうさぎだ。そんなら、なぜ親分に、いっちょう当たってみなさらん」

「親分てのは、侯爵さまのことですか。そしたら、どうかなるんですかねえ。あのかたとわたしゃ、友だちなんですよ。あのかたをエリス島とかいう場所へぶちこみたくはないですけどねえ」

「わかっちゃいないですな。この件について力になれそうなのは、あのかただけですぞ。侯爵は外交官です」

いつもは一をきいて十を知るほうなのだが、がらにもなく一瞬、ハリスおばさんは、ぽかんとした。

「外交官だから、どうだっていうんですよう」

「つまりですな。あのかたは特別の旅券をもっておられる。最高の待遇をしてもらえる『大物』でしてな。だれも旅券なぞ調べもしなければ、質問する役人もおらんのです。

この前わたしが、五十三年型のシルバークラウドというロールス――あれは、きゃしゃな三号シリンダー・ガスケットのついた車でしたがね――それといっしょに行ったときは、イギリス大使ジェラルド・グランビー卿のおともでした。そのときも、波止場の税関なんか通りはしませんでしたよ。大使には、管理局も税関もありゃしません。『ジェラルド卿、ご機嫌はいかがでいらっしゃいますか』『ようこそアメリカへおいでくださいました。どうぞこちらへ』『ジェラルド卿、お荷物のことはご心配なく。ほかにおいいつけのことは？　まっすぐにどうぞ。お乗り物がまたせてございます』といったぐあいに、外交官旅券と肩書きがあれば、なにごとも絹のようになめらかに、するするっと運んでしまうんです。アメリカ人は肩書きに弱い国民ですからな。

だから、侯爵のことを持ち出したんですよ。それも、ありきたりの大使ではなく、なんといっても、ほんものの侯爵ですからなあ。子どもの一人や二人、なんということはないでしょうよ。役人たちは、気がついても、なにも聞きやしませんよ。

侯爵にたのむ一手です。きっとやってくれますよ。あのかたは、りっぱな紳士です。あのかたが波止場の関所を、子どもを通してくださりさえすれば、あとであなたは、なんのごたごたも起こさずに子どもを受けとることができます。さあ、どうです、この考えは」

ハリスおばさんは、すばしこそうな小さな目をかがやかせて、まじまじと運転手を見つめていた。もう、涙なんかおさらばだ。

「ベイズウォーターさん、わたしゃ、あんたにキスしたいよ」

そのとたん、風格ある運転手の心の中には、がんこな独身主義者特有の恐怖がわきあがった。が、ハリスおばさんのほっとした、うきうきした顔を見ているうちに、そんなものも消えて、ベイズウォーター氏は、手すりにかけた彼女の手をかるくたたき、やさしくいった。

「ハリスさん、これがうまくいくかどうかわかるまで――キスは、またの日までおあずけにしときましょうや」

第十章

さて、ハリスおばさんは、ヘンリーの行方不明の父親のこと、自分自身のとっぴな計画のことなど、すべてをぶちまけながら、

（わたしゃ、一日のうちに同じ話を二度もしゃべっているんだよ）

と、そんなことを思っていた。場所は甲板から定期船の一等特別室に変わっており、耳をかたむけて聞き入っているのは、フランス共和国からアメリカ合衆国へおもむくとちゅうの大使イポリット・ド・シャサニュ侯爵閣下だった。

白髪の老外交官は、口もはさまず、話をさえぎることもせず、ただ、ときおり口ひげを引っぱったり、指の背のほうでふさふさしたまゆ毛をなぜたりしながら、話に聞き入っていた。

侯爵のふしぎなほど若々しい、はりのある目や、しょっちゅう手でおおわれる口もとを見ていただけでは、「無国籍で書類もない孤児同様の英米の子どもを、大使になった初仕事として、随員にくわえて密入国させてくれ」とのたのみを、おもしろがっているのか、迷惑に思っているのか、見当がつかなかった。

ハリスおばさんが、ベイズウォーター氏から忠告されたことを最後につけくわえて話しおえると、侯爵はちょっと考えこんでいたが、ほどなく、

「あなたがなさったことは、親切で俠気に富んではいますが、いささか無鉄砲だったとは思われませんかな」

ハリスおばさんは、身も世もあらぬというように、いすから乗りだして、ぴったり両手を合わせると、

「はい、そりゃもう、たしかに。わたしゃ、どんなお仕置きを受けてもしかたございませんです。だけど、あなただって、ろくに食べさせてももらえないあの子が、ぶたれるときの泣き声をお聞きなすったら、どうなさいますか」

侯爵はじっくりと考えこんで、ため息をついた。

「ああ、あなたは、わたしをとまどいさせたあげく、『わたしも同じことをしただろう』といわせたいのじゃな。しかし、現在わたしたちは、たいへんな難問題にぶつかっているのですぞ」

ハリスおばさんの提出したその難問題に、ちょっとの間でもかかりあった人たちは、だれでもすぐに、自分もその重要な発起人であるかのように、「わたしたち」という言葉をつかうというのは、まことにおどろくべきことであった。ハリスおばさんは、熱をこめていった。

「ベイズウォーターさんのお話では、あなたのような外交官さまは、特別の権利をおもちだそうでございます。あなたは特別な赤いじゅうたんの上をのっしのっしと歩かれて、きっと、まちがいなく、こんなふうにいわれるのでございますよ。

『ようこそ、閣下、こちらへどうぞ、閣下、かわいいおぼっちゃんでいらっしゃいますね、閣下』

そして、なんてこたなく、ヘンリーを波止場にあげることがおできになるのでございますよ。質問なんかされやしませんです。そのあとで、わたしが子どもをいただきにあがります。あなたさまは、ヘンリーとわたしと、ヘンリーの父親から永久に感謝されますでございますよ」

「ベイズウォーターのやつ、なんでも運転する心得があるとみえるな」

「もちろん、あの人はよく知ってなさいますですよ。経験がおありなのでしてね。あの人はいってましたけど、ジェラルド・グランビー卿とかいうかたとアメリカへきたとき、そんな調子だったそうでござんしてね。『ようこそ、ジェラルド卿、こちらへどうぞ、ジェラルド卿、旅券のことなどご心配なく、ジェラルド卿……』」

「わかった、よくわかりました。そのとおり、そのとおりでしょう」

侯爵は、あわてて相づちをうった。侯爵は、自分のときも同じようなあつかいだろうとは考えているものの、しかし、実際にどうなるかはわからなかった。これが問題だった。アメリカに到着すると、なにかうるさい行事めいたものがあることはわかっていたが、それがどの程度のものかは予測できなかった。

しかし、侯爵自身が後にホワイトハウスを訪問して公式に信任状を提出するまで、「ほんものの大使かどうか、それを見せてくれ」などといいだすものがいるはずはないこともたしかだった。

秘書や運転手や従者などにも、同じはからいがなされるはずで、侯爵の一行の一人と思われる少年のことを、だれかが見とがめてうるさくつつき出すようなことは、まずないといってもよさそうだった。ハリスおばさんがいっているように、その子がおっとりとかまえて行儀がよく、口をつぐんでいたら、ぼろの出ることはあるまい。

ハリスおばさんが、あわれっぽい声を出した。

「どうでござんしょう。成功しそうだと思ってくださいませんかね。一度ヘンリーを見たら、侯爵さまも、だきしめたくなることはうけあいでござんすよ。かわいい子ですもの」

侯爵は手をふった。

「しいっ。ちょっとお静かに。考えてみたい」

ハリスおばさんは、たちまち、ぴたりと口をつぐんだ。そして、両手を組み合わせて、金張りのいすのはしっこにちょこんとすわっていた。足は床に、やっとすれすれにとどくほど短かった。そして、小さな目で心配そうに侯爵を見つめていた。その目には、あつかましさも、かけひきのかげもなかった。ただ、おろおろして哀願するまなざしだけだった。

気品のあるこの老紳士は、「考えてみたい」といった通り、すわってじっと考えこんだ。が同時に心のかたすみで、こんなことも感じとっていた。

この婦人は、自分の思いとそっくり同じことを他人にも思わせる能力をもっている。これがハリスおばさんの奇妙なところだ。パリでは、この婦人は、ディオールのドレスのような美しいものや、草花への愛情の世界のことを、侯爵に教えた。

それらの美しいものを愛し、追いもとめる興奮を、こんどは、いかにもハリスおばさんらしい単純なやりかたで、すくわれない子どもに対するいたわりに変えて侯爵にしめし、侯爵はこれまで、いたいけな子が受けている苦しみについて、考えてもみなかったことに思いおよんだのだった。

世界じゅうには、数えきれないほどのたくさんの子どもたちが、飢えたり、苦しんだり、しいたげられたりしているが、神よ、おゆるしあれだ。そんな子どもたちのことを、だれひとり考えたこともなかったのだ。

侯爵は、ガセットとかいう名の男のそばで、やせこけた少年が、ぶたれたり、つきとばされたりしているところを思いうかべてみた。ガセットなる人物とは会ったことはないし、これからも会うことはないだろうが、これらの事実をほうっておいてもよいものだろうか。

侯爵は、むかいあって心配そうにすわっているハリスおばさんの、しもに打たれたリンゴのようなほお、つやのない、そそけた髪、労働でごつごつしている手などを見ているうちに、ヘンリーの身の上が無性に案じられてきた。

このロンドンの通いの家政婦さんは、その短いパリ滞在中に、彼女なりのやりかたで、侯爵にたのしいひとときをあたえてくれた。それどころか、ちょっとこじつけたいいかたをすれば、このハリスおばさんのいいなりになって、たのみを聞いてやったからこそ、こんどの大使の任につくことができたのかもしれない。

というのは、ハリスおばさんがパリで知りあった友だちの夫、コルベール氏を、侯爵が援助して、フランス外務省の重要なポストにつかせた。そのことについては、ハリスおばさんが一役かっている。

コルベール氏は、一年もたたぬうちに、その才幹をあらわした。コルベール氏を用いたことによって、侯爵の見識も、あらためて見なおされた。そして、そのことで人々の信望を得たからこそ、侯爵はだれもがのぞむ駐米フランス大使という名誉ある地位におされたのであった。

しかし、それにもまして貴重なのは、ハリスおばさんが侯爵に、彼の若いころを思い出させてくれたことだ。彼はオックスフォードの学生だった。そして、彼女と同じなかまの「ぞうきんおばさん」が、彼の若き日の孤独を、だれよりもなぐさめてくれたのだった。侯爵は考えた。

(ハリスおばさんは、なんとよい人物だろう。この人と知りあえたのは幸福なことだった)

また、こうも考えた。

(人をたすけることのできる力をもっているということは、なんと喜ばしいものだろう。

そして、人の気持ちをなんと若がえらせてくれることだろう！）

侯爵の頭の中をすぎていくさまざまの思いは、しだいに本筋をはなれていった。侯爵は、自分が大使になることに決定して以来、自分の生活にも大きな変化があったことを考えた。

それまでは侯爵は、ありきたりの老人で、現役をはなれ、晩年の生活を静かに味わい、たのしもうと思っていた。ところが、いまはエネルギーに満ちていて、この新しい生活をすてて隠遁（いんとん）しようなどとは、さらさら考えなくなっていた。

それに、もう一つ。侯爵が自分の年齢の重みと威厳のある風采（ふうさい）とに思いおよんで、すこぶる満足な思いをしたのは、つまり、人々がだれも、彼にすこし近づきがたいおそれの感情をいだいているということだった。

（それに、ほとんどどんな場合にも、わたしの好きなようにできるし、実際、だれも文句はいわんのだわい）

侯爵は、イギリス留学時代のことどもを、こもごも思いうかべながら、内心、くっくっとわらいだしたいのをこらえていた。そして、あれやこれやの考えを参照にして、結論に到達した。

（このよいご婦人をたすけてやって、だれも傷つくものはおらぬではないか。それに、このような簡単な計画が失敗するとでも思っておるのか）

侯爵は、ハリスおばさんにいった。

「よろしい。では、おたのみなさったようにしてあげましょう」

ハリスおばさんは、感謝の心を花火のように爆発させて、堪能(たんのう)しようとはしなかった。そのかわりに、もちまえのちゃめっけをよみがえらせた。そして、やんちゃそうににやにやわらって、

「きっと引きうけてくださると思ってましたよ。こりゃ、ちょっくらおもしろいことになりますですよ。わたしゃヘンリーをすっかりきれいにあらってやって、だんどりをよく話して聞かせておきます。ヘンリーは、あてになる子でしてね。そりゃ利発でござんすよ。よけいなことはしゃべりませんが、いったんやりはじめたら、まとをはずしゃしませんでございます」

侯爵も微笑した。

「万事が思いどおりというわけじゃね。まあ、わたしがつまらぬ同情心を起こして引きうけて、これからどんなきりきりまいをさせられるか、見物していてごらんなさい。船は十時に入港の予定です。九時には検疫があるので、そのときたぶん、代表団がわたしを出むかえに乗船してくるでしょう。——たぶん、フランス領事でしょうな。だから、その子をそれまでにここによこして、わたしのそばにいるところを、人目になれさせておいたほうがよろしいだろうな。朝の七時半には、あなたがた二人の普通船室から、この部屋に自由に出入りできるように、わたしが手配しておきましょう。秘書や随員たちにも、しかるべくいいふくめておきます」

ハリスおばさんは立ちあがって、ドアのほうへ歩いていき、

「あなたさまは、ほんとにいいかたですよ」

親指をぴんと立てて、成功を祈る合い図をした。

侯爵も同じ合い図をかえして、いった。

「あなたもいいかたですね。『こりゃ、ちょっくらおもしろいことになります』ですな」

第十一章

だれかが侯爵に、アメリカの報道関係者のやり口について知らせておくべきだったのだ。これらマスコミ関係者は、ド・ゴールが政権をにぎって以来、侯爵がはじめての新駐米フランス大使であることに関心をいだいていた。そしてまた、だれかが侯爵に、彼の到着にそなえて準備してある、上陸の手順に対する心がまえを連絡しておくべきだった。

しかし、アメリカの報道関係者のやり口について、侯爵に教えておくことを、だれも完全にわすれていたし、上陸時の手はずについては、お役所仕事にありがちな、国務省の役人の手ちがいで――おたがいに、だれかが侯爵に知らせたものと思いこんで――これまた、なおざりにされていた。だれもが他人をあてにして、そのじつ、だれもがやらなかったのだった。

侯爵は元来、なにごとにもひかえめな人がらだったから、自分のことを重要人物だなどと思ってはいなかった。それに、侯爵は、たんに形式的な出むかえや入国については、スムーズにいけばよいが、とだけしか期待していなかったし、また、大さわぎの歓迎をのぞんでもいなかった。到着して車が陸揚げされたら、なるべく早く、午前中にでも、ベイズウォーターに運転させて、ワシントンへむかうつもりでいた。

そういうわけで、侯爵がぜんぜんなんの用意もしていないところへ、船舶関係の記者・特派員、各新聞の報道記者とカメラマン、ニュース映画のカメラマン、テレビ・ラジオの取材班や技術班、携帯テレビカメラの連中などのそうぞうしい一団が、検疫のさいに、うすぎたないボートを本船に横づけして、ぞくぞくと乗船してきた。そして、通路をどやどや歩きまわり、侯爵の船室に押し入り、上甲板の会見室でインタビューをもとめたのだった。

同様に、思いがけなく、白ぬりのしゃれたアメリカ政府のカッターが、ビル・ド・パリ号に横づけになった。そして、ボタン穴に赤・青・白の花形の飾りをつけたニューヨーク市の公式歓迎委員、同市議会の二大政党の領袖（りょうしゅう）、市長代理、在ニューヨークおよびワシントンのフランス総領事、フランス常任公使館員一同、五、六人の国務省代表者等が、外交儀礼として大使を歓迎するため、国務省高官の先導で、つらなってあらわれた。アイゼンハワー大統領から個人的に派遣された、ホワイトハウスの職員もいた。

それらの人々のほとんどが、侯爵の船室にぎゅうぎゅう押し入り、その間、巡視船の楽団が高らかにフランス国歌を吹奏しつづけた。そしてヘンリーは、浴室ににげこんではいなかった。ヘンリーはハリスおばさんに、上陸するまでに、もし万一やっかいなことがもちあがったら、すぐに浴室に「どろんを決めこむんだよ」といいふくめられていた。だが、それはまにあわなかった。

ヘンリーは、いざというときにそなえて、きれいにからだをあらい、さっぱりとなっていた。きれいなシャツと半ズボン。これは、ハリスおばさんが出発前に、マークス・アンド・スペンサーの店で買って用意しておいたものだった。同様に、新しいくつとソックスをはいて身なりをととのえたヘンリーが、侯爵の部屋のいすのはしに、ちょこんと腰をかけていた。そんな環境がぴたりといたについている、なかなか品のいい子どもに見えた。

侯爵とヘンリーは、なにがなんだかわからないうちに、船室からおし出されて正面階段をあがり、大勢の質問者で息がつまりそうになっている記者会見室につれこまれてしまった。そして、カメラとマイクロホンの、度肝をぬくばかりの大放列とむかいあった。テレビカメラは、もう活動をはじめていた。

とたんに侯爵は、質問の紙つぶての一斉射撃をあびた。

「ロシア人をどう思いますか」

「平和になると思いますか」

「アメリカの女性についてのご意見をどうぞ」

「ド・ゴールについては?」

「北大西洋条約についてのご抱負は」

「夜やすむとき、パジャマのズボンをはかれますか」

「フランス国民は、もっと借款をのぞんでいますか」

「お年はおいくつで?」

「フルシチョフには、お会いになったことがありますか」

「令夫人とごいっしょですか」

「アルジェリアの紛争の見通しはいかがでしょう」

「どのような功績でレジオン・ドヌール勲章をもらわれたんですか」

「水素爆弾についてひとつ」

「フランス人はアメリカ人より恋をするのがじょうずだといわれていますが、ほんとうですか」

「フランスは国際通貨基金を辞退するそうですが」

「モーリス・シュバリエをごぞんじですか」

「共産主義勢力がのびてきているそうですが、ほんとうですか」

「おしばいの『ジジ』をどう思いますか」

何人もの男女の記者がわめきたてた質問につづいて、特派員が、これまでとはちがった質問を発した。

「このお子さんはどなたですか」

記者会見というものは、このようにしまつにおえない状態になってしまうことも、めずらしくない。その日、報道関係の連中は、ビル・ド・パリ号に乗りこもうと、朝早くから用意をして、波のあらい湾内でゆすぶられていたので、船よい気分がさめていなかったせいもあった。

だが、質問を一斉射撃のようにわめきたてては、それを聞きとることも、こたえることもできたものではない。一瞬しずまったときに質問が一つされれば、うまくいくときがある。こう膠着状態におちいっては、なんでもいい、なにか一つでも侯爵の返答がほしくなる。記者たちは、しばらく自分の質問をさておいて、その特派員の質問にとびついた。

「その子どもさんはどなたですか」

「閣下、そのお子さんは」

「大使、この子どもさんとどういう関係です」

そして一同は、しんとなってそのこたえをまちうけた。

大使とヘンリーは、正面にすえてある会議用テーブルを前に、ならんですわっていた。老外交官は、ヘンリーが自分の口からうまく説明してくれるのではないかと、いくぶん期待しながら、頭ばかりがふつりあいに大きく見える、うれいをおびた子どもの顔を何度も見やった。

同じように、小さな少年も、かがやく悲しげな、ものわかりのよさそうな目で、このおじいさんの顔を見上げた。しかし、だまったままでいた。

侯爵は、子どもの口が固くとじられているのを見て、ハリスおばさんが無口な子どもだといったことを思い出した。これ以上だまりこくっていても、なんともなりそうにはないとわかった。ぜひとも返答しなければなるまい。質問とこたえとの間の空気が、重苦しいものになってきているのだ。

侯爵は、せきばらいをしてから、いった。

「この子は――この子はその、わたしの孫です」

どんなわけでか、記者連中は、このこたえにおおいに喜んだ。

「へえっ、お孫さんでしたか！　聞いたか、お孫さんだぞ！　これは、なごやかな、いいもんだねえ。お孫さんだ！」

記者たちはメモをとりだして、いそがしく書きはじめた。その間、フラッシュが、二人の犠牲者の前でポンポンたかれた。カメラマンたちは、てんでに戦争さわぎをやらかし、喚声をあげながらとび出してきた。侯爵はすっかり目がくらんで、なおのことまごついてしまった。

「大使、じっとしててください」

「こちらをおむきください、侯爵」

「侯爵、お孫さんにお手をかけて」

「ぼうや、おじいさんのほうに寄って――もっとくっついて、もっと」

「さあ、わらって。それでけっこうです。もう一度、もう一度わらって」

「ぼうや、おじいちゃまの首に手をまわして」

「ぼうや、おじいさんのおひざの上に乗って、キスしてくださいよ」

この常軌を逸した混乱にくわえて、フランスの新任大使がかわいい孫と旅をしてきたということがはっきりした以上、質問はなおのことはげしくなった。

「お孫さんのお名前は」

「どなたのお子さんですか」

「どこまでおいでです」

侯爵は、すっかり人気をあげすぎてしまったことを感じた。

「ヘンリーくんですか。ヘンリー、それともアンリですか。お孫さんはフランス人？　それともイギリス人ですか」

侯爵は、いずれはヘンリーも口をきかなければならなくなるだろうと考えたので、

「イギリス人です」

とこたえた。

空気は、やっといくらかおちついて、正常にもどってきた。ところが、会見室のうしろのほうにいたロンドンのデイリーメール紙の記者が立ち上がって、もちまえの格調正しい英語で質問をしてきた。

「閣下、では、このお子さまは、ダーティングトン卿のご令息であられますか」

この優秀なイギリスの記者は、イギリスの貴族社会にくわしくて、ド・シャサニュ侯爵の令嬢の一人が、ストーのダーティングトン家の令夫人となっていることを知っていた。

外交官というものは、ふつう、めったなことではたじろがない。侯爵のかつての公務

生活においても、血管に氷水がながれているかと思われるほど、冷徹にその身を持してきた。

だが、今回ばかりは、いささか事情がちがったうえに、不意打ちをくらったのである。災難は突如として発生し、身がまえもできないうちに侯爵をのみこみにかかっていた。

むろん、ヘンリーは、ダーティングトン卿のおぼっちゃんではあらせられなかった。だが、「ノー」と返事をすれば、もっとやっかいな質問の追い討ちをかけられるだろう。侯爵には、これから後のことを考慮するゆとりもなかった。

「いかにも。いかにもそうです」

侯爵は、こうなったからには、ただただ一刻も早く、この地獄の責め苦にも似た会見を終わらせたかった。そして、ハリスおばさんが受けとりにくると約束していた、波止場の倉庫の決められた場所へ行き、なやみの種のヘンリーをぶじにわたして、安堵の思いをすることだけをねがっていた。

ところが、この最後の言葉が、さらに大うずをまき起こしたのである。カメラマンは、またしても前にとびだしてきて、フラッシュをぱっぱとたき、光はさくれつし、連中はぎゃあぎゃあわめきはじめた。

「すると、お孫さんはイギリス貴族のご令息ですね」

「ゆくゆくは男爵さまだよ」

「どうだい、こりゃ大ニュースだぜ。このお子さんは貴族だ。女王陛下と男爵は親類すじなんだぞ」

「そうか。すると、なにかい。この子どもさんは女王と親類だってわけか。ヘイ、ぼっちゃん男爵、こっちむいて！　わらってくださいよ」

「ええと、名はベドリントンでしたかね」

侯爵の威厳にあふれた外貌の下では、恐怖の冷や汗がながれていた。記者連中が、彼とヘンリーとが血がつながっていることをみとめた以上、ことここにいたっては、ハリスおばさんがヘンリーを引きとりにきても、波止場でヘンリーとのきずなを断ち切ることは、なまやさしいことではないと考えないわけにはいかなかった。

記者たちや放送関係の連中は、ヘンリーをびっしりととりまいて、質問をあびせていた。

「オーケー。ヘンリー、ひとことなにかいってくださいよ」

「アメリカの学校へ行くんですか」

「野球をおぼえたくはありませんか」

「アメリカのお友だちにひとことどうぞ」

「アメリカの感じはどうです」

「お父上はどちらに――お城に住んでおられますか」

一斉射撃がはじまったが、ヘンリーはやはり口をつぐんだままだった。ハリスおばさんがいったとおりだった。記者たちは、だんだんしつこくせまってきたが、ヘンリーも、ますます固く口をとじていた。とうとうしまいに、記者の一人がじょうだんをいった。

「どうしたんです。にゃんこに舌をかみ切られちゃってるのかな、ぼうや。侯爵は、きみのおじいさんじゃないんだろう」

それを聞くなり、少年はついに口を開いた。自分の恩人の誠意あるなさけが傷つけられたからである。まっ白な髪とやさしい目をした親分が、自分をかばって、とほうもない大うそをついてくれた。そのうそが、いまや疑われようとしているのだ。

ハリスおばさんがいうように、ヘンリーは、どんなばあいにも、かならず、なかまの加勢をする少年だった。口のチャックがついに開き、かん高い、子どもらしい声がとび出した。

「なにを、くそったれ。この親分は、おいらのほんもののおじいだい」

部屋のうしろのほうにいた、謹厳な英語をつかうデイリーメールの記者のまゆが、天井にとどくくらいとび上がった。

侯爵は、恐怖の大波をぶちあびた。だが、一大難事がまさにそのウォーミングアップを開始したばかりであることには、侯爵はまだ気がついていなかった。

第十二章

一方、普通船室のほうでは、すっかり準備が終わっていた。とっておきの晴れ着でめかしこみ、旅券と予防注射済みの証明書をにぎりしめたハリスおばさんとバターフィルドおばさんは、甲板の手すりのそばに立って、この興味ある新しい国をはじめてこの目で見ることのできる喜びに、胸をときめかしながら、ビル・ド・パリ号の舷門(げんもん)のあたりをひっきりなしに行きかう、引き船やカッターやボートの群れをながめていた。

ヘンリーは朝早く、船の前方の侯爵の船室につれていかれてしまったが、ハリスおばさんはその前に、万が一の場合の対策を、ぎっしりヘンリーの頭の中につめこんでおいた。

ハリスおばさんは平然とかまえていたが、バターフィルドおばさんは、さていよいよとんでもないはめにはまりこんでしまうのではないかと、そわそわして、さかんに汗をながしていた。

「ねえ、エイダ、ほんとにだいじょうぶだろうかねえ。わたしゃ、なんだか、おっかないことが起こるような気がしてならないよ」

だが、たとえハリスおばさんが、バターフィルドおばさんの持ち芸である予言者なみの霊感を活用することにしたところで、いまとなっては時期すでにおそく、計画を変えるわけにはいかないのである。

ヘンリーがそばにいないと、どうも気が気ではなく――この五日間の航海中、ハリスおばさんは、ますますヘンリーがいとおしくなっていた――いまさら、気のめいるような予言を聞くのは、おことわりだった。それでもハリスおばさんは、念のためにもう一度、予定の順序を思いかえしてみた。

ハリスおばさんは、気の弱い友だちにいった。

「あんた、どうしたのさ――しっかりしておくれよ――へどもどするこた、なんにもないんだよ――どんなまずいことが起こるっていうのかい」

ハリスおばさんは指を一本ずつおりまげて、順ぐりに検討をはじめた。

「ヘンリーは侯爵さんにくっついていくだろ。なんにも聞かれることなんか、ありゃしないし。波止場にあがっちまえば、ヘンリーはブラウンの頭文字のB倉庫のところに立ってりゃいいんだ。そこへ、わたしたちが迎えに行く、ってわけさ。タクシーもまってるだろうし。

ヘンリーは、シュライバーさんご夫妻が行ってしまいなさるまで、いつもの手で、だれかさんの家族のようなふりをして立ってりゃいいんだ。それから、わたしたちといっしょになる。わたしたちゃ、あとからタクシーに乗って、そのタクシーがシュライバーさんの家についたら、ヘンリーが歩道におりて、わたしたちがあたりのようすをたしかめるまでまつ。人目のないことがわかったら、わたしたちは、あの子をかかえこむようにして、さっとペントハウスへあがってしまうんだよ。

シュライバーのおくさんの話じゃ、アパートの中はとても広くて、一連隊ぐらいははいっても、どこへまぎれこんじまったかわからないくらいだそうだからね。これも、あの子のとうさんをさがすまでの、ほんの二、三日のことさ。そうすりゃ、おまわりさんがきたって、あんたのおじさんみたいなものさ。こわいことはありゃしない。

さあ、気がすんだろ。くよくよしないで気楽になっておくれよ。これでもまずいことが起こるっていうのかい」

「なんか、おっかないんだよ」

バターフィルドおばさんは、やはり同じことをくりかえした。

船べりから海面を見おろすと、二人のすぐ前に、船首に三インチ砲とレーダーマストを装備して、大きなアメリカ国旗をへんぽんとひるがえしている、灰白色のぴかぴかの巡視艇が停泊していた。巡視艇は、ビル・ド・パリ号の下部の入り口の一つと、タラップでつながっていた。

あきらかに、なにか重大な行事がおこなわれるらしかった。巡視艇の船尾には、軍楽隊が隊長の命令をまちうけながら、かしこまって整列しており、タラップには海軍儀礼兵と海兵隊が、やたらに勲章をつけた士官の指揮下にはいってならんでいた。

そのうち、軍楽隊長がやおら手をあげ、士官は号令をかけ、儀礼兵の一隊は銃の遊底をカチッとまわして、ささげ銃の姿勢をとった。と、軍楽隊長の指揮棒がさっと一閃し、軍楽隊は、アメリカ合衆国国歌を吹奏しはじめ、つづいて、身の引きしまるような「星条旗よ永遠なれ」にうつっていった。

　スーザの作曲になる高らかなマーチに合わせて、金モールの軍服の陸、海、空三軍の将星をトップに行進が開始され、つづいて、縞ズボン、フロックコートに山高帽の高官たちが居ならんでビル・ド・パリ号の船腹からあらわれ、タラップの上を威儀を正してしずしずと巡視艇に乗りこんでいった。

　それから、いっときしんとなったかと思うと、軍楽隊長はまた両腕をふりあげ、急激にふりおろした。軍楽隊は一糸みだれず、高らかにフランス国歌を吹奏しはじめた。するすると、堂々たる風采で、まっすぐに姿勢を正した老紳士が、同じように、縞ズボンと灰色のフロックコート、山高帽のいでたちであらわれた。老紳士は白髪白髯で、ふさふさしたまゆ毛の下にするどい青い目を光らせ、ボタン穴にバラの花形のレジオン・ドヌール勲章をつけていた。そして、フランス国歌が吹奏されている間、帽子を胸の上に置いたまま、厳然として立っていた。

「あれはわたしの友だちだよ――侯爵さまだよ」

　どんな経過をたどりつつあるか夢にも知らないハリスおばさんは、力強くいった。

　しかし、バターフィルドおばさんは、とっくに肝をつぶしていたし、いっしょにたのしみながら見物する、別の肝ったまはもちあわせていなかった。国歌の吹奏が終わり、つぎの曲がはじまって、公爵がタラップをわたりはじめたとき、この太ったご婦人は金切り声をあげ、ぷくぷくした指をふるわせて指さしたのだった。

「あれっ、あれをごらんよ。ヘンリーが、あの人にくっついて行くよ!」

たしかにそのとおりだった。ヘンリーは一分のすきもない制服すがたに身をかためたベイズウォーター氏と手をつなぎ、秘書や従者や少数の大使館の随員につきそわれて、大使のすぐあとから、タラップをわたって行った。

巡視艇につくと、ヘンリーは大使と同じように上品な態度で、海軍儀礼兵のささげ銃の礼を受けた。

ハリスおばさんは、胃がめりこんでいくような気持ちにおそわれながら、事態をのみこんだ。侯爵の一行が巡視艇にうつる直前、ハリスおばさんは、ベイズウォーター氏の品のある青ざめた顔が、汽船の上甲板のほうを心配そうに見あげたのを知った。

そして、神のご加護でなかったら、まったくのまぐれでしかないのだが、ベイズウォーター氏はハリスおばさんをさがしあてた。二人の視線が合った、そのせつな、彼は肩をすくめて見せたのである。ハリスおばさんは、そのことだけで、

(ははん、ベイズウォーターさんの手におえないような、しちめんどくさいことになっちまったんだな。だから、あんなそぶりをして見せたんだね)

と、言葉以上にぴんとさとったのだった。

たしかに、しちめんどうなことになっていた。ベイズウォーター氏、ヘンリー、侯爵の三人を、こんな羽目におとしいれたのは、アメリカ政府がド・シャサニュ侯爵にすこ

ぶる尊敬の念をいだいていたからであり、また一つには、アメリカ政府はこのさい、最近とみに実力をあらわしてきたド・ゴール政権が、その成立以来はじめて派遣した新任大使を、特別に丁重な礼をもってむかえることが賢明だと考えたからだった。

そこで特別番組をひねりだして、侯爵とその随員を、検疫停船のさいに、アメリカの船にむかえ入れるという、かつてない待遇に出たのだった。

侯爵の一行と荷物はすべて巡視船に乗りうつり、威儀をととのえて要塞海峡を航行し、ニューヨーク港へとむかった。そこには別の儀礼兵とキャデラックの一団が、マンハッタン島の南端バタリーの上陸地点にまちうけていた。

一行は、そこから車を駆ってニューヨークの住宅地域を通り、すさまじいビルの谷底をぬけた。両側のビルの窓々からは、歓迎のテープが雨のようにふってきた。その中には、電話帳を切りきざんだ紙きれや、紙リボンの花もまじっていた。それらはアメリカの物質文明の威光を、まのあたりに証明するかのように、ヘンリーの頭上に舞い散った。

侯爵たちの自動車の行列は、クイーンズボロ橋をわたって、アイドルワイルド空港に到着した。空港には、アイゼンハワー大統領の専用機コロンビア号が待機していた。大使の一行——ただし、ベイズウォーター氏だけは、ロールスロイスを運ぶために、あとにのこった——は、この飛行機でワシントンへ飛びたった。

ヘンリーもいっしょだった。ヘンリーは、生まれてこのかた、こんなすばらしい思いをしたことはなかった。

ヘンリーは飛んでいってしまったが、人々の記憶から消え去ったとはいえなかった。各新聞の夕刊、つづいて翌日の朝刊は、紙面にでかでかと、新任フランス大使とそのお孫さんの到着を報じた。

ヘンリーがベテランのカメラマンにいわれるままにポーズをとった写真が、どの新聞にも載っていた。おじいさまである侯爵にだかれたのや、おじいさまにキスしているところや、おじいさまのひざの上に乗っているところやら……。ほかに、ヘンリーが、おちつかない大きな目で、カメラをきっと見つめているのもあった。

おおげさな記事を載せない伝統をもつタイムズ紙だけは、「侯爵は令孫を同伴しており、令孫はストーのダーティングトン卿の令息、ヘンリー・ダーティングトンくんである」と、簡単にふれていたが、ほかの新聞――とくに女性特派記者を派遣した新聞では、記事は、おまけでふくれあがり、たとえばこんなふうに書いてあった。

「すばらしい容貌、すてきな銀髪の大使は――航海中にさぞ多くの女性の胸をときめかせたことであろうが――ご令孫をおつれになっており、このお孫さんは、イギリス女王陛下と縁つづきにあらせられるかたで、ヘンリー・ダーティングトン卿であらせられる」

「ダーティングトン卿はイートン校在学中であるが、たまたま休暇を利用して渡米。卿はイートン校きっての優等生であらせられる。ヘンリー卿は、このようにいわれた。

『ぼくはイギリスの少年を代表して、アメリカの少年諸君にメッセージをもってまいりました。われわれ両国の少年は団結しなければなりません。もしわれわれが泳ぎを知らなければ、手をとりあってしずむばかりです。だからわれわれは、かならず泳ぎをマスターしなければなりません……等々』

また、ヘンリー卿がアメリカでもっとも熱心に見たがっておられるのは野球だとのことで、本日午後おこなわれるヤンキースタジアムのニューヨークヤンキース対レッドソックスの試合は、なんとしても見物したいと申されて……」

パーク街六五〇番地のアパートのペントハウスで、この新聞記事を見ていたシュライバー夫人は――同様に、キッチンではハリスおばさんとバターフィルドおばさんも読んでいたが――目を見はった。

「まあ、なんてかわいいおぼっちゃんでしょう。やっぱり、どことなく気品がおありだわ。女王さまと縁つづきだそうだけど、わたしたちの船とごいっしょだったなんて。愛らしい目をしたぼっちゃんだこと。ほんとに生まれながらの紳士って感じね。そうでしょ。一目見ただけで貴族だってことがわかるわ。血すじはあらそえないものね。家がらがりっぱだと、すべてがりっぱね」

それから、夫人の視線と夫の視線が出会って、しばらくそのままだまっていたが、二人はたがいに、相手がなにを考えているかがわかった。

シュライバー氏が、沈黙をやぶって早口にいった。

「船の中では、このぼっちゃんを見かけたおぼえがないな。きみの写真もよくとれているよ、ヘンリエッタ。でも、わたしのほうは、おじいさんに似てしまったな」

シュライバー夫妻も、新聞社のカメラマンたちに写真をとられていた。そして、ビル・ド・パリ号で到着した賓客の一員として、新聞をかざっていたのであった。

そのころ、大きなキッチンで、ハリスおばさんとバターフィルドおばさんは、新聞を何種類もひろげていた。新聞の第一面の写真の中から、たいへんな出世をしてしまったヘンリーが、二人に大きな目をむけていた。バターフィルドおばさんは、べそをかきながら、おろおろ声でいった。

「あんた、これからどうするつもりなのさ。だからわたしが、あれほど、なにか起こっちまうよといってたじゃないか」

これにはハリスおばさんもぐっとつまって、激励の言葉も出なかった。

「どうしたらいいかわかってりゃ、苦労はしないさ。それにバイオレット、あんたにも知っててもらわなくちゃならないんだがね、わたしゃベイズウォーターさんに、ここの番地を教えておくのをわすれちまってたんだよ」

第十三章

親愛なる侯爵さま

ベイズウォーターさんに、わたしどものニューヨークの所番地を教えておくのをわすれましたので、さぞおこまりになられたでございましょう。この手紙がぶじにあなたさまのお手もとにとどきますように。

バターフィルドさんとわたしは、あなたさまが汽船から小さな船に乗りうつりなさいますのを見ておりました。あんなことになろうとは、あなたさまもわたしも、ついぞ考えなかったことで、思いがけないできごとでございましたが、お気づきにならないごようすでした。ベイズウォーターさんとヘンリーは気がつきましたです。

わたしたちは、ヘンリーのことであなたさまにご迷惑をおかけしてしまって、たいへん申しわけなく思っております。ヘンリーを、あなたさまのお孫さんだといってくださいましたご親切を、身にしみてありがたく思っておりますでございます。

ほかにいいようがなかったこと、ようくわかっておりますです。それにしても、新聞のお写真はよくとれていましたね。はっは、ほんとでございますよ。

とにかく、ちっともおもしろい仕事ではなかったこととお察しいたしております。ご迷惑をおかけしました。ほんとうに心からおわびいたしますでございます。

あなたさまは、まったく親切なかたでいらっしゃいます。シュライバーさんご夫妻が休みをくださいましたら、こんどの土曜日におうかがいして、あの子を引きとりたいと思っております。午前中の汽車でまいります。

シュライバーさんのお宅はとても広うござんして、裏手にあるわたしどもの部屋も、たいへん上等でございます。部屋が五つもありまして、浴室も二つございますから、ヘンリーをつれてきても、けっして人目につくことはございません。なにとぞご休心くださいませ。

わたしもまだ当地を見物する時間はございませんが、ウッドローンの墓地には行ってまいりました。ひじょうに静かなよいところで、たくさんお墓がございました。バターフィルドさんは、車が右側通行なものですから、まだ街路を横切るときにはおろおろして、そのたびに、おまわりさんにピーッとやられております。

つい先だってなどは、レキシントン街のスーパーマーケットへ、晩のおかずを少し買いに行きましたところ、シュライバーさんからおあずかりいたしましたお金を、百八十七ドルがとこ、そっくりつかってしまいました。

それは、あの人はスーパーマーケットなんぞに行ったこともないので、目につくものを手あたりしだい、かごにほうりこみ、手押し車でおしていかないではいられなかったからでございます。

バターフィルドさんも、くれぐれもよろしくと申しております。そして、このたびの、あなたさまにおかけしたご迷惑は、なんて申してよいやらおわびのことばもなく、また、ヘンリーが、子どもなりにも紳士らしく、きちんとふるまっていてくれることを、心からねがっていることも、書きそえてほしいとのことでございます。

もし土曜日、ごつごうがよろしければ、正一時にヘンリーをつれにおうかがいしたいとぞんじます。

どうぞベイズウォーターさんにもよろしく。いずれお礼の手紙を書きますとおつたえくださいませ。

あなたさまの新しいお仕事は、いかがでございますか。

あなたさまもどうか、わたしのようにくれぐれも達者におすごしなさいますよう、お祈りいたしております。

かしこ

四月十五日

ニューヨーク市
パーク街六五〇番地
エイダ・ハリス

親愛なるハリスさま

あなたのうれしいお手紙、けさいただきました。つぎの土曜日にお目にかかれるのは、たいへん喜ばしいことですが、ヘンリーをつれてお帰りになる件は、残念ながら、わわたしがヘンリーと血縁の間がらであると余儀なく公言してきた手前、簡単にいきかねる状態にあると思われます。

じつはあの子は、こちらでおおいに人気を博している状態であります。これはなにも、わたしが船中の記者会見において、あの子にあたえるしまつとなった社会的な地位のせいばかりでなく、ヘンリーくん自身の個人的な魅力のためでもあるのです。あの子は外交団の中で広く友だちをつくり、それもふえる一方で、彼らをすっかりとりこにしてしまいました。それは、あの子が、ふだんはだまりこんでいるという才能ばかりでなく、ひとたび口を開いたときにとびだす奇妙な言葉のせいもあります。あえて喜んで披露させていただくのですが、あの子は、それにまた、イギリス人のいう「めっぽう手の早い」子で、クラソノダール――ソ連領ヨーロッパ南部の都市です――人の大臣の子ども――父親と同様に、まったくかわいげのない子ども――が、イギリス、フランス、アメリカのことを侮辱する言葉をはいたとき、一発ガンとくらわせてしまったのです。これでヘンリーは、なお男をあげ、子どもたちなかまで大もてであります。

それに、ヘンリーはわたしの孫ということにしておかなければならぬので、わたしとしても、あの子がもらっているたくさんの招待状を、むげに、反故にするわけにはいかないのです。それで、あの子は木曜日から一週間、もしくは、つぎの週の月曜日までは、あなたのもとへもどれないでしょう。

いずれまた、お知らせするつもりでおりますが、あなたも、さしあたって、この間は手がおすきでしょうから、あの子の父親をさがされたら、あなたのおもしろい冒険も、早急に喜ばしき落着とあいなるのではないかと愚考します。

正直にいいますと、わたしは現在、イギリスの娘むこから、このたびとつぜんに新しくふえた家族の一員について、なんといってくるかと、肝を冷やしながら便りをまっているところであります。まだなにもいってきてはおらぬものの、ダーティングトン卿(きょう)から、かならず、なんとか文句をたれてくるでしょう。

さて、わたし自身は、このたびアメリカ側の友誼(ゆうぎ)あふるるもてなしを受けましたが、はたしてフランス、アメリカ両国の期待にそえるものかどうか、はなはだ心もとないのです。が、今回はまことに喜ばしく感銘を受けました。アメリカ人は心のあたたかい国民であることを痛感いたしました。われわれイギリス、フランス、アメリカは、永久に結束をかためるべきでありましょう。

わたしはヘンリーが、やむをえない事情で無理につっこまれてしまった社交上の大歓待から、やがて解放されたら、ご通知もうしあげる所存です。ヘンリーの父親さがしのほうは、どの程度進行しておりますや？　お知らせくだされば幸いです。

四月十七日

ワシントン市フランス共和国大使館
シャサニュ

夜間書簡電報　発信　デボンシャー州
ストー・オン・ダート
四月十八日

シンアイナル　イポリット　アナタガ　ボクノコドモダトショウシテ　ゴキゲンデキスシテイルコドモトノデンソウシャシント　キジ　イマミタ　イイトシヲシテ　タイヘンナオチャメデスネ　トハイウモノノ　アナタノトシニナッタトキ　アナタノヨウニ　ジョセイニモテテ　セイコウデキレバヨイガトイウ　ネガイモアルノダカラ　キニシナイヨウニ

アメリカノシンブンハ　ハデニヤリスギタ　コチラノシャコウカイデハ　コノキゾクノシンコウホシャノウワサデ　ワキタッテイル　カンジノイイコドモダカラ　ウチノコニシテオイテモ　カマワナイ　ヒトニキカレタラ　アナタノ　ズウズウシイ　オオウソニツジツマヲアワセ　キュウカデ　アメリカヘイッテイル　ウチノムスコノヒトリトイッテアゲマス

マリエットハ　オナカモイタメナイデ　コドモガウマレタコトヲ　チチウエニ　カンシャシテイルソウデス　アナタノ　シンアイナル　ダーティングトン

親愛なるベイズウォーターさま

やっとのことで当地におちつきました。あなたもごぶじで、ロールスでワシントンへご到着になられ、すべて順調にお運びのこととぞんじあげます。

あなたも、ヘンリーのことでは、さぞ、びっくりされたことでござんしょう。しかし、ヘンリーがあんなことになったのは、あなたのせいではございません。それよりも、いい助言をしてくださいましたご親切には、お礼のことばもありません。

もっと早くお便りをさしあげようと思っておりましたが、シュライバーさんのアパートに仕事が山のようにたまっていて、てんてこまいでござんしたものですから、つい、おくれてしまいました。

このアパートに前に住んでいたのは、さだめし、豚のようなお人だったらしくて、そうじのやりかたなど、なに一つ心得ておりませんでしたようです。ですから、どうしても徹底的にごしごしあらいなおす必要がありますんですよ。わたしたちはいま、その仕事をやっつけている最中です。

ニューヨークの町は、このばか高いビルになれてしまうと、まったくおもしろいところでございます。ニューヨークのスーパーマーケットには、すばらしい洗剤がございましてね、その一つはジップというんですが、水の中へ二、三滴おとすだけで、ペンキのあとなんか、すっかりとってしまうんです。

それから、皿あらい用の粉末洗剤などときた日にゃ、いままでロンドンでつかったこともないような優秀なものです。床みがきのワックスにしてもそうです。スウィズとかいうのを、ちょっと床ブラシにつけるだけで、スケート場のリンクのようにすべすべになってしまいますよ。

バターフィルドさんたら、わたしが台所の床を、そのワックスでみがいておいたのをわすれてしまって、あぶなく、すってんころりんをやるところでした。

こちらでは、なにからなにまで電気でやっておりますが、家の中をとことんきれいにしようと思ったら、やっぱり、わたしどもが現にやっておりますように、バケツとせっけんをつかって、手足ではいまわって、ごしごしやるにかぎります。

アメリカは、ひじょうにたのしいところだとは思いますが、わたしは、いっしょうけんめいはたらいておりますときなど、ふっと、あの愉快でしたビル・ド・パリ号で、こんどもポートワインのカクテルなぞをいただきながら、ロンドンへあなたといっしょに帰りたいと思うこともござんすですよ。

それはそうと、船でごいっしょだったティダーさんご夫妻から、お便りはござんしたか。わたしはティダーさんから、オハイオ州デイトンからの絵はがきをいただきましたもんですから、すぐに、ヘンリーの父親のジョージ・ブラウンさんに気をくばってくださいと返事を出したのですけれど。

侯爵さまのお手紙によりますと、ヘンリーは元気でいるそうですが、わたしは、あなたもそちらにおられて、わたしがむかえに行くまであの子を見てもらえますので、ほんとに心づよく、喜んでおります。

では、さようなら。あなたもわたしのように、達者でおすごしください。

四月十九日

ニューヨーク市
パーク街六五〇番地
あなたの友だち　エイダ・ハリス

親愛なるハリスさま

あなたの十九日付のお手紙、ありがたく拝見いたしました。わたしもおかげさまで、ニューヨークからワシントンへくるまでの間、なんの故障にも出会いませんでした。これは要するに、わたしのえらんだロールスロイスが、予想したごとく、どんな故障も起こさなかったということであります。なにはともあれ、ご安心ください。

しかし、キャブレターは、イギリスの空気にあわせてつけられていますから、アメリカの空気は、車の健康上、あちらほどぴったりあわないのではないかと思います。ですから、あとで、その調整をせねばなるまい、と考えているところです。

あなたも、おわかりになったら、きっとおもしろいと思われるでしょうが、エンジンのサーモスタットは、すこしもアメリカの大気の影響を受けずに、やはりセ氏七十八度前後の液温の最低温度をたもっています。

アメリカの道路状態は、イギリスとくらべてはるかに優秀であることをみとめざるをえません。そこで、車の前部サスペンションと後部の水圧式緩衝装置を、いくらかゆるめようかと思案しているところです。

当然のことですが、ロールスは道路上でたいへん注目のまととなりました。わたしがボルチモアの郊外で給油のために停車したときなど、大勢たかってきて、わたしの車をほめ、感にたえぬような声をあげる人も多かったようです。一人の紳士などは、ロールスに近づくなり、車のボディーをどんとどやしつけてから、アメリカ人特有の調子でさけびましたよ。

「へえっ、イギリスじゃ車はどうつくるもんか知ってんだねえ」

車の外側は、ひっぱたいたぐらいでびくともするものじゃありません。わたしは、すくなくとも一人のアメリカ人が、イギリスの技術の優秀さに気づいたということで、はなはだ満足しました。

わたしは、おおせのとおりにティダーさんからお便りをいただきました。お二人のお孫さんの写真が同封してある手紙でした。しかし、わたしのように一生独身を通してきたものには、赤んぼうのかわいいところなどは、どうもわからなくて見過してしまうようです。

あなたが書いておられますように、ビル・ド・パリ号に乗っていたときは、まことにたのしかったものです。ふりかえって思いうかべるたびに心がときめきます。

さて、わたしたちの小さな計画が思いがけないなりゆきとなったことは残念ですが、あの子は、しごく元気でおりますから、ご安心ください。ヘンリーは、ワシントンの外交団の大勢のお子さんたちと、仲よしになりましたが、ちょっといいにくい理由から——といっても、わたしたちはおたがいにわかってますがね——イギリス大使館の子どもたちとはあそばせないようにしてきました。なにしろ、おしのびのご滞在ですから、ばれないようにとね。このことをつけくわえておきます。

どうかバターフィルドさんにもよろしく。さようなら。

四月二十日

ワシントン市フランス共和国大使館

ジョン・ベイズウォーター

親愛なる侯爵さま

ひょんな場所からお手紙をさしあげて、びっくりなさるでしょうが、わたしはヘンリーの父親をさがしに、この町にまいっております。

ケノシャはミシガン湖畔の、すてきな町並みと家と、たくさんの公園と、それに、なにやかやの工場がならんでいる美しい町でございます。

わたしが、この町に親類がいるといいましたら、シュライバーのおくさまは、こころよく飛行機でここへくるだけのお金を、前貸ししてくださいました。だけど、親類の話は半分はほんとだということにしたっていいだろうとぞんじますよ。わたしにとっては、ほんとに親類みたいなものじゃあございませんでしょうかね。

ジョージ・ブラウンさんご夫妻のお宅は、わけなくめっかりました。あなたさまにも以前お話ししたことのある、包み紙にしてあった新聞の記事のあのかたです。ご夫妻とも、いたって気のいいおかたで、お茶などいれてもてなしてくださいました。

ブラウンさんは、ロンドンのすぐそばに駐屯なさってたそうで、そのころ、お茶のいれかたをおぼえたんだそうでございます。わたしが、まっとうなお茶のいれかたをやっておみせしたところ、たいへん喜んでくださいました。

ブラウンさんはバタシーにお友だちがおいでだとかで、わたしも自分の住んでるところでございますから、なつかしくなって、ついつい、おしゃべりがはずんでしまいました。それからご夫妻は、ご親切にも、車で町を案内してくださいました。

「ケノシャには、ほとんどロンドンと同じくらい工場があるそうでござんすね」と、わたしがいいましたら、ブラウンさんは、「シカゴやミルウォーキーのような都会にくらべたら、とるにたりないちっぽけなものです」とおっしゃいました。そういえば、そんな都会の上を飛んだとき、機長さんが指さして教えてくださいましたが、シカゴやミルウォーキーは、たしかに、でかいものでございました。

さて、かんじんな用件の報告を最後までのこしておきましたが、ウィスコンシン州ケノシャ市のジョージ・ブラウンさんは、ヘンリーのとうさんのブラウンさんじゃございません。ぜんぜん別のおかたでした。けれどブラウンさんはよいかたで、人ちがいだったことを、ひどく恐縮しておられました。

ケノシャ市のブラウンさんは、ほんもののジョージ・ブラウン氏は知らないが、空軍には数えきれないほどジョージ・ブラウンがいたんだそうで、ケノシャ市のブラウンさんも、ほかに二人のブラウンを知っているが、その人は二人とも独身なんだそうでございます。

ですが、このかたがほんもののブラウンさんでなかったにしても、ご心配くださいますな。それはわたしにまかせといてください。近いうちに、かならずさがしだします。エイダ・ハリスの名折れでござんすからね。

ところで、このつぎの日曜には、ヘンリーをいただきに行ってもよろしいんだそうでございますね。わたしは、ワシントンにも親類があると、シュライバーのおくさんに申してみるつもりでございます。は、は。あなたさまも、ずいぶん長くヘンリーとごいっしょしてくださいましたでございますねえ。

そろそろ、ニューヨークへ帰るため、ブラウンさんがご親切に、空港までつれてってくださるそうですから、これで失礼いたします。しかし、つぎの日曜日には、ヘンリーをいただきにおうかがいいたします。お元気でいてくださいますよう。

五月一日

ウィスコンシン州ケノシャ市
スレードホテルにて
エイダ・ハリス

親愛なるハリスさま

ウィスコンシン州ケノシャ市からのお手紙拝見いたしました。あなたがあれほどまでにあてにしておられたヘンリーの父親ジョージ・ブラウン氏が、まったくの別人だった由、ご落胆いかばかりかと、同情もうしあげます。

さて、きたる日曜日にあなたにお会いして、アメリカ中西部の印象についてのお話をうかがうのは、まことにたのしみであると思いおりましたところ、かえすがえすも残念なことには、運命の女神が思いがけぬいたずらをしたために、あなたのワシントンへのお出ましは、またしても先にのばしていただかなければならぬことになりました。

ヘンリーがとつぜん、水疱瘡(みずぼうそう)にかかったのです。あの年ごろの子どもがしばしばかかる病気ゆえ心配はないのですが、目下、床についております。なお、十分いきとどいた看護を受けておりますので、ご心配は無用であります。医者も、まもなく回復すると申しております。

また、お気づかいなさらぬようにねがいたいのですが、かく申すわたし自身も、ヘンリーからうつったものか、軽い水疱瘡にかかってしまいました。ヘンリーの病気は、察するにイラン公使の令息からもらってきたものと思われます。さようなわけで、ヘンリーとわたしともども、仲よく注射をうってもらっている次第。されば、わたしは子どものおり、この病気にかかっておくのをずるけていたらしく思われます。

　わたしは、このような状態になったことを、いささかも苦にしておりません。なぜなら、この状態は、わたしにとって必要だった瞑想のときを――この広大なアメリカの繁栄ならびにわたしの大使としての責務を、じっくりと考える時をあたえてくれたのであります。

　また同時に、これはあなたにも、あの子の父親を発見するために必要な時間の余裕をあたえてくれるでしょう。わたしはあなたが、このお仕事をりっぱになしとげられることを信じてうたがいません。

　あの子が床からはなれられるようになりますれば、すぐに連絡いたします。そのころにはわたしも、「もう孫の春休みも終わるから、イギリスへ帰さなければならない」と吹聴するつもりです。ヘンリーは、短い期間でしたが、当地にいた間に知りあった大勢の友だちからおしまれることになるでしょう。ともに、わたしとベイズウォーターのさびしさも、はかり知れぬことでしょう。

　あなたの、このまったく私利私欲をはなれたご計画のために、これ以上、あなたが費用をついやすことがないよう、ベイズウォーターに、あなたとヘンリーをニューヨークまで車でお送りするようにいいつけておきました。そのドライブで、あなたはまたいくらか、このすばらしい国を見物なさることができましょう。

もしも、あなたのおさがしなさっている件につき、わたしにお手伝いできることがあるならば、なんなりと遠慮なく申しこしてください。しかし、あなたのエネルギーと聡明さをもってすれば、かならず当人のブラウン氏を見つけだされることはまちがいないと確信いたしております。

ご幸運を心から祈っております。

敬具

五月四日

ワシントン市フランス共和国大使館

シャサニュ

第十四章

侯爵が、行方不明のヘンリーの父親をさがし出すハリスおばさんの手腕について、ぜったいの信頼を寄せてくれているにしろ、ハリスおばさんはというと、てっきりまちがいなしと目星をつけておいたジョージ・ブラウン氏が、まったく赤の他人だということが判明してからは、自分の考えにすこしうたがいをもちはじめていた。

ロンドンっ子のぬけめのなさと機転で、新聞の切りぬきにあったウィスコンシン州ケノシャ市の目ざす相手のジョージ・ブラウン氏だけは、なんのことなくさがしあてたが、この茫漠（ぼうばく）たる国土に住む何千万という人間の大集団の中から、たったひとりのブラウン氏を発見することは、そう簡単にはいかない。

たとえ超スピードのジェット機で飛びまわってさがしたところで、ざるの中の豆をさがすように土地がちぢまりはしないのだ。

そしてまた、おそるべきことに、ニューヨーク市のマンハッタン区の電話帳一冊だけでも、三十七人ものジョージ・ブラウン氏が載っていることがわかった。それと同じくらいの人数が、ブルックリン区にもいるだろうし、ほかの三区にも目白おしという次第だろう。

ハリスおばさんは、いまは、ほかの五つ六つの大都会の名を、そらでいうことができるようになっていたが、シカゴ、デトロイト、ロサンゼルス、サンフランシスコ、フィラデルフィア、ニューオーリンズなどにも、おどろくべき数のブラウン氏がいるにちがいない。

しかもハリスおばさんには、さがしているジョージ・ブラウン氏がどの都会に住んでいるものやら、さっぱりわかっていないのである。また、そのジョージ・ブラウン氏は、南部のたばこ栽培業者かもしれないし、ニューイングランド地方の織物職人か、あるいは西部の鉱山主かもしれなかった。

空軍に問い合わせの手紙を出したが、その返事によると、いろいろな時期に籍のあったジョージ・ブラウンという名のものは四百五十三人いて、貴殿のいわれるブラウンはどのブラウンで、いつ、どこに駐屯し、兵籍番号は何番なりや、と聞きかえしてきた。

事ここにいたって、ハリスおばさんは、はじめて自分の悲願がいかに雲をつかむようなものであるかをさとったと同時に、彼女のロマンチックな気性から実行にうつしたものの、心ならずも、その名も高い分別あるロンドンの通いの家政婦としての実力を発揮せずに終わりそうなことに気づき、自分の責任の重大さをつくづく認識したのだった。

しかも、知らない土地で、いそいで仕事を成就させなければならない。すくなくとも、侯爵のところからヘンリーをつれてきたら、うろうろしていずに、てきぱきとけりをつけてしまわなければならない。

そしてその間、親切な雇い主の目をごまかして、子どもをかくしおおす芸当もやらなければならないのである。

予測していなかった水疱瘡の突発事件は、どうしてヘンリーを朝から晩までペントハウスの中にかくしておこうかという、これからハリスおばさんが直面する問題の前に起こったので、ハリスおばさんに、考えこむ時間と、ひと息つくゆとりのできたことは事実だった。けれども、ハリスおばさんははじめて、冷えびえとした落胆の風が胸の中をふきぬけるのを感じた。

しかしハリスおばさんは、あいかわらずのほがらかな顔をして、ふだんにかわらず、けんめいに働いていた。

ハリスおばさんという後ろだてを得て、シュライバー家のきりもりは、このうえなく順調に運んでいた。

バターフィルドおばさんは、なやみの種のヘンリーがそばにいないので、すっかり気を楽にして、まるで天使のようにかいがいしく、料理づくりにはげんでいた。

二人のほかにも召し使いができたので、ハリスおばさんはその人たちに、ハリスおばさん流の、家を清潔にしておく方法をたたきこんでいた。

シュライバー夫人も、ハリスおばさんがいてくれることに力を得て、彼女の夫のようなおえらがたともなれば当然もよおさなければならない晩餐会を、ぼつぼつはじめていた。

アメリカ最大の映画、テレビ製作会社の社長の、そのつとめの一つとして、さまざまな社交的なつきあいがあったが、この中にまじっている、まったくあつかいにくい連中も招待しなければならなかった。

何億ドルもつぎこんで製作した娯楽超大作に対して、それを生かすも殺すも自分の筆一本という力をもっている芸能批評家、ロックンロールやヒルビリーの歌手、うまくおべっかを使い、ぺこぺこ頭をさげて追従しておかないと、撮影所をいつなんどきストライキで閉鎖させかねない根性曲りの組合指導者たち、追われつづけの仕事のせいですっかり頭が混乱し、もはや正気ではないテレビ演出家、利益の源泉というべき作品を連日製作させるためには、ちやほやしておかなければならないノイローゼの作家、そのほか、男女の俳優たち、スター、グラマーガール、グラマーボーイ等々さまざまな人たちだった。

ハリスおばさんは、その人々の、映画館のスクリーンで拡大した顔や、テレビでちぢまった顔を、いつもほれぼれとながめていたので、すっかりおなじみだった。

そしていま、それらの人々が、目の前でシュライバー夫妻のにぎやかな晩餐会のテーブルをかこみ、バターフィルドおばさんの調理したローストビーフやヨークシャープディングなどのごちそうを、ロンドンはバタシー区ウィリスガーデンズ五番地からはせ参じた、エイダ・ハリスおばさんのかいがいしい給仕を受けながら、たのしんでいるのだ。

お客は、ぜんぶがぜんぶいやらしい連中とはいえなかったが、けたはずれの、家の中をかきまわす強盗のような、若いものもいた。

パーティーのとき、ハリスおばさんは、シュライバー夫人が買ってくれた黒い服に白いエプロンをつけて、給仕としてしとやかに立ちはたらき、皿をかたづけたり、スープやサラダドレッシングやチーズビスケットなどをくばってまわるのだった。その間、臨時やといの執事と給仕長が、有名なあつかましい連中のいじきたない胃ぶくろをいっぱいにするという、より重要な作業を引きうけてくれた。

ハリスおばさんに、ロマンチックなものへのあこがれのほかに、弱いところがあるとしたら、それは、演劇や映画やテレビの世界の人々が大好きで、あこがれたりすることだった。ハリスおばさんは、あこがれのスターたちがおりなすまぼろしの世界を、ぜんぶうのみにして喜んで受け入れ、そのイメージをいつくしむ。

エイダ・ハリスは、自分なりに、身の処し方やふるまいについて、がんこな決まりをもっている、道徳的な女性だった。そして、他人のふしだらな行為や悪事は大きらいだった。しかし、芸能界の人々には、この鉄則をそのままにはあてはめなかった。ハリスおばさんは、その人たちは自分たちだけの世界に住んでいて、この世の決まりとぜんぜんちがった基準でふるまっていいのだと、承認していた。だから、シュライバー夫人の金曜日の夜の晩餐会は、ハリスおばさんには天国のようにさえ思われた。

ハリスおばさんは、木曜日の午後の休みに、ニューヨークの映画の大殿堂、ラジオシティ・ミュージックホールのスクリーンに、ノースアメリカン映画会社の大スター、ジェラルド・ゲイラーの形のいい頭が二階建てのビルほどの大きさにうつし出されるのを観賞しておく。

つづいて金曜日のシュライバー家の晩餐会で、彼の実際のすばらしい頭をそばでうちながめて、六杯もたてつづけにマティーニをあおる大スターに見とれることができるのを、大きな楽しみにしていた。

それらの人々の中には、巻き毛の髪と愛くるしい顔をした、ティーンエージャーのロックンロール歌手、ボビー・トムズもいた。ボビーは会のしょっぱなからよっぱらって、ご婦人の前もかまわず、へきえきするような乱暴な言葉をつかったが、ハリスおばさんは、そんなさまは見なかったことにするのだった。

ところが、ボビーも顔負けのひどい言葉が、純情型女優として売り出し中のマーセラ・モレルの愛くるしいくちびるからとび出すのだった。しかし、モレルほどの美人がつかうと、ひどい言葉もどういうわけか愛くるしくきこえる。もっとも、芸能界の人々に対して、ハリスおばさんほどのあこがれをいだいていれば、の話だが。

また、ヒルビリー歌手のケンタッキー・クレイボーンも、いつもまねかれてやってきた。彼は、うすぎたないデニムのズボンに黒革の上着といういでたちで、つめの間には、あかをいっぱいためていた。

ふだんでもおかしなことばかりする喜劇俳優もいたし、踊り子や、敵役(かたき)や、はなやかに着かざったきれいな女優たちもいた。一口にいえば、ハリスおばさんとバターフィルドおばさんにとっては、ここはまぎれもない天国だった。バターフィルドおばさんの芸能界についての知識は、友だちからふきこまれたものだった。

ハリスおばさんは、たしかに度量が広かったし、さらに、異常なほど太っ腹になって、これらの、人間としてははんぱ者の芸能人たちに接していたものの、どうにもならないこまり者が一人いた。ヒルビリー歌手のクレイボーンだった。彼は、みんなが不快になるようなふるまいばかりするので、だれからも――ハリスおばさんからさえも――毛虫のようにきらわれていた。

クレイボーンがはじめてシュライバー家の晩餐会にあらわれる前、シュライバー夫人は、あらかじめハリスおばさんに、この男についての予備知識を、多少あたえておいた。ハリスおばさんは、ロンドンでこんな手合いにぶつかったことはないだろうし、クレイボーンの身なりや態度を見てあまりびっくりしないようにとの、シュライバー夫人の親切な心づかいからだった。

「クレイボーンは一種の天才なのよ。それに、ティーンエージャーのあこがれのまとでね。すこし変わった人物だけど、主人にとってはたいせつなお客さまなの。うちの会社と契約をすることになっていて、それが成立したら主人の手がらになるのよ。ねこもしゃくしも、クレイボーンを追いかけまわしているんですものねえ」

このクレイボーンという名は、とっくにハリスおばさんの心に、不快な感じの記憶を呼び起こさせていた。それは、ロンドンの小さなアパートの夜の思い出だった。あのとき、隣家のガセット家が、ヘンリーを折檻（せっかん）するところを聞かれまいと、ラジオの音を大きくし、この名前のアメリカのヒルビリー歌手がわめいている歌をとどろかせたのだった。

召し使いたちが芸能界の消息を小耳にはさんでくる、あの情報収集能力——耳ばかりでなく、配膳室、キッチン、召し使いのたまり場でかわされるゴシップ、さらに、なんとなく、肌の毛穴までもが活躍しているその力——によって、ハリスおばさんは、その男こそ、あの晩ロンドンで聞いたラジオの声の主であると、バターフィルドおばさんに知らせた。

このクレイボーンという男は、アメリカ南部の、名もろくに知られていない小さな町からうかびあがってくるなり、たちまちヒルビリー歌手として彗星のようにかがやきだし、彼のフォークソングのレコードは、ティーンエージャーを魅了した。そこで、映画会社やテレビ会社は、クレイボーンと契約しようと、まともではないせりあいをはじめたのだった。

シュライバー氏は、かつて活動屋時代といわれていたころには腕をふるった人物だったし、博打勝負にふみだすことなど、ためらいはしなかった。シュライバー氏は、クレイボーン獲得のレースで、他を引きはなした。

彼の顧問弁護士と、クレイボーンの代理人をしているハイマン弁護士とは、現在、契約取り決めの折衝中で、それによると、ノースアメリカン映画会社は、クレイボーンに対して、むこう五年間に一千万ドルを支払うことになっていた。あまりにも法外な契約金なので、ハリスおばさんばかりか、芸能界の連中も肝をつぶしたものである。

だから、いまのところ、クレイボーンの機嫌をとっていなければならなかったが、これが、たいへん骨の折れることだった。

というのは、ハリスおばさんさえ見やぶったことなのだが、有名人であろうとなかろうと、ケンタッキー・クレイボーンは、見えっぱりで、おっちょこちょいで、わがままで、自分のことだけしか考えず、そうぞうしくて、無作法で、人をばかにしたようなところがあって、それに乱暴者だった。

彼の代理人であるハイマン弁護士は、シュライバー氏にこういった。

「よろしいですか、クレイボーンは変わり者ですよ——才能ある変人というやつですな。若い連中は、彼に首ったけですよ」

そのとおりだった。自分の流儀で芸能界の最高峰までのしあがったものは、えてして、彼のように人をよせつけない性格をもっている。

さて、そのクレイボーンは、年は三十五、六。頭はそろそろうすくなっていて、目が落ちくぼんだ、顔色の青い男だった。ひょっこりといなかからあらわれ出てくるその前まで、彼は、そこらの安酒場あたりで、ギターに合わせて、ひなびたフォークソングをうたいつづけてきたのだった。その彼が、国じゅうに旋風をまき起こす男になった。クレイボーンの目、声、動作、歌いぶりには、あきらかに、過ぎにしアメリカ開拓時代の無骨者たちの孤独と憂愁をしのばせるなにかがあった。

クレイボーンの経歴、素姓はかくされたままだった。彼のおいたちはまずしかったにちがいない——たぶん、貧乏な白人のごろつきだったろう——そして、とつぜん名声と富をつかみ、世間のお追従にいい気になっていた。

かつて、いつもひっかけていた強いバーボンウイスキーを、なおがぶのみするようになった。この悪い酒ぐせにくわえて、かみたばこをもぐもぐやり、ひどくきたないつめをしているし、入浴はろくにせず、ヒルビリー用の服なども、洗濯したことがないもようだった。

シュライバー夫妻は、クレイボーンが会社にとってどうしても必要な男なので、がまんしていた。ほかの来客たちはみな、シュライバー夫妻に好意をいだいていたので、それにめんじてがまんしていたし、また、来客のほとんども、クレイボーンと同じようにまずしい家の出だったので、なんとなく調子を合わせてもいた。

バターフィルドおばさんも、ほどなく、このクレイボーンが大きらいになった。バターフィルドおばさんのつくった料理をこきおろしているクレイボーンの声が、たまたまドアがあいていたので、キッチンまでつつぬけに聞こえてきた。これをハリスおばさんがのこらず聞いてしまい、憤慨したおばさんは、そのことをバターフィルドおばさんにつたえたのだった。

クレイボーンは、自分の思いつきはなんであろうと、大声をはりあげて吹聴しなければ気のすまない質だった。ある晩、バターフィルドおばさんが、たいへんじょうずにチーズ入りスフレをこしらえたとき、このヒルビリー歌手は、においをちょっとかぐなり、皿をおしやって、食べないといいだした。

「うわあ、ひでえっ、なんてにおいだ。なんだって、むかしながらの南部風の料理をこさえねえんだ。かぶの葉っぱをつけあわせた、背肉のあぶら身に、瓶入りの酒よ。さもなきゃ、南部風のフライドチキンに、ひきわりとうもろこしのあげパンだ。こいつが男の食いものってもんだ。こんな外国のしろものなんぞ、おれの胃ぶくろは受けつけねえ。おれは、肉とポテトが出るまでは食わねえぜ」

また別の日の食事の席で、クレイボーンは、自分のいだいている人種偏見について一席ぶった。

「黒人なんかに用はねえよ、黒人の好きなやつもそうだ。外国人にも用はねえ。黒人なんざ、船につみこんで、やつらの故郷へかえしっちまえ。外国人も二度と入れねえこった。そしたら、この国は地上の楽園になるぜ」

気のどくなシュライバー氏は、これを聞いて顔をまっ赤にした。来客の一部の人もかんかんになって、いまにもいきどおりが爆発しそうにさえなった。

しかし、クレイボーンを怒らせてしまったら、せっかく交渉中の契約もふいになって、クレイボーンは、自分の圧倒的な人気と興行的な価値を、どこか別の会社へ売りこまないともかぎらなかった。

ハリスおばさんはバターフィルドおばさんに、歯ぎれのいいバタシー弁でクレイボーンをこきおろしてから、ちょっとおだやかな声にもどっていった。

「あの男が外国人のことを話したとき、わたしのほうをぎょろっと見たのさ。わたしゃ、だまっているのがせいいっぱいのとこだったよ」

あとになってシュライバー氏は、クレイボーンの代理人ハイマン氏に、ハイマン氏からクレイボーンに、すこしは礼儀を教えこむことはできないだろうか、すくなくとも、服装とか言葉とか食卓の作法ぐらいは、なんとかならないものか、と抗議した。ハイマン氏はこたえた。

「クレイボーンになにを望んでいるんです。彼は野人ですよ。だからこそ何百万の若い連中のアイドルなんですよ。彼は、彼らの心をつかんでいるんです。クレイボーンを身ぎれいにさせて、タキシードでも着せて、でれんとした人間にしてごらんなさい。そんなクレイボーンが、現なまをかせぎだしてくれるでしょうかね。あなたは、なにを気にしているんです」

第十五章

ヘンリーが健康を回復して、すっかり子どもらしい元気さをとりもどしたので、もう心配することもあるまいという、侯爵からの知らせがあった。

そこでハリスおばさんは、ペンシルベニア駅から特急に乗りこんだ。ワシントンにつくと、いたときは、すっかり夜があけていた。ワシントンにつくなり、ハリスおばさんは、あいかわらずのエネルギーと探求心を発揮して、タクシーをやとって、フランス大使館へ行く前にワシントンの名所をさっとまわってくれるようにたのんだ。

国会議事堂、ジョージ・ワシントン記念碑、リンカーン記念館、国防総省、ホワイトハウスなどをぐるりと見物したあとで、タクシーの運転手は——彼は戦時中は海軍にいて、長くイギリス海域の軍港にいたことがあった——うしろをふりかえっていった。

「どうです、おくさん、たいへんなものでしょう。いま見てきたものは、ウエストミンスター寺院やバッキンガム宮殿ほど、とびきり上物ってわけじゃないが、みんな国民のものなんですぜ」

ハリスおばさんはこたえた。

「そりゃそうさ。なにもかももてるってものじゃないよ。絵はがきなんかよりゃ、ずっときれいだったけど」

フランス大使館につくと、シャサニュ侯爵が大喜びでむかえた。それは、ハリスおばさんに対する心からの親愛の気持ちからだったが、これでやっかいな肩の荷をおろさせてもらえるという、ほっとした気持ちもないわけではなかった。

すっかり見ちがえるようになったヘンリーがとび出してきて、ハリスおばさんの首にかじりついた。子どもというものは、水疱瘡で寝こんでいる間に、三センチぐらいは育ってしまうらしい。これはハリスおばさんの新発見だった。

それにヘンリーは、適切な看護を受け、なんの心配もなくのびのびとしていたので、すっかり肉がついていた。あいかわらず、りこうそうな、ものわかりのよさそうな目と、大きな頭をしていたが、目にはもう悲しそうなかげはなかった。

それにヘンリーは、見よう見まねで、いくらか礼儀作法もおぼえていた。侯爵が用意してくれた昼食を食べているとき、ヘンリーは、以前のように目を白黒させて、食物をうのみになどしなかったし、ちゃんとナイフをつかって、行儀よく食べていた。

ハリスおばさんは、エチケットについてはうるさいほうだったから、すぐに気がついて、つつましく小指をたてていった。

「まあ、なんておりこうさんになったもんだね。おまえのとうちゃんが自慢に思うだろうよ」

「そうだ」と侯爵はいって、「そのことをきこうと思っていました。父親は見つかりましたか」

ときいた。

ハリスおばさんは、ぼうっと顔を赤らめた。

「それが、そのう、まだなんでございます。わたしはバターフィルドさんにも、アメリカへ行きさえすりゃ、あっというまにこの子の父親をさがしてみせるなんて、たんかをきった手前、てれくそうござんしてねえ。ほんとに大口をたたいてしまって……。しかし、きっとさがし出しますですよ」

それから、ヘンリーのほうをむいて、

「心配しなくてもいいよ。なんとしてでもとうさんをさがしてあげるからね。でないと、このエイダ・アリスおばさんの名折れになっちまうからね」

ヘンリーは、ハリスおばさんのこの約束を、顔の表情も動かさず、だまってうけとった。じつをいうとヘンリーは、ハリスおばさんが自分のとうさんを見つけてくれようとくれなかろうと、なにもいうつもりはなかった。なにもかも、いままでにない、いいことずくめをしてきたのだから、ヘンリーは、それ以上よくばる気持ちはないのだった。

侯爵は、二人をつれて大使館の正面玄関に出た。そこには、きれいにみがきあげられたうす青色のロールスロイスがまちうけていた。そばに、これまた一分のすきもない服装の、りっぱな容貌（ようぼう）のベイズウォーター氏がひかえていた。

「イポリットおじいちゃん、ぼく、前に乗ってもいい？」

ヘンリーがいうと、侯爵が、

「ベイズウォーターくんがうんといったらいいよ」

運転手は愛想よくうなずいた。

つづいてヘンリーがいった
「エイダおばちゃんもいいでしょ」

おどろいたことに、ベイズウォーター氏は、またまたこっくりと、うなずいてしまった。これまでベイズウォーター氏は、侯爵の従者以外のものを、ロールスの前部席にならんで乗せる待遇をしたことなど、なかったのである。

「イポリットおじいちゃん、さようなら」

とヘンリーはいって、侯爵の首に腕をまわしてだきついた。

「おじいちゃんは、ほんとにぼくにやさしくしてくれたもんね」

侯爵は、ヘンリーの肩をたたいていった。

「さよなら、わたしの孫のヘンリー。では元気でな。いい子でいるのだよ」

それから、ハリスおばさんにいった。

「ハリスさん、ご機嫌よう。ヘンリーの父親が、どうか子どもをかわいがるいい人物であるように、祈っておりますぞ」

大使は、ロールスが道をまがってしまうまで、歩道に立って見送っていた。それから館内にもどったが、ほっとしたというよりは、むしろさびしく、すこし老いこんだような気持ちだった。

侯爵愛用の優雅なロールスロイスで、ワシントンからの有料道路を走りながら、ベイズウォーター氏とヘンリー、ハリスおばさんの三人は、前部席にならんですわり、ぺちゃぺちゃと、なにやかや感想をしゃべりあっていた。ヘンリーは、侯爵に買ってもらった新しい服を着、新しいくつをはいていて、タトラー誌やクイーン誌のページからぬけ出てきたような貴公子のように見えた。ハリスおばさんは、グレーのうね織りの制服を着て、侯爵家の紋章をつけたグレーの制帽をかぶったベイズウォーター氏ほど、上品で好ましい人を、これまでに見たことがないような気がした。

一方、ベイズウォーター氏は、ハリスおばさんとヘンリーといっしょにいられるのを喜んでいる自分に、少々おどろいていた。いつもは、車を走らせているときには、彼はただ、ロールスが発する、かすかでおだやかなこころよいタイヤのひびきと、車体のボルトやスプリングの沈黙だけに耳をかたむけていることにしていた。

ところがきょうは、ハリスおばさんの質問やらおしゃべりに、耳を半分引っぱりよせられていた。ハリスおばさんは、ゆったりした革張りシートにふかぶかと身をしずませて、とめどもなく話しつづけていた。

ベイズウォーター氏は、一九三七年以来、運転中にだれかに話しかけたことはなかった。かつてその記念すべき年に、横にすわっていたブーシー卿の従者に、

「きょろきょろしないで、まっすぐに前を見ていてください」

といったのが最後だった。ところが、ベイズウォーター氏は、その誇りをすてたばか

りか、こともあろうに、ハリスおばさんと話をしはじめたのである。

「ウィスコンシン州のマジソンは通ったことがありますよ。道はばが広くて、すてきな家のある町でしたな。しかし、ケノシャへは行ったことがありませんね。そこは、なにがよろしかったですか」

「ケノシャのホテルの喫茶室でいただいたあれは、わすれられませんねえ。北部風のホットケーキに細切りの豚のソーセージをそえて、ほんもののメープルシロップがかかってましたんですよ。ほんとにおいしかった。四皿もおかわりをしましてね。あとで、ぐあいが悪くなりましたよ。でも、あれは、値打ちもんでござんしたよ」

「腹八分めは健康のもとですな」

ベイズウォーター氏は金言めいたことをいった。

「ジョン、なんとでもいっていいですよ」とハリスおばさんは、はじめて名字を呼ばずに名をいって、「だけど、あなたは北部風のホットケーキを食べたことはおありなさいませんでしょう」

ベイズウォーター氏は、ご婦人からしたしげにジョンなどと呼ばれた、そのショックから回復すると、うらがなしげに微笑した。

「いや、エイダ、残念ながらありませんね。だが、あなたは食べることがお好きらしいから、こうしようじゃありませんか。ここから八キロばかり行くと、ハワード・ジョンソンという店があるから、そこで軽い食事でもとりましょうかな。

あなたはニューイングランド風のはまぐりスープをいただいたことがありますかね。また、ぐあいが悪くなることうけあいです。いっておきますがね、世界最高の味ですよ。ヘンリーにはアイスクリームがよろしいでしょう。ハワード・ジョンソンの店にはアイスクリームが三十七種類もありますからね」

「へえ、三十七種類も？　アイスクリームにそんなに味がつけられるもんですかねえ。ヘンリー、あんたは信じられるかい」

ヘンリーは、心から信じきっているというふうに、ベイズウォーター氏の顔を見て、きっぱりいった。

「だって、ベイズウォーターのおじさんが、そういってるんだもの」

一行は、有料道路のはずれにある、赤と白にぬりわけられたハワード・ジョンソンの店の前で停車した。そこには何百という数の車が、まるで餌箱（えばこ）にむらがる豚のように、鼻先をそろえてならんでいた。そこでハリスおばさんたちは、アメリカの道ばたで食い道楽のぜいたくな味を、ちょっぴり楽しんだ。

しかし、ぐあいが悪くなったのは、ハリスおばさんではなくてヘンリーだった。ヘンリーは、名物の、ちがった味のアイスクリームを、とっかえひっかえ九つまで食べたが、十番目のハックルベリ・リコリスで、とうとう降参してしまった。

まもなくヘンリーもよくなったので、一行は、またもロールスロイスに乗りこみ、ニューヨークにむかってにぎやかなドライブをつづけた。

このドライブのとちゅうで、ベイズウォーター氏はハリスおばさんに、ヘンリーが水疱瘡にかかってベッドにもぐりこむ前に、小外交官たちの間で、たいへんな人気者だったことを話して聞かせた。

ヘンリーは、スペイン、スウェーデン、インドネシア、ガーナ、フィンランドその他開発途上国の大使、公使の子どもたちより、かけっこも早く、ジャンプも走り幅とびも、より高く、より遠くまでとんだ。その報告は、ハリスおばさんを喜ばせた。

ハリスおばさんはヘンリーの頭ごしに、ベイズウォーター氏にウィンクしていった。

「だけど、よく、その子どもさんたちゃ、感づかなかったもんですねえ——ヘンリーが、そのう——つまり、ほんとうの……」

ベイズウォーター氏は、鼻先でわらった。

「なんで感づくものですか。あの連中も、ちゃんとした英語はしゃべれないのですからね。ヘンリーは、いわば指導者になるような素質をもっているのですなあ」

すると、ヘンリーが沈黙をやぶっていった。

「ぼくは、あの芝生の上でやった、復活祭のときのパーティーが、一番おもしろかったよ。ぼくたちは、かくしてあるたまごを見つけるんだ。そして、しゃもじでたまごのころがしっこをするんだよ。アイクおじさんが、『きみが一番うまい。そのうちにチャンピオンになれるぞ』ってほめてくれたよ」

「そりゃよござんした。そのアイクおじさんて、だれなの」

と、ハリスおばさんがきいた。

「知らないや、はげ頭のおじさんで、いい人だったよ。ぼくがロンドンからきたってことを、すぐにあてたよ」

ベイズウォーター氏が解説をつけた。

「ヘンリーがいっているのは、アメリカ大統領のことですよ。大統領は、毎年ホワイトハウスの庭で、外交官の子どもたちをあつめて、復活祭のたまころがしをやるのです」

そして、ベイズウォーター氏は、つまらなそうにつけくわえた。その、なんでもないできごとの記憶を呼びもどしながら。

「アイゼンハワー大統領が、じきじきにこの行事の司会をするんですがね。わたしはそのそばにいましたが、二言三言話しあったものです」

「あれまあ、大統領さんをおじさん呼ばわりしたりして！　わたしも前に、女王さまのおからだにさわれるくらいそばに行ったことがあるんですよ――クリスマスの買い物で、ハロッズデパートへ行ったときでござんした」

ロールスは、ほとんど浮いて走っているように思える快調さで、ニュージャージーの湿地の上にかけられた大高架道路網の、鉄とコンクリートの上を走っていた。遠くのほうに、春の夕日をあびて、マンハッタンのビルの尖塔（せんとう）がかがやいていた。

太陽は、その区の中心部よりのクライスラービルの先端の銀色の鉄柱から、地上三百メートルはゆうにあるエンパイアステートビルのフィンガータワーに反射していた。そしてときおり、ＲＣＡビルなど、ニューヨークの中心のビルの窓という窓が、夕日をうけて、いっせいにかがやき、やがて文字どおり火の海となったように見えた。ハリスおばさんは、車がリンカーントンネルにすべりこむ前に、これらの遠くの風景をうっとりとながめながら考えた。

（なんてけしきだろうね。わたしゃエッフェル塔もすばらしいと思ったけれど、このほうがずばぬけてるねえ）ハリスおばさんは考えつづけた。（それにしても、なんとまあ思いがけないことだろうねえ。バタシー区ウィリスガーデンズ五番地の、このエイダ・ハリスが、こんなに親切で上品で、紳士中の紳士みたいなジョン・ベイズウォーターさんの運転で、ロールスロイスにならんですわり、自分の目でニューヨークのすばらしいけしきを見てるなんて）

一方、白髪まじりの運転手も考えていた。（これはまったく思いがけないことだよ。二つの目は混雑した道路にそそぎ、二つの耳は自分の車の音にだけ聞き入っておればよいのに、ベイズウォーターともあろうものが、世界最高の都市美にぼうっとなって見とれている、ロンドンから引っこぬかれてきた小がらな家政婦さんの、うれしそうな、わくわくした表情を見まもっているとはね）

ハリスおばさんは、安全のために、ベイズウォーター氏に、マジソン通りのかどでおろしてくれるようにたのんだ。別れぎわにハリスおばさんは、ドライブと食事のお礼をのべた。するとベイズウォーター氏は、自分で返答しながら、そんな返答をしている自分にびっくりしたのである。

「もうあなたともお別れでしょうなあ。ヘンリーのことは、うまくいくように祈っていますよ。父親が見つかるようにね。ようすを知らせてもらえれば――きっと侯爵も喜びますよ」

ハリスおばさんは明るくこたえた。

「もしまた、こちらへきなさることがおありなら、電話をくださいませよ。サクラメント九の九九〇〇番ですからね。ミュージックホールへ映画でも見におともしますよ。わたしは、あそこは大好きでござんしてね。バターフィルドさんとわたしは、木曜日はいつも行くんですよ」

「もしワシントンへこられることがあったら、ぜひお立ち寄りください。侯爵もきっと喜びますよ」

と、ベイズウォーター氏もいった。

「おたっしゃで」

ハリスおばさんとヘンリーは、町角に立って、ベイズウォーター氏のロールスが車の流れの中にまぎれこんでしまうのを見送った。

ロールスの中では、ベイズウォーター氏が、バックミラーにうつっている二人を見つめていたが、どっこい、そのうちに一台の黄色のタクシーと、フェンダーがすれあうくらいにくっついてしまった。黄色のタクシーの運転手は、おどけた口調でさけんだ。

「そこのイギリスのだんな！」

ベイズウォーター氏は、そこではじめて、あわてて現実とロールスロイスの世界にもどった。

ハリスおばさんはすぐにドラッグストアにとびこんで、バターフィルドおばさんに電話をかけ、二人がもどってきたことを知らせると、同時に、見られてはこまる人がいないことをたしかめた。

第十六章

ヘンリーを、パーク街六五〇番地にあるシュライバー家のペントハウス内の召し使い部屋へつれこむことは、なんの造作もなかった。ハリスおばさんはヘンリーを、六十九丁目に面した、アパートの物資搬入用の入り口までつれていって、そこから業務用のエレベーターでのぼり、屋敷の裏口からはいりこんだ。

ヘンリーを部屋にかくまっておくのも、むずかしいことではなかった。ヘンリーは、自分からすがたを消す術をしこまれていたからである。

それにシュライバー夫妻は、召し使いの部屋にけっしてやってこなかったし、家にいるときは、ぜんぜん裏口はつかわなかった。食料品はいつも、ありあまるほど冷凍室と冷蔵庫にしまってあるので、子ども一人がいくら食べたにしろ、目立つほどへりはしなかった。

もともとヘンリーは、口数のすくない子どもだったから、このままでいたら、ずっと見つからずにいられたかもしれなかった。ところが、ぐあいの悪いことに、ヘンリーの帰ってきたことが、バターフィルドおばさんの神経をくるわせてしまったのだ。

バターフィルドおばさんは、もうそのころには、アメリカのスーパーマーケットでのやりかたや、配達人の気ごころをのみこんでいて、ニューヨークの町の巨大さにもおどろかなくなっていたし、ドルをためこむことにとりかかって、ほくほくしていた。

ヘンリーがワシントンの外交団の中にいて、長くいなかったことが、かりそめの安心感をもたらし、心やすらかになっていたのだった。

しかし、ヘンリーがもどってきて、目の前にちらつきだしたとたんに、バターフィルドおばさんは、おろおろしたふるえ声と、とりこし苦労と、不運と破滅の予言能力をとりもどし、ありとあらゆる恐怖が、それこそ前の二倍ほどにもなってもどってきた。それというのも、こうなっては、ヘンリーの父親さがしの件について、いい解決も、幸福な結末もありそうには思えなくなっていたからだった。この一件では、いきづまってしまうこと以外に終末はなさそうだった。

ハリスおばさんが、ウィスコンシン州ケノシャ市のブラウン氏が、ブラウン氏ちがいであったという、悪い報告をもって帰り、それ以後、父親をさがすためのなんらかの手がかりをつかもうとしては失敗に終わっていたため、バターフィルドおばさんには、死刑とか土牢とか、のろわれた牢獄とかが、まともに二人をにらみつけているさましか想像できなかったのだ。

二人は白昼、ロンドンの路上で一人の子どもを誘拐し、そのうえ、子どもの運賃や食事をごまかして船に乗せて密航させ、アメリカへ密入国させた。密入国を防止するための官憲の網の目をくぐった。あきらかに最高刑にきまっている。それにこんどは、雇い主の家の中に子どもをかくして、これまでの重罪に、さらに上ぬりをしようとしているのだ。これらのすべての行為の結果は、これにつりあった破局しかないにきまっている。まずいことに、バターフィルドおばさんのこの気づかれの影響が、料理のうえにあらわれてきた。塩と砂糖がしばしば入れかわった。シロップと酢が妙なぐあいにまじりあうし、スフレがふくれたり、ぺしゃんこになったり、ソースがかたまっていたり、肉が黒こげになったりした。

生でもなければ石のようにかたくもないゆでたまごをつくる、バターフィルドおばさんのあの繊細なタイミングは、完全にだめになってしまった。コーヒーは水っぽくなり、トーストはコークスとなり、ついには、イギリス風のお茶を入れることさえできなくなってしまった。

シュライバー氏の有名な客人をむかえての宴会では、かつてはバターフィルドおばさんの評判は、はなはだ高かった。だが、いまでは、なんともたとえようのない料理を出すので、これまで、招待されたいと、むきになって希望した人々までもが、いろいろと口実をもうけて、バターフィルドおばさんの恐怖の料理からのがれようとするようになった。

ただ、ケンタッキー・クレイボーンだけが、なにやら喜んでいるように思われたが、この変調は、シュライバー夫妻にとっても、また、ハリスおばさんにとっても、喜ばしいことではなかった。目をむくほど塩のきいたグレービー（肉汁をつかったソース）と、よりによってこげついた焼き肉が食卓に出たとき、このヒルビリー歌手は、大声でわめいた。

「こいつはひでえ。ねえ、おくさん、またこのざまだ。おれは、おくさんとこの調理場のばあさんをくびにして、百パーセントアメリカ風のコックをやとい入れたほうがましだと思うがねえ。そっちのスプーン・グレービー（スプーンで取りわける濃いソース）だけ、ちっともらっとかあ」

もちろん、これらのできごとは、一挙にもちあがったわけではなかった。おもむろに悪化していったのであるが、スピードをしだいに増して、バターフィルドおばさんも、自分のしくじりと、いたらなさに気づき、なおのこといらいらしてとりみだすようなことになってしまった。そのときから、事態は急激に悪化した。ついにシュライバー氏までが、おくさんに文句をいいだした。

「ヘンリエッタ、きみがロンドンからつれてきた二人は、どうかしてしまっているのじゃないかね。この二週間ばかり、たいへんな食事ばかりおしつけられるじゃないか。こんなことでは客を招待できないよ」

シュライバー夫人はいった。

「だって、はじめのうちは、なにもかも、ひじょうにうまくいってましたわ――なんとすばらしいコックさんだろうって」

「そうだったかもしらんが、近ごろはお話にならん。わたしがきみだったら、あやまってだれかに毒を入れられないうちに、ここから出ていってもらうね」

シュライバー夫人はハリスおばさんに、この一件についてやかましくいったが、シュライバー夫人に心から好意をもたれている小がらな家政婦も、このことにかぎって、はかばかしく協力してくれなかった。しまいにはシュライバー夫人が、

「ハリスさん、あの人、どうかしているんじゃない？」

とたずねたところ、ハリスおばさんは、へんな顔をしてこたえた。

「え、バイオレットのことですか。どうもしてやしませんよ。あの人は一流のコックですよ」

ハリスおばさんは、一方では、親切な雇い主に対する愛情と義理にひかれ、他方では、このところ大しくじりばかりしでかしている親友に対する愛情と、より大きな義理にひかれて、どうしようもない板ばさみに、へしゃげそうになっていた。

どうしたらよいだろう。バターフィルドおばさんには、何度も、しっかりしておくれよとせっついていたのだが、二人がはまりこんだ苦境のせいで、非難の洪水をもろにあびる結果になろうとは。これも、天罰がてきめんにくだってくる前ぶれなのだろうか。

ハリスおばさんも、バターフィルドおばさんの料理の腕がくるっていることをみとめるのに、やぶさかではなかったし、現に、食事にそらおそろしいものを食べさせられて、満足どころではなかった。そして、二人をおびやかす新たな危難に気がついた。

つまり、シュライバー氏が、二人をロンドンに追いかえしてしまうかもしれない。もしも、ヘンリーの父親をさがし出す前に、そんなはめになったら……。ハリスおばさん

は、アメリカへヘンリーをつれてきたときのように、またぞろヘンリーを、イギリスに再密入国させるような幻想は、さすがに展開しきれなかった。あのような幸運は一遍こっきりで、二度と期待できないのである。

ハリスおばさんが、シュライバー夫人に問われたとき、その場で秘密をうちあけなかったことは、やはりあやまちだった。ハリスおばさんも、そのくらいの判断はできたはずだった。それなのに、すっかりあわてて、なおまずいことに、シュライバー夫人に手みじかなつっけんどんな返答をしただけだった。ハリスおばさんは、事態がさらに悪くなるのをふせぐ方法をよく考えようと思って、パーク街の通りにぶらつきに出かけた。

さて、要領を得ないままにハリスおばさんににげられたシュライバー夫人は、バターフィルドおばさんとざっくばらんに話し合い、できることなら、どうやらバターフィルドおばさんがくよくよしているらしい心のなやみのもとをつきとめようと、はじめて、自分の家の雇い人の部屋に侵入した。

そのとき、ハリスおばさんはそこにいなかった。そして、一人のかわいい少年が、召し使いの居間にちょこんとすわって、おやつをつめこんでいた。

シュライバー夫人は、はじめは、おやと思っただけだったが、とつぜん、その子がいつかの新聞に載っていた写真の顔であることに気づいて、腰をぬかしかけた。

「まあ、どうしたことなの。このかたは男爵！　そうだわ、侯爵さまの——そうよ、フランス大使のお孫さんじゃないの！　こんなところに、いったいどうして！」

このような破局が雷のように落ちかかることを、長い間まちうけていたにしては、バターフィルドおばさんの反応は、予想通り、いかにも彼女らしいものであった。バターフィルドおばさんは、床にひざまずいて、両手をおがむように組み合わせてさけんだ。

「ああ、おくさま、どうぞ牢屋だけはごかんべんください。老い先短い、あわれなやもめばばあでございます」

そして、彼女のすすり泣きは、しだいに高まって、手におえないほどの音響になり、夫妻の居間のほうまでつつぬけになった。シュライバー氏も、なにごとかと、その場にかけつけてきた。ふだんはびくびくしないヘンリーも、後見人の一人が、ヒステリーにかかったゼリー菓子のように、ぶるぶるふるえて泣くので、気がくじけ、こわくなって、ともに大声で泣きわめいた。

ハリスおばさんが瞑想の散策からもどって、部屋にはいったときは、この状態のまっただなかだった。ハリスおばさんは、ただならぬ空気を察して、入り口のところでちょっと考えこむと、つぶやいた。

「やれやれ、こうなったらもう、どうしようもないね」

シュライバー氏も、気がくるったようなコックのロンドンおばさんと、それに、貴族のご令息で、アメリカ駐在フランス大使の令孫として、最近ニューヨークの新聞紙上のトップをかざった少年がいるのを見て、肝をつぶした。

だが、ともかく、そこへ入場してきたハリスおばさんが、ああもおちつきはらって、しゃっきりしゃんとしているところを見れば、彼女がこのドラマの重要なメンバーであることは、おそらくまちがいなかった。シュライバー氏は、ハリスおばさんが事件の鍵をにぎっていると感じた。

ハリスおばさんは、まさしく、この大さわぎのただなかで、ゆうゆうと事態を観察しながら、とっくに覚悟を決めていた。この小がらな家政婦は、ふきだしたいのをこらえているおもむきさえあった。ハリスおばさんの目は、例のいたずらっぽい色合いをまし、すべてが明るみに出てしまった解放感に、明るくかがやいてさえいた。

ハリスおばさんは、こぼしたミルクをおしがって泣く人種ではなかった。むしろ逆に、失敗したことの中にも、なにかおもしろそうなことがあったら、わらいとばしてしまいそうな人だった。いずれは、まちがいなく露見することだったのだ。こうなったからには、いさぎよくおさばきを受けよう。

シュライバー氏がきびしい口調でいった。

「ハリスさん、説明してもらいましょうかな。ここにいる人たちの中でしっかりしているのは、あなただけらしい。いったい、フランス大使のお孫さんが、こんなところでなにをしているんです。それに、バターフィルドさんはどうしたというんですかね」

「はい。事の起こりは、この子どもでございます」と、ハリスおばさんはこたえはじめた。「この子は、侯爵さまのお孫さんなんかじゃございませんです。そのことが、バイオレットの料理がへんになった原因でございます。かわいそうに、すっかり神経にこたえたんです」

ハリスおばさんは、ヘンリーとバターフィルドおばさんにいった。

「さあさあ、ヘンリー、泣くのをおやめ。バイオレット、あんたもしっかりするんだよ」

さとされて二人は、すぐに泣くのをやめた。ヘンリーは、ふたたび、おやつのつづきを食べはじめ、バターフィルドおばさんは、うんとこしょと立ちあがって、エプロンで目をふいた。ハリスおばさんがいった。

「さあ、それでいいよ。それでは、わたしからお話しいたします。この子は、ヘンリー・ブラウンと申します。みなし子同様の子どもでござんして、わたしどもは、この子の父親をさがしてやりたいと思ったもんで、ロンドンからつれてきたんでございます」

シュライバー氏は、あっけにとられた顔をした。

「ああ、ちょっと、ハリスさん。しかし、この子の顔は、侯爵のお孫さんとして新聞に載った写真と同じですよ」

シュライバー夫人がうなずいた。

「わたしもあのとき、『なんていい子なんでしょう』っていいましたわ」

「そうでございます。いい子だからこそ、侯爵さまがわたしたちのために、この子をひきうけて上陸させてくださいましたんでございます。そうでなかったら、この子は、アメリカへははいれないところでござんした。

侯爵さまが、せっぱつまって、あっぷあっぷなさいまして、自分の孫だとおっしゃってくださったんです。侯爵さまはわたしと気の合う仲よしでござんしてね。――この子なんぞも、侯爵さまと水疱瘡《みずぼうそう》をわけあった仲でございますよ」

シュライバー氏の目は、もともと、とび出しぎみだが、息をつまらせたとたんに、いまにもとび出しそうになった。

「なんだって！　侯爵があなたたちのために、この子を密入国させたって？」

「そのことは、くわしくお話ししますです」

ハリスおばさんはそういって、話しだした。だれも口をはさまずに聞き入った。

ハリスおばさんはすべてを説明した。――行方不明の父親のこと、ガセット家のこと、誘拐のだんどり、そのほかのこらず……。ウィスコンシン州ケノシャ市の、まとはずれだった訪問のことも話した。

「そして、これがもとで、バイオレットは心配のあまり、料理のほうがへんになってしまいましたのです。ほかにバイオレットには、なにも気がかりなことはありませんでございます」

シュライバー氏は、ふいに、そっくりかえって大声でわらいだした。しまいには、涙をながして、それでもわらいがとまらなかった。シュライバー夫人のほうは、かけよって、ヘンリーを腕の中にだきしめた。

「まあ、かわいそうに。ずいぶん強かったのねえ、ぼくは。こわかったでしょう」

ヘンリーにとっては、こんな大さわぎにあい、ちやほやされることは、めったにない。それに、シュライバー夫人にだきしめられて、いくらか活気がよみがえった。

「ぼくのこと？　ううん、気にしないでいいよ」

シュライバー氏は、わらいがすっかりおさまってからいった。

「まったく、こんな話は、はじめて聞いたよ。フランス大使が子どものことで、しどろもどろになって、自分の孫だといってしまったとはねえ。ばれたら、たいへんなことになるところでしたね。しかし、難儀をしなければならないのは、まだまだこれからですよ」

「はい、そのことを考えると、夜もおちおちねむれません。あのケノシャのブラウンさんが、ほんとうの父親だったら、もうあっさりとかたづいてて、なんてこともなかったんですがね。父親ならば、自分の子どもをつれてきて、自分の国で育てる権利がございますんでしょ。しかし、人ちがいでしたからねえ」

「さてと、これからハリスさんは、どうするつもりかね」

と、シュライバー氏が聞いた。

ハリスおばさんは、シュライバー氏の顔を、こまりきって見つめていた。返事はできなかった。あっさりいいだせなかったからである。

シュライバー夫人がいった。

「ハリスさんがおとうさんを見つけるまで、この子、わたしたちのところにいたらどうかしら」

そして、ヘンリーをもう一度だきしめると、ヘンリーもこのおばさんをだきしめかえした。子どものたくまぬ愛情のあらわし方が、シュライバー夫人の胸を喜びでふるえさせた。

「ここにいたら、なんのこともないわ。ほんとにかわいい子」

バターフィルドおばさんは、エプロンのはしをしぼりながら、シュライバー夫人のほうにおずおず歩みよった。

「まあ、おくさま、そうしていただけたら、わたしは、けんめいにお料理をいたします」

シュライバー氏も、どうしたらいいものか、知恵はうかんでこなかったものの、このようななりゆきは、すくなくともこの問題をいい方向へもっていくことなので、晴れやかな表情になって、ヘンリーに声をかけた。

「おいで、ヘンリー」

子どもは、シュライバー氏のそばへ行くと、決まり悪がりもせずに、まっすぐにシュライバー氏の目を見つめた。

「いくつになるんだい」

「八つです、おじさま」

「おじさま、とはいいね。その言葉は、どこでおぼえたの」

「エイダおばさんから」

「うん、けっこうだ。ところで、きみはエイダおばさんにロンドンからつれてきてもらって、うれしいかい」

ヘンリーは、くりくりした目をシュライバー夫人のほうにむけて、心からため息をついていった。

「うれしいよ」

「アメリカに住みたいかい」

ヘンリーは、ずばりといった。

「住みたくない人なんか、いないよ」

「きみは野球をおぼえられるかな」

野球なら、ワシントンでとっくに試験ずみだった。ヘンリーはいばった。

「ああ、クリケットのできる人なら、だれだって野球はできるよ。ぼくは一発キックで六点打をとったけど――このことを、アメリカじゃホームランっていうんでしょ」

「そうかい、すごいぞ」

シュライバー氏は、本心から興味を感じたらしく、

「じゃあ、この子をわたしたちで、野球の選手にしてやれるかもしれないな」

こんどはすこしばかり時間がかかったものの、またしてもここで、例のふしぎな「わたしたち同盟」の、れっきとした一員になった。シュライバー氏は、なおもヘンリーに、

「おとうさんのことをどう思っているかい。見つかったらいいね。心配だろう」

ヘンリーは、この質問にはこたえなかったが、ついさっきまで苦しみと受難のかげを宿していた目で、じっとシュライバー氏を見つめていた。

ヘンリーには、実の親とはどんなものかわからない。父親とはどんなものなのか、まるで見当もつかない。しかし、ガセットおやじみたいな人であるなら、いっそいないほうがいい。それにしても、いろんな人が、自分の父親さがしに、むきになって大さわぎしてくれている。だからヘンリーは、(この問題について一番最上の方法は、とにかく、無作法にならないようにすることだ)と思っていた。だから、返事をするかわりに、やっとヘンリーはいった。

「おじさんはいい人だよ。ぼく、大好きだよ」

シュライバー氏のまるまっちい顔が、うれしさに赤くなった。彼は、子どもの肩をたたいていった。

「よしよし、わたしたちは、できるだけのことはやってみよう。きみは、その間ずっと、エイダおばさんやバターフィルドおばさんといっしょにここにいなさい」

それからハリスおばさんに、

「父親さがしのほうは、どの程度すすんでいるのかね」

ハリスおばさんは、うかつなことに、ケノシャ市のブラウン氏だけをあてにしていたので、それがはずれたいまでは、今後どうしてたずねあてたものか思案にくれている、とうちあけた。

それから、空軍に照会したところ、空軍から、四百五十三人のジョージ・ブラウン氏の中の、どのブラウン氏であるか、出生地、生年月日、兵籍番号、入隊年月日、除隊年月日、海外派遣の時日、場所、部隊名などを知らせてくれといってきた、例の手紙をシュライバー氏に見せた。シュライバー氏は、この手のつけようもない要求の数々を一瞥してから、ふふんとばかにした。

「軍人どもときたら、さがす相手が鼻の先にぶらさがってたって、見つけることのできない連中なんだよ。

これは、わたしにまかせたまえ。会社には完備した組織があるんだ。アメリカ中、ちょいとした町なら、たいがい社の支局がある。この組織をつかってさがし出せなかったら、だれがとんぼがえりをうってさがそうと、さがし出せんだろうよ。

なんという名でしたかね。それから、彼について、なにかほかの情報はないですか。駐屯していた場所とか、結婚したときは何歳だったとか——そのような、手がかりになるようなものはありませんか」

そこでハリスおばさんは、ヘンリーの父の名はジョージ・ブラウン、一九五一年ごろにアメリカ空軍の兵士として、ロンドンのアメリカ空軍基地に駐屯していたこと。女給のパンジー・コットと結婚して、彼女はヘンリーを生んだが、ブラウン氏といっしょに渡米することをことわり、後に同氏と離婚。ほかの男と再婚後行方不明ということを話し、それ以外にはなにも知らないのを、つらく思った。この、すずめの涙ほどの手がかりを、どこにも通用する切り札ぐらいに思いこんで、大手をふっていたことに気がついて、なおのこと、はずかしくなった。

「ほんとに、わたしゃ、ばかでござんした。まったく、めちゃくちゃをやらかしまして。もしも、わたしがシュライバーさまなら、こんなまぬけなばばあは、二人とも、きれいさっぱり首にしてしまいますですよ」

シュライバー夫人がいった。

「あなたのやったことは、ほんとにすばらしいと思うわ。そうでしょ、ジョエル。そんなこと、ほかにだれができて？」

シュライバー氏は反対はしなかったが、確信ももてないようすで、頭や肩をもぞもぞと動かした。

「そうだとも。よし、わかった。手がかりは、ほかにはないんだね。だが、ほかの人にはさがせなくても、うちの組織なら、かならずさがし出せるさ」

それからヘンリーに、

「さあ、ヘンリー、あしたは日曜だね。野球のバットとグローブを買って、二人でセントラル公園へ行こう。おじさんがピッチャーだぞ。ホームランが打てるかな。これでもおじさんは、子どものときにはピッチャーとしてならしたもんだったんだよ」

第十七章

ある日、シュライバー家で、例によって仕事の関係者たちをまねいた晩餐会がはじまる直前のことだった。ケンタッキー・クレイボーンが、まったくお話にならない、にくらしいことをしでかした。

それは、ハリスおばさんが前々からいだいていた、「いやなやつ」という気持ちを、まったくぬぐいさることのできないものにした、ゆるせないできごとだった。

クレイボーンは、いつもながら、洗濯をしたこともない、よれよれの青いデニムのズボンをはき、カウボーイのブーツに、くさいにおいのぷんぷんする革のコートを着て、一時間ほども前からやってきた。

これには、二つの理由があった。

一つは、クレイボーンは、酒はパーティーなどでちびちびやるよりは、早いところ、一気にぐいぐいながしこむほうが性に合っていた。あと一つは、シュライバー家のピアノに、ギターの調子を合わせておきたかったからだ。

その日、シュライバー氏は、テレビ関係の重要な配給会社の、おえらがたを招待することにしていて、食事のあとで、ショーとしてクレイボーンが歌をうたうことになっていた。

クレイボーンは、ウイスキーの水割り、それも、水のほとんどはいらないものしか飲まない男だった。彼は、ほとんどストレートに近い「オールド・グランド・パピー」を、大きなグラスで四杯ひっかけると、ギターをとりあげて、六本の絃をビンビンならしながら調子を合わせた後、長い仇敵どうしのハットフィールドとマッコイ両家にまつわる、愛と死をテーマにしたバラードをうたいはじめた。

半分ぐらいうたったところで、ふと目を上げると、頭のでっかい、りこうそうな大きな目をした少年が、興味ありげに、じっと彼を見つめているのに気がついた。

クレイボーンは、ハットフィールド一家がマッコイ一家のライフルでなぎたおされるという、悲愴な決闘のくだりで歌をやめた。

「おい、がき、出ていけ！」

ヘンリーは、気を悪くするより、むしろびっくりした。

「どうして？　どうしてぼく、ここで聞いてちゃいけないの」

「出ていけといったら、出ていきやがれ、このがき！」

そういってから、クレイボーンは、ふと気がついた。

「ちぇっ、おめえは、イギリスくさいしゃべりかたをしたな。ライミー（イギリス野郎）か」

ヘンリーは、ライミーという言葉を知っていた。むしろ、それを誇りにしていた。ヘンリーは、クレイボーンの目をじっと見つめていった。

「ひどいなあ。そうだよ。だけど、それがどうしたっていうの」

「それがどうした、だと？」

ケンタッキー・クレイボーンは、ヘンリーが気づかないような、危険をはらんだねこなで声でいった。

「いいか、おれの一番きらいな黒人の言葉より、まだきらいなものがあるとしたら、そいつあ、ライミーの言葉だぜ。それとだ、黒人よりもっと虫の好かねえのは、イギリス人だよ。だから、出ていけといったんだ。わからねえのか！」

クレイボーンは、からだを乗りだして、ヘンリーのほおをはりとばした。そのひょうしに、ヘンリーのからだが、くるっとまわるほどのはげしさだった。ヘンリーは反射的に、ガセット家にいたときのように、大声をあげて泣き出した。ケンタッキー・クレイボーンは、その泣き声をかき消そうとして、つぎの一節をうたいはじめた。マッコイ一家がハットフィールド一家にしかえしをされ、たたきのめされる場面だった。

ハリスおばさんは、そのとき食器室にいて、オードブル用のカナッペを準備していたのだが、自分の耳が信じられなかった。一瞬、バタシー区ウィリスガーデンズ五番地の自分のアパートにいて、バターフィルドおばさんとお茶をのみながら、ラジオを聞いているのではないかと思った。

ハリスおばさんの耳にはいってくるのは、ケンタッキー・クレイボーンの、例の春先のねこのような声だったし、それに子どもをなぐりつける音がし、痛がって泣く子どもの声。それから、ラジオの音が大きくなって絶頂に達する。——が、ハリスおばさんは、自分が現実にどこにいるのかにすぐ気がついて、半信半疑ながら、なにごとかが起こったにはちがいあるまいと、食器室をとび出し、ピアノ室へかけつけた。

すると、ヘンリーがぶたれたほおを赤くして泣いており、ケンタッキー・クレイボーンは、にやにやしながらギターをつまびいていた。

クレイボーンはハリスおばさんを見ると、ギターをやめていった。

「おれは、このがきに出ていけといったんだ。ところが、こいつはききやがらねえ。だから、一発ひっぱたいてやったんだ。こいつをここからつれ出してくれ。おれは練習中だからな」

「むちゃをするのもいいかげんにおし！」

ハリスおばさんは怒りを爆発させた。そして、きっとかまえて、たんかをきった。

「がんぜない子どもをぶちやがって！　このけだものやろう！　二度とこの子に手をかけたら、おまえの目玉をかきむしってやるよ」

クレイボーンは、ぞっとするようなぶっそうなわらいをうかべ、ギターの柄を両手でにぎりしめた。

「くそったれ。この家にゃ、ライミーばかりうようよしてやがらあ。このがきにいったばかりよ。このおれさまが一番きれえな黒人より、ライミーが気にくわねえとな。出ていけ。もたついてやがると、ギターで頭をたたきわるぞ！」

ハリスおばさんはおくびょうではなかったが、ぶんなぐられるまでつっ立っているばかでもなかった。ロンドンでいろいろなめにあって、経験をつんでいる。のんだくれ、ごろつき、俳優くずれなどに、大勢ぶつかってきた。けんのんな人物は、一目で見やぶった。ハリスおばさんは分別をはたらかせて、ヘンリーをつれて部屋の外へ出た。

召し使い部屋の安全地帯にもどると、ハリスおばさんはヘンリーをなぐさめながら、顔をつめたい水で冷やしてやった。

「さあさあ、いい子だから、あんなけだもののことなんか気にするんじゃないよ。わたしゃ、けっしてわすれやしないよ。一週間かかろうと一ヵ月かかろうと、一年かかろうと、あいつにゃ、かならずしかえしをしてやるからね。イギリス人だといって、小さな子どもをぶつことなんかないんだ」

もしもハリスおばさんが、あだ討ちを元帳につけたとしたら、彼女が心に決めた日がこないうちに、かならず相手をやっつけてしまうことは、だれ知らぬ者のない事実だった。ケンタッキー・クレイボーンは、ハリスおばさんのえんま帳に載せられた。ハリスおばさんの説によると、彼の罪はゆるしがたいもので、とにかく、いつの日か、自分の罪をつぐなうことになる、というのだった。彼はもはや、自分で墓穴をほったも同然だった。

第十八章

ハリスおばさんは、これまでのところは、ヘンリーと侯爵のことを案じながらも仕事に追われていた。それに、ハリスおばさんでなければできない仕事もあった。つまり、シュライバー夫人をたすけて家の中を整頓し、家事万端をきりまわさなければならなかった。そのうえに、はらはらするようなできごとが起こって、ないしょごとにも、めでたくけりがついた。

ハリスおばさんの知っているニューヨークは、まだ、両側に立ちならんだ高層アパートと、両面交通の路面を、ゴーストップの青と赤の信号にしたがって走る、自動車の絶え間ないパーク街の、だだっ広い谷底の一画だけだった。それと、一区画東に寄ったレキシントン通りの商店のいくつかと、一度だけバターフィルドおばさんとつれだって遊びに行ったラジオシティ・ミュージックホールぐらいが、せいぜい、マンハッタン地区で知っているかぎりのものだった。

ハリスおばさんは、いつでもいそがしかったし、なにかに気をとられていた。住みなれたロンドンの暮らしとは、なにからなにまでちがっていた。だから、ハリスおばさんはまだ、このニューヨークの巨大さに圧倒されるひまがなかった。しかし、いまや事態はかわろうとしていた。ハリスおばさんを、こんな大ニューヨーク――魔性の世界最大の都会——のすみずみまで案内することになったのは、ほかならぬ多くのジョージ・ブラウン氏たちであった。

ハリスおばさんは、いまではわりにおちつきをとりもどしていた。ちょっと中だるみの段階ともいえるだろう。ヘンリーは、ペントハウスの召し使い部屋で大っぴらに寝起きしていた。

一方では、ノースアメリカン映画・テレビ会社が津々浦々まで手をのばしている支局を総動員して、ヘンリーの父親をさがす努力をつづけ、大勢のジョージ・ブラウン氏の軍隊生活の経歴を追っていた。

ヘンリーは、ハリスおばさんと一つ部屋でねむり、食事もハリスおばさんとバターフィルドおばさんといっしょに食べるようになったが、シュライバー家の中を好きかってにはねまわってもいた。気ままに図書室へもぐりこんで、手あたりしだいに本を読みふけったし、また、何度もシュライバー夫人に買い物や映画につれていってもらった。

それに日曜日は、ヘンリーとシュライバー氏は、セントラル公園の広い芝生へ、ボールとグローブとバットをもって出かけるのが、ならわしになった。シープ・メドウの芝生の上で、ヘンリーは、わしのようなするどい目と、すばらしい運動神経のタイミングのよさで、シュライバー投手のひねくれだまを芝生のはしまでかっとばす。そのたびにシュライバー氏は、汗だくになって、たまを追いかけなければならなかった。

この運動は、シュライバー氏の健康のうえにも気分のうえにも、ひじょうによかった。

野球がすむと二人は、動物園のさるにえさをやったり、遊歩道を散歩したり、ボートを借りて池をこぎまわったりした。おとなと少年との間に、好ましい友情が芽ばえるのに時間はかからなかった。

ハリスおばさんは、ヘンリーの世話をする手間もずいぶんはぶけたし、また、それだけでなく、ずっと時間の余裕ができてきた。というのは、ハリスおばさんは、シュライバー夫人にたのまれて、自分で目ききをして雇い入れた使用人たちの顧問役をしていればよかったからだった。それでハリスおばさんは、自分の責任であるヘンリーの父親さがしを、なおざりにしていることに気がついた。

シュライバー氏が、自分の会社の組織に父親さがしをさせようといってくれた好意は、まことにありがたかったが、それにしても、ハリスおばさんがわざわざ、はるばるとアメリカまでやってきた最大の目的は、ヘンリーの父親を自分でさがすことであり、それに、出発前に、かならずうまく決着をつけてみせるなどと、バターフィルドおばさんに大見得をきってしまった手前もあった。

ハリスおばさんは、なにがなんでもアメリカへわたってしまえば、ヘンリーの問題はあっさりかたがつくと信じていたことを思いうかべていた。たしかにアメリカへはきたものの、ぜいたくに暮らさせてもらい、すっかりだらけてしまって、あれほど自分のやることに自信をもっていた仕事を、他人さままかせにしているていたらくである。すくなくとも、ニューヨーク市内のジョージ・ブラウン氏だけでも、自分だけで調べてはどうなのだろう。

「さあ、エイダ・アリス、自分でやらにゃなんないよ」

ハリスおばさんは、自分にいってきかせた。それからというもの、午後や夜の休み、それに、ちょっとのひまもたいせつにして、ニューヨーク市のマンハッタン・ブロンクス・ブルックリン・クイーンズ・リッチモンドのジョージ・ブラウン氏を、電話帳をくって、かたっぱしから当たってみることにした。

ハリスおばさんは、電話で問い合わせてみてもよかったのだ。そうすれば、たいへんな時間とエネルギーを節約できたろう。

しかしハリスおばさんは、電話帳にちらばっているブラウン氏に、「イギリス駐屯のアメリカ空軍で軍務に服したことがあり、パンジー・コットという名の女性と結婚されたことはないでしょうか」などと電話をする、そんなぞんざいなやりかたは性に合わなかった。そのかわりに、その人たちに一人一人、自分で出かけて行って会うことにした。ときには、一日がかりで二人か三人を調べるのがやっとのこともあった。

地下鉄は、ロンドンでおなじみになっていたので、ニューヨークの地下鉄網にも、さほどおどろきはしなかったが、バスとなると、これは別物だった。ハリスおばさんは、ロンドンの礼儀正しいバスになれきっていた。

ハリスおばさんはあるとき、北まわりの大型ワンマンカーに乗って、仕事で神経が、つかいへらしたほうきのようになっている運転手と、いいあいをはじめた。この運転手は、つり銭を勘定しながら、小銭レジスターを操作し、停留所の町名をさけび、一方では、タクシーやリムジンや大型トラックなどがひしめいている路面を、バスを走らせているのだった。この運転手がハリスおばさんに、

「どっちだろうとかまわねえが、おくへつめるなり、おりるなり、さっさと決めてくれよ、そこのおばさん」

とわめいたのだった。

ハリスおばさんは、運転手にくってかかった。

「そりゃ、わたしにいったのかい。あんた、ロンドンでそんなことをいったら、どんなことになるか知ってるかい。家をなくして、キングスロードにすわってなきゃならないんだよ。そういう決まりなんだよ」

運転手は、聞きなれない発言だったので、ふりかえって、ハリスおばさんをじっくりながめた。

「おくさん、おれもね、ヨーロッパのほうに設営隊の連中といたことがあるんだよ。設営隊のやることといったら、バスを運転することだけだったもんでね。車掌の役まではしたことがないんでさ」

ハリスおばさんは、生まれつきの性格で、ひどい境遇におかれてはたらいている人には、きまって同情心をそそられる。そこで、運転手の肩をたたいていった。

「やれやれ、わかったよ。レディーに口をきくときにゃ、もちっとましなふうにおいい

ね。だけど、まったく、あんたのやってるこた、人間なみじゃないね。わたしだって、そんなめにあわされりゃ、かんを高ぶらせるよ。がまんできないねえ。ロンドンのバスにしたって同じことだよ。生身の人間に機械の代わりをさせようってんだからねえ」

バスの運転手は、車をとめた。そして、ハリスおばさんの顔をびっくりしたように見つめた。

「こいつあおどろいた。おくさんは、ほんとにそう思ってくれますかい。うっかりした口をきいて、かんべんしておくんなさい。だけどねえ、ときどき、かっとしちゃいましてねえ。おれといっしょにおいでなさい。席を見つけてあげましょう」

運転手は席を立った。バスのうしろには、えんえん二十区画ほどにもわたって、車がつまってしまっているのに、気にもとめなかった。ハリスおばさんの手をとって、こんだ車内をかきわけて、おくにすすんでいった。

「さあ、お客さんの中で、どなたかお立ちになって、このご婦人に席をゆずってくれませんか。ロンドンからのお客ですぜ。ニューヨークっ子のいいところを、お目にかけたいもんじゃありませんか」

三人の乗客が立ちあがった。ハリスおばさんは席をゆずられて、ゆっくりすわった。

「どうもありがとうござんした、運転手さん」

ハリスおばさんがにこにこして礼をいうと、

「これでいいんでさ、おくさん」

運転手はそういって、運転席にもどった。

彼は、一日一善をモットーとしているボーイスカウトのように、心がうきうきしていた。この気持ちは、彼の中で、それから十区画ほどもつづいたのだった。

ハリスおばさんは短時日の間に、ニューヨークと、そこに住む人たち、また市の五つの区の郊外のことなどを、はえぬきのニューヨークっ子よりも、もっとたくさん、見たり聞いたりすることができた。

一人のジョージ・ブラウン氏は、ハドソン川からそう遠くないマンハッタン区の山の手、フォートジョージのそばに住んでいた。ハリスおばさんは、はじめて、満々と水をたたえてながれるハドソン川と、川むこうのジャージー側にそびえたっている、切りたった絶壁のすばらしいながめを見わたすことができた。

また、スピュイトン・ドュイベルに住んでいたもう一人のジョージ・ブラウン氏から、ハドソン川とイースト川が分岐し、合流して、自然にマンハッタン島をつくりあげた、このおどろくべき、まがりくねったクリークのことを、いくらか説明してもらった。

マンハッタン区の反対のはしのほうの、ボーリンググリーンに住んでいるジョージ・ブラウン氏をたずねたときには、バタリーを見物することができた。そこは商業地区の高層ビルがそびえたつ中に、思いがけない感じでひそんでいる広場だった。

そこには巨大な二つの川がながれていて、ハドソン川と呼ばれてはいるが、イースト、ノースとの二つの川で、ハリスおばさんには、とても川とは思えない洋々たるものだった。外国航路の汽船や貨物船、引き船、ヨット、遊覧船などが、そこを航行しながら、ハドソン湾のひろがりの中にはいっていった。イギリスのライムハウス河区や、ワッピングドック地帯ですら、これほどひっきりなしに船が往来してはいなかった。

ハリスおばさんは、生まれてはじめて、自分がちっぽけなものとなり、圧倒される感じを受けた。ロンドンは壮大であり、くすんでおり、ちょっとみっともない形で長くのびている都会だった。ニューヨークよりも、むしろ面積は広いかもしれない。

しかし、ロンドンでは、自分がちっぽけで無価値で、心細いような気持ちに追いこまれたりはしない。ともかくも、頭をしゃんとあげて、自分を見失わないで生きていくことができた。ニューヨークは、たいへんな都会だった。見上げると、あまり高くて、飛行機の仲間入りをしなければ、摩天楼の上のほうは、とっくりとながめることはできそうになかった。

ビルの一番上のほうに、旗をはためかせたのや、水蒸気の羽根かざりをつけたのや、けむりをはき出しているのがあって、ながめているだけでも、ぼうっとしてしまいそうだった。いったいここは、どんなところなのだろうか。このような摩天楼をきずきあげたのは、どんな人たちだったのだろう。

そして、その谷底の道路という道路には、重量物運搬車、トラック、トレーラーを連結した超大型車などが、ごうごうと走りつづけ、タクシーはかしましく警笛をわめかせ、交通巡査はするどく笛をふき鳴らした。川の上では、さまざまな船舶がうなり、汽笛が鳴りつづけていた。そして、このうずのまんなかに、バタシーの小がらなそうじ婦エイダ・ハリスは立っていた。勇気りんりんというほどの気迫はなかったが……。

百三十五番通りとレノックス通りの周辺地域で、ハーレムという名で知られている場所に住んでいる多数のジョージ・ブラウン氏たちは、みな、チョコレート色の肌をしていたが、そんなことにはかかわりなく、ハリスおばさんのたずね人の仕事に同情してくれた。

そのうちの何人かは、陸軍か空軍に在籍してイギリスに駐屯した経験をもっていた。ドイツの爆撃下のロンドンでは、すべての人間は平等だったし、勇気の前には、皮膚の色など、なんの差別の材料にもならなかった。そのいい時代を思い起こさせてくれたと、ハリスおばさんは歓迎された。

その中の一人は、心底からむかしをなつかしむ思いにかられたらしく、ハリスおばさんに、さかんにピンク・ジンをのむようにいいはった。しかし、パンジー・コットと結婚したものはいなかった。

ブルックリン区のブライトンに住む何人かのブラウン氏の世話になって、ハリスおばさんは、アメリカの東のはての——というよりニューヨークの突端になっている——長いカーブをえがいた緑の寄せ波が浜べにまいてくだけている、広々とした、そうぞうしい一大歓楽境のコニーアイランドも見物した。

その日、ハリスおばさんが目星をつけていたジョージ・ブラウン氏は、若い娘ばかりが出演する二流ショーの呼びこみをしていた。人を刺すようなすどい目をした背の高い男で、はでな絹のシャツを着て、麦わらのかんかん帽を頭に載っけ、水着すがたの娘っ子が出演している小屋の外の台の上で、道行く人々に、中で演ずる出し物のあらすじを大声で披露していた。

ヘンリーの父親もこんな男かもしれないと思うと、ハリスおばさんの心は重くるしくなった。この大娯楽場のがらの悪さにはへいこうしたものの、ここは、ハリスおばさんにとって、まるきりの場ちがいというわけでもなかった。呼びこみがはりあげる声、射的場の銃のはじける音、ジェットコースターに乗っているお客のさけび声、そうぞうしいジンタ（編集部注：映画館・サーカスなどの客寄せや宣伝に使われる小人数の吹奏楽隊）の、耳がつぶれんばかりのひびき……。だが、それらは、バタシーのお祭りや、ほかのイギリスのお祭りを、二倍ぐらいうるさくしたようなものだった。

呼びこみブラウン氏は、商売の合い間に、ハリスおばさんの話を熱心に聞いて、同情してくれた。ハリスおばさんが話しおえると、

「そいつの鼻っぱしらに一発くらわしてやりてえ。いってみりゃあ、そいつあ、その女といっしょになって、あげく、ぽいとすてたんでさあ。そういうやつあ、どっさり知ってますぜ」

ハリスおばさんは、ヘンリーの父親をけんめいにかばったが、呼びこみブラウン氏は、うたがいが晴れないようだった。

「おくさん、あっしの忠告をお聞きなせえ。兵隊なんか信用しちゃいけねえ。あっしが身をもって知ってんだから」

このブラウン氏は、イギリスへ行ったことはなかったが、彼の祖母はイギリス人だったので、二人の間には、ある親近感が生まれた。ブラウン氏はいった。

「どうです、楽屋へ行って女の子に会ってみませんか。みんな、なかなかいい子ばかりでさあ。その前にショーを見なせえ」

そこでハリスおばさんは、約半時間ほど、ブラウン氏のいう「いい子」たちの、フラダンスやインドの踊りを、たのしく見物した。そしてそのあとで、楽屋へ行って娘たちに紹介してもらった。

たしかにブラウン氏がいったように、娘たちは気だてがよくて、芸熱心ばかりだった。シュライバー家のパーティーにあつまる有名人の中の、ある種の女連中などよりは、言葉づかいも、ずっときれいだった。

ハリスおばさんは、おもしろい夕べのひとときをすごして家にもどった。呼びこみブラウン氏も、気をつけてみると、約束はしてくれたが、たずね人のほうはいっこうに、らちがあかなかった。

ハリスおばさんは、ブルックリン区の中の、いくつかの場所が気に入ってしまった。それは、ブラウン氏さがしをしているうちに知った場所だった。

イースト川の岸ぞいには、古めかしい閑静なたたずまいの、褐色の砂岩づくりの家々が、えんどうのさやの中のまめのようにぎっしりとならんでいて、ときには木かげなどもあるし、どことなく海のむこうのロンドンの町をしのばせた。

　ハリスおばさんが、つぎつぎにジョージ・ブラウン氏を当たっているうちに、イーストサイドの下流の川岸で、自分の船で寝起きしている、船の荒物屋のジョージ・ブラウン氏に会った。ハリスおばさんは、ここでも、下町の摩天楼にかこまれた大きな谷底で、自分がとるにたりないけしつぶのように感じさせられた。

　タールと香料のにおいのする埠頭（ふとう）のそばの、玉石をしきつめた舗道に立って、ブルックリン橋とウィリアムズバーグ橋の、大きな弓形の、くもの巣のような鉄橋に目をむけると、その上を通過する電車や自動車のすさまじいひびきは、さながら、なにものもうちくだいてしまいそうな轟音（ごうおん）となり、この巨大な空間そのもののほえ声となって、ハリスおばさんにせまるのだった。

　スターテン島通いの渡し船に乗ってたずねていった、その島に住むジョージ・ブラウン氏は、ジョセフ・P・オリアン引き船会社につとめていて、シオバン・オリアン号という、ディーゼルエンジンが二基ついている引き船の船長だった。ハリスおばさんが行ったとき、ブラウン氏はちょうど、仕事に出かけるところだった。

　ブラウン船長は、陽気な、からだのがっしりした四十がらみの男で、彼のからだの半分ぐらいしかない、これまた陽気なおかみさんと、船着き場から遠くないセント・ジョージの、居ごこちのよさそうなアパートで暮らしていた。

ハリスおばさんと船長は、すこしばかり因縁がないわけではなかった。ハリスおばさんが入港したとき、ビル・ド・パリ号を誘導して投錨地点まで引っぱった船の一つに、船長の船があった。ハリスおばさんのすばしこい目は、引き船の操舵室の横腹にペンキで書いてあった、へんな名に気がついていたのだった。

ブラウン船長とおかみさんも、見すてられたヘンリーの話と、ハリスおばさんの父親さがしのいきさつを聞いて、深く心を動かされた。そして、つまるところは、自分の引き船に乗って、マンハッタン島を一まわりどうですかい、ということになった。ハリスおばさんは、すぐにさそいに応じて引き船に乗りこんだ。

イースト川にかかっている大鉄橋をいくつもくぐりぬけ、国連本部のガラスばりのビルのそばを通って、ハドソン川へはいり、ジャージー側にそってジョージ・ワシントン橋の下をくぐりぬけると、やがてハリスおばさんの目前に、中心街の高層ビルが、天にそびえたっている雄大なながめとなって展開してきた。あまりにも巨大なコンクリートの建物が集中しているので、さすがのハリスおばさんも、だまりこくって、ただ吐息をつくばかりだった。

「なんとまあ！　この目で見たって信じられないほどですねえ」

この日は、ハリスおばさんのアメリカ滞在中で、異色の日にはちがいなかったが、このブラウン船長も、ハリスおばさんのさがしているブラウン氏ではなかった。

ワシントン広場の住人のジョージ・ブラウン氏は、絵かきだった。七番街の衣料品店街に住むブラウン氏は、「肥満型のスマートな婦人服」専門の店をやっていた。

ヨークビルのブラウン氏は食料品店の主人で、ハリスおばさんに店のつけものを――無料で――味見をすることをすすめた。

グレーシー広場のそばの、洗練された住宅地帯に住んでいるブラウン氏は、どことなくシャサニュ侯爵を思わせる老紳士で、ハリスおばさんの話を聞いたあとで、お茶をごちそうしてくれた。この紳士は、若いころ、長らくイギリスにいたことのある旧弊なアメリカ人で、ハリスおばさんに、ロンドンの以前と変わったようすなどを聞かしてほしいといった。

ハリスおばさんは戦争中に、空軍、陸軍、海軍、海兵隊にいたブラウン氏たちを当ってみたが、どれも、若すぎるか、年をとりすぎているかで、なかなか望みどおりにはいかなかった。

しかし、どのブラウン氏もハリスおばさんに親切で、ひまをさいて話を聞き、応対してくれたわけではなかった。あるブラウン氏などは、木で鼻をくくったような、ニューヨーク人独特のそっけなさで、こういった。

「なんでわたしが、イギリスくんだりで女給と結婚してなきゃならんのですか。帰ってもらいましょう。わたしには、家内と三人の子どもがあるんでね。夫婦げんかにでもなったら一大事だ。さっさと帰ってくれたまえ」

また、ロンドンにいたことのある人たちが、全部が全部、ロンドンを好きになっていたとはかぎらなかった。ハリスおばさんがロンドンからきたことを知って、あんなごみためみたいな町は、金輪際見たくはない、というものたちもいた。

ハリスおばさんは、鉛管工、大工、電気技師、タクシーの運転手、弁護士、俳優、ラジオ修理工、洗濯屋、証券ブローカー、大金持ち、中産階級、労働者などの、さまざまなジョージ・ブラウン氏と会った。というのは、ハリスおばさんが、電話帳のリストのほかに、市の氏名録をくわえたからである。

ハリスおばさんは、ニューヨークをしらみつぶしに歩いて、さまざまな形をした家の、それぞれちがった呼び鈴を鳴らして、こうきりだすのだった。

「おじゃましてごめんなさいまし。わたしは、アリス——エイダ・アリスと申しましてね、ロンドンからきたんでございますよ。じつは、わたしゃ、アメリカの航空兵としてロンドンにおられたことがあって、パンジー・コットという女の人と結婚なさったジョージ・ブラウンさんをさがしているんでござんすが、失礼ですが、あなたさまじゃござんせんでしょうねえ」

会った人たちは、当のご本人だったためしはなかった。しかし、たいていのばあい、ハリスおばさんは、ヘンリーがすてられたいきさつを話さなければならなかった。ブラウン氏たちは、ほとんどかならずといってよいほど、興味ぶかく、同情しながら耳をかたむけてくれた。これはなによりも、ハリスおばさんの人がらのせいであった。

ハリスおばさんがひとくさり話しおえて、立ち去ろうとするだんになると、ハリスおばさんもまた、一人の友だちを置きざりにするような気分になるのだった。ブラウン氏たちも、ハリスおばさんと、この後もおつきあいをしたいものだなどといってくれるのだった。

ニューヨーク生まれのニューヨーク住まいの人でも、ハリスおばさんのように、この大都会にもぐりこんで、目を光らせてまわったものは、ほとんどあるまい。

ハリスおばさんは、暮らしむきのよいところでは、セントラル公園付近の大富豪の邸宅——そこには金満家特有のたたずまいと一種のにおいがあった——からはじまって、まずしいところでは、ボワリーとイーストサイドのごみごみした下町通りとスラム街まで、へめぐったのだった。

ハリスおばさんは、町の中にさらに小さな町のあることがわかった。その場所は、出身国によってわかれていた。ヨークビルでは、マルベリー通りにそって、小ハンガリー、リトルイタリア、スペイン人地区にわかれていた。そういえば、ニューヨークの中心地ペル街のチャイナタウンに住んでいる、中国人のジョージ・ブラウン氏にも、ハリスおばさんは会った。

約一ヵ月間、根気よく調べてまわるうちに、大都会ニューヨークに住む、さまざまのジョージ・ブラウン氏が、ハリスおばさんに、アメリカ人というものを見せてくれた。それは、戦争中にイギリスにやってきたアメリカ兵の印象と、ほとんど変わらなかった。大ざっぱにいって、親切で、世話好きで、こせこせせず、あいそがよかった。そして、喜んで手助けをしたがった。また、大勢のジョージ・ブラウン氏は、ハリスおばさんの加勢をするために、ほかの都市に住んでいる一族たちに問いあわせてあげようと、約束してくれた。他人に愛されたいという、子どもっぽい、人なつっこいところのある人々が多かった。

ハリスおばさんは、アメリカ人のちぐはぐなところも発見した。彼らは町を歩いているときには、だれとも口をききたくないようなふうで、わき目もふらずに歩いていく。お上りさんが道を聞いても、立ちどまりはしない。彼らは目にも見えず聞きもせず、といったふうに、ひたすら急ぎ足で歩いていく。たまに立ちどまってくれたら、同じようにお上りさんだった。

しかも、家庭にはいると、ニューヨークの人たちは親切で、同情心にあつく、気がよかった。そのうえ、ハリスおばさんが外国人で、しかもイギリス人だと知ると、とりわけよく、もてなしてくれた。戦時中のロンドン空襲下の、イギリス国民の屈せぬ意気地をおぼえていて、ほめてくれたりした。それは、ハリスおばさんにはうれしいことだった。

しかし、このニューヨーク探検は、ハリスおばさんに、またちがった有益な教訓をあたえた。暗くてやかましいビルの谷間にも、一階から三十階までノンストップでとびあがる弾丸エレベーターで、胸をむかむかさせられながらつりあげられたビルの高さにもなれて、恐れの気持ちが消えていくと、ニューヨークのもつ、いいようのない巨大な力、とくに、この大都会にみなぎる若々しさと、ここにひそんでいる、はかりしれない富と栄光へのチャンスが、平等に人々にさずけられていることが、ハリスおばさんの胸に強く焼きつけられた。

ニューヨークと、ほかのさまざまなアメリカの都会をかいま見て、ハリスおばさんは、ヘンリーをこの国へつれてきたことを、つくづくよかったと思った。ヘンリーに独立の精神と知恵と賢明さがあるように、ハリスおばさんは、この大都会には、若者らしい、ものおじしない活気があると見てとったのだった。

ハリスおばさんは、どこでも気持ちよくむかえられ、アメリカ人とのつきあいの経験をふんだんにかさねた——中心街、イーストサイド、ウエストサイド、ニュージャージー、ロング・アイランド、ウエストチェスターなど——が、それでもなお、自分がしっくりとここの生活にとけこんでいけるとは思わなかった。しかしヘンリーなら、この町で育ち、チャンスがめぐってきさえしたら、この町に役立つ市民となれるだろう。

もちろん、ハリスおばさんのこの探検は、まったくつらいことだった。なぜなら、ハリスおばさんの仕事を成就させてくれるようなことは、いつまでたってもおこらなかったし、大勢のジョージ・ブラウン氏は、目ざすブラウン氏ではなく、どこへ行ったら見つかるかもしれないという、手がかりさえあたえてくれることはできなかった。

ところがある日、ついに見つかった。だが、見つけたのはハリスおばさんではなくて、ほかならぬシュライバー氏だった。氏は夕がた、帰宅してきて、ハリスおばさんを書斎に呼んだ。行って見ると、そこにはシュライバー夫人もまっていた。夫妻は、なぜかへんな顔で、そわそわしていた。シュライバー氏は、何回もわざとらしいせきばらいをしてからいった。

「ハリスさん、まあ、おすわり」

そういって、またもせきばらいをして、

「ハリスさん、どうやら、あなたのたずね人が見つかったらしいよ」

第十九章

シュライバー氏の手づるで見つかるということは、なきにしもあらずではあったのだが、それにしても、あまりにもとつぜんで、おどろくべきニュースだった。ハリスおばさんは、鋲の先でつつかれたように、すわっていたいすからとび出してさけんだ。

「へえっ！　見つかった？　あの人が？　どこにいるんでしょうか」

しかし、シュライバー夫妻は、ハリスおばさんの興奮と熱心さに対して、なんの反応もしめさなかった。にこりともしなかった。シュライバー氏がいった。

「ハリスさん、もう一遍すわりなおして聞いてください。まったく、ばかげたような話なんだが……。気持ちをしずめてくださいよ」

シュライバー氏のふつうでない気配が、小がらな家政婦にわかった。ハリスおばさんは、夫妻の顔を心配そうにのぞきこんでたずねた。

「なにか、悪いことでもございましたか。話すこともできないような、おそろしいことなんでしょうか。懲役にでも行っているんですか」

シュライバー氏は、ペーパーナイフをいじくりながら、自分の机の上に置いてある書類に目をやった。ハリスおばさんも、シュライバー氏の視線を追って、机の上を見た。それは、アメリカ空軍の手紙と同じ様式の書類に、なにかの複写コピーがそえてあった。

シュライバー氏が、しずかに話しだした。

「なにもかもいったほうがいいだろう。たずねていた人は……その……わたしたちが知っていた人間なんだよ。ケンタッキー・クレイボーンなんだ」

ハリスおばさんには、この報告が、すぐにどかんとはやってこなかった。彼女は、くりかえしつぶやいた。

「ケンタッキー・クレイボーンが、ヘンリーの父親……。ケンタッキー・クレイボーンが……」

そして、この報告の内容が、アトラスミサイルのような力で、ハリスおばさんをたたきのめした。ハリスおばさんは、おもわず大声をあげた。

「ひええっ！　なんですって？　あの男がヘンリーの父親だって？　そんなこた、ありゃしませんよ！」

シュライバー氏は、深刻な表情でハリスおばさんを見た。

「まったく残念なことだ。わたしも、あなたと同じように、ほんとにこまってしまった。クレイボーンはさるのような男だし、ヘンリーのようないい子をだめにしてしまう」

やっと苦境からうかびあがったばかりなのに、またもクレイボーンのような男の手におちこむヘンリーの将来を思うと、恐怖の波が、ハリスおばさんのからだを走りゆさぶった。

「だけど、まちがいじゃござんせんのでしょうか」

シュライバー氏は書類にさわった。

「パンジー・コットとヘンリーの名が、ここに——彼の空軍時代の記録にのこっているよ。なにからなにまでととのっている」

「そりゃ、どうしてわかったんでございます？　だれが見つけ出したんでございます？」

と、ハリスおばさんはさけんだ。彼女はまだ、どこかにまちがいがあって、このおそろしい知らせが無効になってくれたらいいがと、せめてもの望みをかけたのだった。

「わたしが見つけたのだよ。いつもいっていたようにね。わたしはシャーロック・ホームズのような探偵になるべきだったな。わたしは、へんなことをすぐにかぎつける鼻をもっていてね。それで、クレイボーンが契約書に署名するときわかったんだ」

シュライバー夫人がいった。

「ほんとにジョエルのお手がらだったのよ」

夫のことで気をよくして、それから、すぐに気がついて、あわてた大声で、

「まあ、ごめんなさい、ハリスさん。お気の毒ですわ。それに、ヘンリーぼうやだって……」

ハリスおばさんはいった。

「だけど、わたしにゃ、だまくらかされてるみたいで、さっぱりのみこめませんです。その契約書とやらは、どういうことなんでしょうか」

シュライバー氏はいった。

「あの男が契約書に署名するとき、ジョージ・ブラウンという本名をつかったんです。ケンタッキー・クレイボーンというのは芸名だったのですよ」

シュライバー氏が話したことにつけたすと、シュライバー氏は、ベテランの刑事なみに、なにものも見のがさなかったのだった。クレイボーンと契約の最終的なこまごました打ち合わせを終わり、クレイボーン、代理人ハイマン氏、シュライバー氏、それから立ち会いの弁護士たちがあつまって、重大な契約にサインをするはこびになった。その場でシュライバー氏が契約書を見ていると、書類の下のほうにタイプしてある「ジョージ・ブラウン」という名前にぶつかった。

「このジョージ・ブラウンという人は、だれですか」

と、シュライバー氏はきいた。

ハイマン氏が、大きな声でこたえた。

「それがクレイボーンくんの本名ですよ。後日、なにか問題が起こった場合のことも考えて、本名をつかうべきだと、弁護士たちに注意されたものですから」

シュライバー氏はこのとき、（このクレイボーンが、ひょっとして、ヘンリーの行方不明の父親かもしれない）と考えて――いや、たしかにそのような気がして――胃のあたりがおかしくなった。そして、ことによってそうであったら、この不快感は、いったいどれほどひどくなるだろうと、ぞっとしたものだった。

いよいよ、ジョージ・ブラウン、芸名ケンタッキー・クレイボーンが、一千万ドルの値打ちのある契約書にサインしようと、あぶらじみた黒革の上着のそでをたくしあげたとき、シュライバー氏は、その手首に、AF28636794という番号が入れ墨ではいっているのに気づいた。シュライバー氏はたずねた。

「クレイボーンくん、きみの手首の番号はなんですかな」

ヒルビリー歌手は、てれたようにわらった。

「これは、おれが空軍にいたときの兵籍番号さあね。どうしてもおぼえられねえので、入れ墨をしてもらったのさ」

物語中の大もて探偵か、あるいは、国際スパイ団を相手にまわして活躍する小説の主人公たち——ブルドッグ・ドラモンドや、セイントや、ジェームズ・ボンドなみの、すばやい機転と冷静さで、シュライバー氏は、この兵籍番号を胸にきざみこんだ。契約が終わって一人になると、氏はすぐに番号を書きつけ、秘書に命じて、ワシントンにある国防総省の空軍司令部に問い合わせさせた。

三日後に返事がきて、事態はすっかり判明した。空軍では、その兵籍番号の兵士の、空軍時代の記録の書類を、複写して送ってきた。

ケンタッキー・クレイボーンは、まぎれもなくジョージ・ブラウンだった。一九五〇年四月十四日にタンブリッジウェルズでパンジー・アメリア・コットと結婚し、九月二日に二人の間に男の子が生まれ、ヘンリー・センプル・ブラウンと名づけられていた。

そして、なによりも決定的な証拠として、指紋の写しがそえてあり、それから、短いほおひげとギターをとりのぞいて、十年ばかり若くしたクレイボーンの、かんしゃくもちらしい兵隊のときの写真が同封してあった。

ハリスおばさんはうちのめされた。この悲劇的な結末がどういうことになるのか、その破局の性質がどんなに重大な影響をもたらすものかということに、すこしずつ気がつきはじめながら、これらの証拠を調べた。ヘンリーは、あの愛情のないガセット家で育てられるよりも、無知でわがままで自分かってな実父ケンタッキー・クレイボーンに引きとられるほうが、なお悪いことにならないものだろうか。クレイボーンは、ヘンリーを一目で毛ぎらいした。彼は、自分以外の人間なら、だれだろうとにくみ、自分の欲望の満足だけを追っている歌手なのだ。そしてこの男は、いまや莫大な契約金をつかんで、自分の欲望を満たすための大散財をはじめるだろう。

ハリスおばさんは、ロマンチックな空想の中で、まだ見ぬ、顔も知らぬヘンリーの父親を、子どものどんな願いもかなえてやれる金持ちとして、心にえがいてきた。ところでハリスおばさんには、クレイボーンのような男がにぎった莫大な財産などは、毒薬よりもなおしまつにおえないもので、彼ばかりか子どものためにもならないものであるということが、身にしみてわかった。

そして、このようなはめとなったのも、あのいまわしいガセット家の虐待からヘンリーをすくったつもりでつれ出したのがわざわいしたのだと、ハリスおばさんは気をめいらせた。ヘンリーをアメリカへつれて行くなどという、とほうもない妄想にふりまわされさえしなかったらよかったのだ。その間には大西洋がはさまっていたし、なにも無理をして、ヘンリーをどたん場に追いこむことはなかった。

ハリスおばさんは書類とにらめっこをすることをやめて、もう一度すわりなおした。足ががくがくしだしたからだった。ハリスおばさんは、かすれた声でいった。

「どうしたらいいんでございましょう。それで、あの男にはお話しなさったのですか」

シュライバー氏は、首を横にふった。

「いや、まだです。あなたが、このことについて思案したいんじゃないかと思ってね。ヘンリーをつれてきたのは、あなたです。わたしたちが決めることではない」

ありがたい。ちょっとの間、一息つくことができる。

「だんなさま、いろいろありがとうございました。考えさせていただきます」

ハリスおばさんは立ちあがって、部屋を出た。

キッチンへもどると、バターフィルドおばさんがハリスおばさんを見て、小さなさけびをあげた。

「まあ、どうしたんだい。顔色がエプロンよりも青いよ。なんかおそろしいことがあったのかい」

「あったんだよ」

と、ハリスおばさんがいった。

「ヘンリーのとうちゃんが、めっかったのかい」

「めっかったよ」

「死んでたのかい」

「生きてたよ」

ハリスおばさんは悲しげにいって、それから、一連の、無作法な言葉をならべたてて、

「死んでなんかいないのさ。生きてるんだよ」

そこでまた、一連のけしからぬ言葉をはきちらしてから、

「ケンタッキー・クレイボーンだったんだよ」


ハリスおばさんは、親切にしてくれた人たちには、さんざん迷惑をかけ、うまくいく安うけあいをしていたことがめちゃめちゃとなってしまい、あげくのはて、おさないヘンリーの将来をだいなしにしてしまうという、とりかえしのつかないどたん場に追いこまれた。

その絶望のどん底で、ハリスおばさんは、長らくやらなかったことをやってみることにした。お守りのようにたいせつにしている秘蔵の宝、ディオールのドレスに最後の望みをかけたのである。

ハリスおばさんは、ニューヨークへ持参してきたドレスを戸だなからとりだすと、ベッドの上にひろげ、立ったまま、くちびるをきゅっとむすんで、じっと見つめながらド

レスがご託宣をのべてくれるのをまった。それは、かつては、とうてい手のとどかない、けれど、なにがなんでもほしくてならなかった、あこがれの的であった。そして、それは手にはいったのだ。だからこそドレスは、ここにこうして、彼女の目の前に、パリからスーツケースに入れてもって帰った当時と同じように、新しいままで、しなやかに波うっていた。

このドレスはまた、フランスから帰国する際に、彼女をにっちもさっちもいかないはめにおとしいれた。あの時は、どうにもならないと思えたものだが、結局うまく解決して、こうして彼女のもちものとなっている。

だが、そのドレスには、ハリスおばさんがけっしてつくろおうとはしなかった、焼けこげのビロードのパネルと、みにくいビーズ玉が、そのままになっていた。この傷は、ハリスおばさんが承知していながらも、しばしばわすれてしまう、ある一事を思い起こさせるようすがになっていた。

つまり、世の中を構成しているものは、自然の摂理と人間たちの力関係で、成功というものは、えてしてさまたげられ、なにもかも思いどおりにいくものではない、ということだった。

ドレスからのご託宣が聞こえたような気がした。

「ひたすら骨を折って、目的のためにがんばることですよ。そうすれば、なんとかなります。しかしそれは、結果としては望みどおりではないかもしれないし、それとも予想外のものになるかもしれないのです」

かつて、しゃにむにたたかいとったその晴れ着をじっと見つめながら、心の中では、このドレスには、友情や人の情や、とうとい思い出など、たいせつなことがいくつもこもっていることを思い出していた。しかも、それらは、彼女がいまぶちあたっている問題には、役立ちそうもなかった。このディオールのドレスのときには、なにもかもおじゃんになりそうだったどたん場で、誰彼なく助けてくれたものだ。しかし、こんどは、人の情にすがるわけにはいかない。彼女が現在直面しているのは、かわいさのいや増したヘンリーを、父親としての資格がまったくない男の手にわたしたものか、それとも、おそるべき里親のガセット家に送りかえしたものか、という二つに一つの選択をせまられていることだった。しかも、進退きわまった状態でありながら、だれの助けも得られないことはわかっていた。この問題では、シュライバー夫妻にも、バターフィルドおばさんはいわずもがな、ベイズウォーター氏にも、友だちのシャサニュ侯爵にも、だれにもたすけてもらえない。ハリスおばさん自身で決めなければならないのだ。それも早急に……。

いずれにしても、この後ヘンリーのことで、かたときも心のやすまりをおぼえることはあるまい。これが、ひとさまの生活の中に立ち入って、ちょっかいを出した結果なのだ。

ハリスおばさんは、ものいわぬ、生命のないドレスをながめやった。これを我がものにするためについやした労力とエネルギーにてらしあわせてみれば、ドレスはほとんど安物とさえいえるようなしろものに見えた。ハリスおばさんは、ついうかうかと気まえよく、一晩、ロンドンの質の悪いあぶく女優にドレスを貸した。その不注意と無分別が、くっきりとあとをのこしていた。その傷は、ハリスおばさんがひとりでなさけながったり、泣いたりしたらすむことだった。ドレスは、なにもつらがりはしない。

しかし、ヘンリーとなれば、事はちがってくる。ひどく粗野で、自分かってながりがり亡者の男が父親であることを、ヘンリーにうちあけるか。それとも、にくむべきガセット家にもどすか。いずれにせよ、ヘンリーはこれから先、ずっとくるしむことだろう。

——そしてハリスおばさんも……。

このすばしこいロンドンっ子の通いの家政婦さんは、これまでに、さまざまな難局を、生まれながらの機転と年の功で切りぬけてくることができたが、こんどばかりは、そうは問屋がおろしそうになかった。

ハリスおばさんは、まったく進退きわまった。ドレスのご託宣は、なんら解決のきっかけになるようなことをいってくれず、おざなりの教訓をまき散らしただけだった。「死んだら二度と生きられない。くじけたらそれでおしまい。七ころび八起き。いそがばまわれ。夜明けの前は、いつでも暗い。神は、みずから助くるものを助く」

こんな大安売りの教訓は、なに一つなぐさめにならなかったし、これから人生の歩みをふみ出そうという、ヘンリーの運命を左右する問題について、指示をあたえるだけの力をもちあわせなかった。

ハリスおばさんは、ガセット家の中でのヘンリーの状態を、くどいほど、いろいろとくりかえして想像した。ハリスおばさんお得意の、妄想をたくましくしてみた。が、さて、実際には、まったく救いのないほどのものだったのだろうか。世の中にはこれまでも、大勢の子どもたちが、けられたり、ぶたれたりしながらも、力強く育っていって、偉大な人間になったためしがある。偉大でなくてもいい。善良な人間としてこの世に生きている人が、たくさんある。

ヘンリーは、生きぬくための強さと、すなおな性格をそなえている。ヘンリーもすぐに、ガセットおやじがひっぱたくこともできないほど大きくなってしまうのではなかったろうか。そしてヘンリーは、自分で苦労しながら、教育をなんとか身につけ、手に技術をつけて、仕事をさがし、生まれた土地の近くで結婚し、しあわせな生活を送るようになるのではないだろうか。彼女や、彼女のまわりの同じような暮らしをしているたくさんの人たちのように。

ハリスおばさんは、自分の無力を思い、自分のおかした大きなあやまちをふりかえって、胸がいっぱいになった。彼女は、ベッドにつっぷすと、両手で顔をおおって泣きだした。希望を失ったからでも、自分をあわれんだからでもなかった。ヘンリーを愛し、いとおしむ涙だった。力のない自分があくせくしてみたものの、ついに世の正常なしあわせをつかめそうにない、かわいそうな少年を思って泣いたのだった。涙が指の間からにじみ出て、ディオールのドレスの上にしたたり落ちた。

第二十章

それからしばらくたって、いくらか気持ちがおちつくと、ハリスおばさんはその晩ずっとおそくまで、バターフィルドおばさんと、子どもの運命について話しあった。ヘンリーは、自分の頭上に黒い雲がひろがってきていることも知らず、無心にすやすやとねむっていた。

希望をまさぐったり、恐怖にちぢんだりしながら、さまざまな案がひねりだされ、ときにはとっぴな計画も出てきたし、現実的な常識論もあらわれた。その間バターフィルドおばさんは、終始一貫して、一つの論旨をアフリカ太鼓のように、陰気くさくくりかえして鳴りひびかせた。

「だけどねえ、エイダ、なんといったってあの男は、ヘンリーの父親なんだからねえ」

しまいにはハリスおばさんは、いらいらして、しんぼうができなくなった。

「バイオレット、あんた、まだそれをいう気かい。わたしゃ、かんしゃく玉が破裂しそうだよ」

バターフィルドおばさんのアフリカ太鼓は鳴りやんだ。しかしハリスおばさんには、彼女が無言のうちにも、

「だけどねえ、エイダ、なんといったってあの男は……」

とつぶやいていることが、よくわかった。

ハリスおばさんはこれまでにも、さまざまの難儀にぶつかってはきたが、これほどまでに思いまよったことはなかったし、わが身にこれほどまでの責任をかぶったこともなかった。

ヘンリーをクレイボーンにおしつけても、ヘンリーがぶたれるのが関の山だということは断言できた。それどころか、クレイボーン――ほんもののジョージ・ブラウンは、ヘンリーの父親なのであるから、好きなだけぶつことができるのである。

ハリスおばさんは、自分のしなければならない役割は、常識のうえからわかっていた。しかし、反対しないわけにはいかなかった。つまり、ヘンリーを血のつながっている正当な父親におしつけて、さっぱりとこの問題から足をあらうことである。

だが、このことには、シュライバー夫妻もためらった。夫妻は調査したことをクレイボーンに話さないで、ハリスおばさんがいいと思ったようにしなさいと、そっと権利をハリスおばさんの手にまかせてくれた。これは夫妻のハリスおばさんへの心づかいでもあった。そして、ハリスおばさんがどう処理をしようと、シュライバー夫妻とハリスおばさんとバターフィルドおばさん以外には、だれも事実を知らないですむことを、暗にほのめかしたのである。

だが、ヘンリーは？　ガセット家へつれて帰るのか？　方法はどうする？　ハリスおばさんは、身分証明書、食糧通帳、旅券、許可証、査証などがはばをきかせる世界があることを、骨身にこたえて知った。事実、書類がそろっていないことには、身動きもできないのだ。

ヘンリーは公式には、アメリカ空軍の記録を複写した書類と、ロンドンにある出生証明書によって、現実に生きているものの、このペントハウスにいるからだは、幽霊のようなものだった。

非合法的にイギリスから消えて、なおのこと非合法的にアメリカへ密入国した。もしもきたときと同じやりかたで、ヘンリーをイギリスにつれ帰ろうとしようものなら、こんどこそつかまってしまうことは、自分の手のひらを見るようにはっきりしていた。自分はどうなってもかまわないつもりで決行するとしても、すでに、ゆですぎた青菜よりもむざんにしょげかえっている親友バターフィルドおばさんを、叱咤激励して一味にくわえることは、できそうになかった。

よしんばシュライバー氏の助けをかりて、子どもを無事にロンドンにつれて帰る手段をとってもらうことができたとしたら――そんなことはできそうにも思えなかったが――ヘンリーをこっそり自分の家にかくまうとしても、あのいまわしいガセット家の人々が、壁一重のむこう側にいるではないか。

今度の誘拐の件では、ガセット一家はさわぎ出さなかった。たしかに、すこしもさがそうとはしていない。それは、警察から問いあわせてこないことからもわかる。しかし、ヘンリーがロンドンへ帰ったときけば、ガセット一家はかならずヘンリーをつかまえて、しょっぴいていくにちがいない。彼らはいつも、ヘンリーを労働にこきつかって、たいへん重宝していたからである。

ハリスおばさんは、ヘンリーの両親についての自分の幻想が、大もとからくるっていたことを痛感した。これが、とりかえしのつかない結果を生んだのだった。悪玉はパンジー・コットではなく、父親のジョージ・ブラウン――いやしい、もの知らずの、執念深い悪党――だったのだ。パンジーが、夫とアメリカへわたるのをこばみ、子どももやらなかったのは、賢明だったのだ。たしかに、この父親は、子どもの養育費として、びた一文送っていなかったにちがいない。

おばさんは決断しなければならない。エイダ・ハリスは結末をつけて、責任をとらなければならない。

ハリスおばさんは、ヘンリーへの愛情――女性らしい、人間的な、すべてを抱擁する愛情と、ヘンリーをしあわせにしてやりたいという強い願いをふっ切れず、ひどく苦しみ、おろおろとまよった。身動きがとれなくなった。それは、火遊びのあげくとそっくりだった。ハリスおばさんも、自分がいじっていた火で大やけどを負ったのだ。

いろいろと議論をかさね、相談をし、思案にくれながらも、その間じゅう、バターフィルドおばさんがたえまなく鳴りひびかせていた主題、

「だって、あんた、なんてったって、あの男は父親なんだからねえ。『子どもをつれてきてもらったら、父親はどんなに喜ぶだろう』って、あんたは、しょっちゅういってた

じゃないか。父親だけが、子どもを引きとる権利があるんじゃないのかい」

これは、そのものずばりの、否定できない真実だった。どっちのほうに思惑がねじれ、のたくり、はずれていこうと、また、シュライバー氏の手もとにある書類が、日の目を見ないところにかくされてしまおうと、真実は真実である。ジョージ・ブラウンとヘンリー・ブラウンは、血によって結ばれているのだ。

夜が白々と明けかけた午前四時になって、ハリスおばさんはついに、バターフィルドおばさんのアフリカ太鼓を聞きいれた。おばさんは、大きくため息をついた後、二人の長い友情の間で、これほどバターフィルドおばさんの心をゆさぶったことはないほど、つつましく、ひかえめな声でいった。

「バイオレット、あんたのいうとおりだよ。こんどのことじゃ、いつも、あんたのいってることが正しかったよ。――ヘンリーは父親のところへかえさにゃならないだろうね。夜が明けたら、シュライバーさんにそう話すことにしよう」

ところで、こうと決めたとなると、ハリスおばさんの、うちのめされ、くたくたにつかれ、しょげかえった心が、またも、例のいじわるないたずらをはじめたのだった。ぎりぎりのところまで追いつめられて、なぐさめがほしくてたまらない人には、えてして、この怪物がしのびよってくるものだ。それを気休めという。

(ケンタッキー・クレイボーンみたいなやつだって、この小さなかわいいぼうやといっしょにいたら、だんだんと心がなごやかになって、別人のようになるかもしれないよ)

即座に、自分でもそれと気づかないうちに、ハリスおばさんは、ふたたび空想の世界へ引きずりこまれていった。いまの苦労は、実は、その空想癖のせいですべて起こったことなのに、性こりもなく。

その世界では、なにからなにまで、にわかにばたばたとあっけなく解決してしまった。クレイボーンはこのあいだ、ヘンリーをちょこまかしたちびだと思ってなぐりはしたが、自分の子とわかってみれば、ひしと自分の胸にだきしめるだろう。事実、イギリス人をきらってどなったものの、ヘンリーは、半分はイギリス人でも、のこりの五十パーセントはアメリカ人である。

以前、思いえがいていた情景が、ハリスおばさんの心にもどってきた——父親は、長い間ゆくえの知れなかった子どもとの再会に、胸をおどらせる。そしてヘンリーは、思ってみたこともなかった、すばらしい日をむかえる。これは父親のふところぐあいから見当をつけて、まちがいはなかった。

ヘンリーは二度と飢えたり、ぼろぼろの服を着たり、寒さにふるえたりすることはないだろう。ヘンリーは、あのおそろしいガセット家と永久に縁が切れた。ヘンリーは、この繁栄の国アメリカで教育をうけ、人生のチャンスをつかむのだ。

父親のジョージ・ブラウンにしても、ヘンリーが父親を必要とするように、彼もなごやかさを必要とし、そして子どもの魅力の前にひざまずくようになる。酒もつつしみ、子どものよい手本となるために、態度もあらためる。そして現在の人気にもまして、アメリカの若者のアイドルとなるだろう。

ハリスおばさんは、親切な魔法使いのおばあさんの役をはたしたのだという確信が、心の中でしだいに高まってきた。すっかり希望していたとおりになったのだ。だから、前にそういったじゃないか。「わたしがアメリカへ行けさえしたら、わたしがヘンリーの父親を、きっとさがしてみせる……」そのとおり、まさしくアメリカへきた。そして(わたしが)まさしく子どもの父親を見つけ出し――とはいえないまでも、すくなくとも、その片棒はかついだ。そして父親は、ハリスおばさんの推測どおり、大金持ちだった。

「エイダ・アリス、さあ、涙をおふき。心配なんかいらないよ。そして、ページのおしまいのところに、こう書きゃいいんだってば。『任務完了』とね。さあ、めでたしめでたしで、ベッドにはいるんだよ」

このように、あてにならない空想にだまされて、ハリスおばさんは、翌日どんな事態となるかは夢にも知らずに、ねむりに落ちていった。

あくる日の午後、昼食のあと、ジョージ゠ケンタッキー・クレイボーン゠ブラウンは、ペントハウスのシュライバー氏の書斎で、いらいらしながらまっていた。ここへ呼ばれたのである。シュライバー夫人が、ハリスおばさんとバターフィルドおばさんと、やがて九つになるヘンリーをつれてはいってくると、クレイボーンはいっそういらだった。

シュライバー氏は、相手に席につくように身ぶりでしめしてから、

「クレイボーンくん、まあ、すわってください。きみに、ちょっと重要な話があるのです」

怒りっぽい歌手の目は、早くもぎらぎら燃えてきた。彼は、その場の空気で、この集まりが自分にうれしいものでないことを感じたのだった。クレイボーンは、けんか腰で、部屋のすみに身がまえて、いった。

「おまえさんたち、おれがこのがきをちょいとしばいたからって、総勢でいいがかりをつけるつもりなら、よく考えなおしたほうがいいぜ。このちびは、おれが練習してるところをじゃましやがったんだ。だから、出ていけといったんだ。そしたら、生意気をいいやがったから、一つひっぱたいてやった。それでまだたりねえってんなら、もっとやってもいいぜ、おれは黒人はきれえだが、外国のやつらは、なおのことときれえさ。

おまえさんたちは、おれにおせっかいを焼くなよ。こいつをおれのそばによこせねえでくれ。そうすりゃ、なんのめんどうも起きやしねえ」

「わかった、わかった」

とシュライバー氏は、つっけんどんにいった。いまでは、クレイボーンとは完全に契約がむすばれているので、もう、ご機嫌をうかがって忍耐づよくがまんしていることもいらない。

「あのことなら、わたしはみんな知っている。わたしがきょう、きみを呼んだのは、そ

の話ではない。まったく別のことです。まあ、すわって聞いてくれたまえ」

この集まりが、子どもをひっぱたいたことで小言をいわれるのではないとわかると、クレイボーンは、いくらか気をゆるめた。いすの前後を逆にすえなおして腰をおろし、背もたれに手をかけ、品の悪い小さな目で、一同をうたがいぶかそうに見まわした。

シュライバー氏はいった。

「きみは本名をジョージ・ブラウンといって、一九四九年から一九五二年までアメリカ空軍に勤務していましたね」

「もしそうなら、どうだというんですかい」

シュライバー氏は、このやりとりをたのしんでいるようでさえあった。——現にシュライバー氏は、いまは探偵の役を返上して、地方検事になったつもりでいた。その検事がいった。

「一九五〇年四月十四日に、きみはタンブリッジウェルズで、パンジー・コットさんと結婚しましたね。空軍にいるときです。それから五ヵ月かそこらたって男の子が生まれて、その子にヘンリー・ブラウンと名づけましたね」

「なんだと？　あんたはいかれちまったんじゃねえかい。根も葉もないことをおしつけないでくれよ。そんなやつらの名は聞いたこともねえぜ」

かたわらのハリスおばさんは、さながらテレビドラマの中で一役演じるようなつもりになっていた。しかも、すぐに出番がきて、いいせりふをしゃべるようになる。ハリスおばさんは、その場にふさわしいせりふを、すでに何度もリハーサルしてきた。

そのせりふは、記憶にある映画や小説の中から借りてきて、なるべく効果が出るように、ちょっと手をくわえたものだった。こんなぐあいだった。

（クレイボーンさん、あなたをびっくりさせるお話があるんですよ。きっと、肝をつぶされますよ。ロンドンの、わたしの住んでいる家のとなりに、かわいそうな男の子が一人、むごい里親のもとで、おなかをすかせ、ぶたれ、虐待されておりましたんです。その父親は、遠いアメリカに住んでいる人だそうでしてね。そこで、わたしたち――バターフィルドさんとわたしは、そのあわれな子どもがおちこんでいる、残酷な怪物の巣からすくいあげて、アメリカのあなたのところへつれてきましたよ。

ここにいるヘンリーぼうやこそ、なにをおかくしいたしましょう、あなたの、たったひとりの、血をわけたお子さんですよ。さあ、ヘンリーちゃん、とうちゃんのところへ行って、だいておもらい。そしてキスするんですよ）

ハリスおばさんが、このせりふを心の中でさけびながら、とことん空想にしがみついている間に、一方、シュライバー氏は、机の上に書類をひろげた。クレイボーンは、紙の音に気をとられ、ひょいとながめると、それは彼の空軍時代の勤務記録の写しで、彼自身の写真まで出てきた。それを見て、彼は、かなりしゅんとなった。

「きみの空軍の兵籍番号は、腕の入れ墨のとおり、AF28636794だね。きみが結婚したことも、男の子が生まれたことも、除隊の日までの履歴が、いっさいここに残っています」

と、シュライバー氏はいった。

クレイボーンは、シュライバー氏をにらみつけた。

「だから、どうだってんだ。おまえさんたちゃ、なにをたくらんでやがんのだ。女とはとうに別れたよ。性悪女め、おれは、ちゃあんとアラバマ州のきまった手続きをとって、法律どおりに離婚したんだぜ。書類にもそう書いてあるだろうが。いってえ、なにをやらかそうてんだ」

シュライバー氏は容赦なく、なおも質問をつづけた。

「するときみは、子どもがどこにいて、どうなっているか、見当がつきますか」

「それがおまえさんに、なんの関係があるんだ！　なんだって、他人のおせっかいを焼くんだ」

クレイボーンはわめいた。

「おれは、おめえさんの放送網でうたう契約書には、たしかにサインはしたがね。だがよ、おめえさんは、おれの個人的なことに立ち入る権利はねえんだぞ。とにかくおれは、女とは、決められたやりかたで縁を切り、子どもの養育費は、それ相当の分を送ったんだ。最後に聞いたかぎりじゃ、子どもは母親といっしょに、元気に暮らしてるってことだった」

シュライバー氏は書類を下に置いて、テーブルごしにハリスおばさんにいった。

「ハリスさん、話しておやんなさい」

ハリスおばさんは、このようにふいに出番がくるとは思っていなかった。すっかり登場のきっかけがくるってしまい、リハーサルのかいもなく、例のせりふもどこへやら、ただ、こうどなるのがせいいっぱいだった。

「なにいってんだよう！　ヘンリーはここにいるよう。わたしの横にいるこの子が、ヘンリーなんだよう」

クレイボーンは、あっけにとられて、目の前の三人の顔を見わたし、まんなかの少年の顔を見つめた。それからわめきだした。

「なんだって？　このがきが？」

ハリスおばさんは、すっくと立ち上がると、戦闘準備おこたりなく、青い目を怒りにかがやかせた。

「がきとは、なんていいぐさだい。この子は、あんたの血をわけた子どもなんだよ。書類でもはっきりしているように、切っても切れない、あんたのれっきとした子どもなんだよ。わたしがはるばるロンドンから、あんたのところへつれてきたんだよ」

父親が子どもの顔を見つめ、子どもが父親の顔を見上げている間、いっときの沈黙があった。そして、二人の顔にはそれぞれ、どうしてもうちとけることのできない嫌悪の表情が走りすぎた。

クレイボーンはわめいた。

「つれてきてくれって、だれもたのみはしねえぜ」

こんなぐあいになってしまうとは、ハリスおばさんは考えてもみなかった。が、とにかく形勢は変わったのだ。なさけぶかい隣人であり、親切な魔法使いのおばあさんは、にわかに守勢に立たされた。

「だれからもたのまれやしません。わたしが自分の考えでやったことだよ。この子がガセット家のもんにぶたれ、ひもじいめをさせられてきているのを見かねたんだよ。なにしろ壁一重だからね。聞きたくなくても耳にはいってくるんだよ。だからわたしが、バターフィルドさんに、『もし、アメリカにいるこの子のとうさんが、このことを知ったら、一分だってじっとしておれないだろうよ』と、そういって……」

バターフィルドおばさんは、そのとおりと、相づちを打った。ハリスおばさんはつづけた。

「『きっとこの子のとうさんは、すぐにもつれ出したいと思うだろうね』と。だから、わたしたちはアメリカへきたんだよ。さあ、これでもあんた、なにかいいたいことがおありなさるかい」

クレイボーンが口をゆがめて、どうにもここには書くことがはばかられる、いやしい言葉で返答しようとした矢先に、シュライバー夫人がわってはいった。ハリスおばさんが、しゃくにさわってぽんぽんいうばかりで、かんじんなことをまだ話しのこしていたからだった。

シュライバー夫人は、パンジー・コットが再婚して、ヘンリーがガセット家に里子にやられていたこと。そのガセット家の両隣に、ハリスおばさんとバターフィルドおばさんが住んでいたこと。再婚したパンジーが、その後行方不明になって、養育費が切れると、ヘンリーが手ひどく虐待されるようになったこと、それでハリスおばさんが、がまんしきれなくなって、父親のところへつれて行く気になったことを話した。

「ハリスさんはいいかたよ。心から子どものことを心配なさって……」

そこまでいうと、ふいにシュライバー夫人は、自分の説明が、さきほどのハリスおばさんのと同じように混乱していて、言葉たらずであったような気がしてきた。それで、困惑して、シュライバー氏のほうを、助けをもとめるようにふりかえった。シュライバー氏がいった。

「クレイボーンくん、だいたい、そういったわけなんだ。それにしてもわたしは、うまくかたがつくんじゃないかと思っていたんだがね。ハリスさんは、ヘンリーをつれてくるとき、父親がなにさまか知らなかったんだよ。ただ父親が、子どもにはどんなに親が必要であるかということを知り、また、子どもの苦しみを知ったら、きっと、この子を引きとると思ったんだね」

クレイボーンは、チッチッと舌をならし、彼がときおり、バラードをうたうときにやるきみょうなリズムで、指をパチパチならした。

「へえ、そうだったのかい。それでおれを呼んだってのかい」

クレイボーンは、ハリスおばさんとバターフィルドおばさんをにらみつけた。

「いいかい、よく聞きな、このおせっかいばばあ。このがきをどうしたらいいか、わかってるだろうな。おまえさんたちは、このがきをもといたところへ、さっさとつれて帰んな。つれてきてくれなんて、おれはたのんでいねえんだぜ。子どもなんざ、いらねえよ。もとうと思ったこともねえ。おれはな、一匹おおかみの、いなかもののほうがいいんだ。おれのファンは、おれのまわりに離婚した女や子どもがくっついているのを喜びやしねえ。

もし、おまえさんたちが、このおれに子どもをおしつけようとして、おかしなまねをしやがったら、おれは、おまえさんたち全部を大うそつきだといって、契約書なんぞやぶっちまうからな。そのときゃ、ケンタッキー・クレイボーンさまの歌は、あきらめてもらうんだ。おれにゃ、一千万人という、百パーセントアメリカ人の若い連中がついてらあ」

これだけ御託をならべたてると、クレイボーンは、あっけにとられている一同を、じろりと見わたした。自分のむすこにちらと目をむけることさえしないで、こういった。

「じゃ、もう、いうこたねえだろう。あばよ」

立ち上がり、ふてくされた足どりで、部屋を出ていった。

シュライバー氏はうなった。

「どこまであきれかえったやつだ」

　バターフィルドおばさんは、エプロンを頭からかぶって、キッチンのほうへかけだした。

　ハリスおばさんは、まっ青になってつっ立っていた。そして、そして、最後にいった。

「わたしが、おせっかいばばあだと……」とくりかえすばかりだった。

「なにもかも、おしまいになったね」

　だが、一番さびしそうなのはヘンリーだった。少年は、部屋のまんなかに立っていた。大きな目と大きな頭をしていた。前よりももっとおとなびた知恵をもち、からだのすみずみまで、悲しみでいっぱいだった。

「ぼく、ぼくは、あんなとうちゃんはほしくないよ」

　シュライバー夫人はかけよって、ヘンリーをだきしめて泣いた。

　しかしハリスおばさんは、すべての夢も空想もやぶれて、すっかりうちのめされ、涙もわかず、立ちつくしていた。

第二十一章

ハリスおばさんは、ケンタッキー・クレイボーンが、両手をひろげてわが子をむかえ、それから後は、きっと親切な人間らしい気持ちにしだいに変わっていくものと信じていた。いうなれば、手ひどい打撃をうけるにきまっているまぼろしを、のうのうとしていだいていた。

そしてこの、手ひどい打撃をうけたあと、自然の摂理が、思いやりのあるほどこしをハリスおばさんにしてくれた。つまり、ハリスおばさんの記憶は、ショックで完全に消えうせたのである。

ハリスおばさんは自分の部屋にもどり、服をぬいで寝間着に着かえ、ベッドにはいるまでは正気だったが、そのあと、慈悲ぶかい忘却のカーテンが、いっさいのできごとを、ハリスおばさんからおおいかくしてしまったのだった。

もしも、そんなことがなかったとしたら、ハリスおばさんの自尊心は、長い間いだいてきた、生きがいの一つともしてきた、ヘンリーが幸福な日をむかえるという美しい夢をむざんにもうちくだかれてしまった、その打撃に耐えることはできなかったろう。ハリスおばさんは、目を大きく見開いたまま、天井をうつろに見つめて横たわっていたが、なにも聞こえず、なにも見えず、口をきくこともできなかった。

シュライバー夫人は、バターフィルドおばさんの、不安にかられた金切り声を聞いて、おどろいて二人の部屋へ飛んできた。

「ああ、おくさま」

バターフィルドおばさんは、あえぎをやっととめて、いった。

「ハリスさんがへんでございます。どうかしちゃいましたです。なんだか、とてもひどいようすで、死んだように横になったきり、ものもいわなくなっちまってます」

シュライバー夫人がかけよって見ると、ハリスおばさんの小さなやせたからだが、ベッドの中にちんまりとうずもれていた。日ごろ、彼女のからだからあふれ出ている自信にみちた活気は、すっかりしぼんでしまって、ハリスおばさんは、いっそう小さくやせこけて見えた。

シュライバー夫人が、二、三度、ハリスおばさんに声をかけても、なんの反応もなかった。シュライバー夫人は夫のもとへ走りもどって、かかりつけの医者ジョナス博士に電話した。

医者はすぐにやってきて、必要な処置をとると、夫妻のところへもどってきていった。

「あの婦人は、なにかひどいショックをうけたのですな。お心あたりは？」

「じつは、そのとおりなんです」

シュライバー氏は、事情をくわしく説明した。子どもを引きとるのをこばんだ父親とのやりとりを話しおえると、医者はうなずいた。

「なるほど、よくわかりました。そういうことの最良の薬は、ただ、時のすぎるのをまつことですよ。自然はそういう方法で、たえがたい苦痛をいやしてくれるのです。あのご婦人は体力はあるのですから、遠からず回復してくれるでしょう」

しかし、ハリスおばさんの意識の上におおいかぶさった霧がうすれはじめるまでには、一週間もかかった。そして、この霧を追いはらうきっかけは、なんとも思いがけない経路をたどっておとずれてきた。

シュライバー夫妻は、ハリスおばさんの回復がまちどおしくて、身もだえしたいほどだった。なぜなら、この期間にいろいろなことが起こったし、新しい事態が生じたので、そのことをハリスおばさんにぜひ知らせたかったからだ。もしもハリスおばさんの意識が回復して、この話を聞いたら、きっと、あっというまに病気はふき飛んでしまうだろう。夫妻はそう信じていたから、なおさらのことだった。

ハリスおばさんの意識の霧をはらうきっかけは、ある日、昼食のすこし前に、ハリスおばさんあてに電話がかかってきたことからはじまった。ハリスおばさんのかわりに、シュライバー夫人が電話に出た。シュライバー氏もそこに居あわせた。

シュライバー氏は、家からさほど遠くないところに仕事場があったので、昼休みに家にもどって昼食をとるのをたのしみにしていた。

電話の声は、たいへん上品で、洗練されていた。

「まことに恐縮でございますが、ハリス夫人をお呼びいただけないでしょうか」

シュライバー夫人がこたえた。

「まことにあいにくでございますけど、ハリスさんは病気でふせっておりますの。失礼ですが、どちらさまで？」

電話の声は、すぐにこたえた。

「これは、これは。ご病気ですか。わたしはベイズウォーターと申します。ロンドンのベイズウォーターに住んでおりますジョン・ベイズウォーターです。格別の用事はないのですが……」

シュライバー夫人は、そばの夫にそっといった。

「ベイズウォーターさんというかたから、ハリスさんにかかってきたんですけど」

それからまた、電話にむかって、

「ハリスさんのお友だちでいらっしゃいますか」

ベイズウォーター氏はこたえた。

「はい、そのつもりにさせていただいております。こんどニューヨークへきたら電話するようにと、ハリス夫人がいっておられたもので……。それに、わたしの主人、フランス大使のシャサニュ侯爵も、ハリス夫人のことをたいへん案じておられます。申しおくれました。わたしは大使の運転手でございます」

そういわれて、シュライバー夫人はとっさに思い出して、手で送話器をおさえ、夫に報告した。シュライバー氏はいった。

「きていただくようにいったらどうだい。なにも、さしさわりはないだろう。ひょっとして、ハリスさんも元気づくかもしれないよ」

二十分後、ベイズウォーター氏が、謹厳このうえない表情で、うね織り地のグレーの制服をすっきりと着こなし、スマートな自家用運転手の制帽を手にもって、シュライバー家の玄関にあらわれた。そして、ハリスおばさんの病状に気をもみながら、病室に案内された。うしろから、のっそりとバターフィルドおばさんがついてきた。彼女は、日ごろの心配性をさらにつのらせ、ハリスおばさんがたおれて以来、のべつまくなし涙声ばかりたてていた。

ハリスおばさんは、お茶とバターつきパンや、軽いビスケットのような、あっさりした滋養物をとっていた。けれども、自分のまわりにいる人たちの顔は、まだわからないのだった。

ベイズウォーター氏も、このところずっと、ひじょうに気にかかることがあった。彼をニューヨークに走らせたのも、その心配のせいだった。つまり、彼は、最愛の伴侶(はんりょ)――最優秀のロールスロイスの内部のどこかで、奇妙な音がするのに気がついたのだった。それは、ベイズウォーター氏のような熟練した耳でなければ、とうてい聞きとることのできないほどの、かすかな音だった。ところがこの音は、ベイズウォーター氏には、真夏の雷のように聞こえた。そして、なんとも、その音にはまいってしまったのである。

ベイズウォーター氏は、そんなちょっとした異変でさえ、彼のロールスに起こるということは、しんぼうがならなかった。そのうえに残念なことには、この車は、彼自身が栄誉ある選定とテストをおこなったものだったのである。

ベイズウォーター氏の、みがきあげた技能、知識、勘、長年の経験を動員しても、この、心をかき乱す音の出る場所をつきとめることはできなかった。それからというもの、氏は、いっときとして心の休まることがなかった。

ベイズウォーター氏はついに、ニューヨークにあるロールスの代理店へ車をもっていき、徹底的に分解して調べようと思いたった。そこで彼は、代理店にロールスをわたしてから、ハリスおばさんとひさしぶりに世間話をしたら、このうかぬ状態のもやもやが、いくらかでも晴れるだろうと考えたのだった。

しかしいま、ベイズウォーター氏は、立ったまま、青ざめた幽霊のように見えるハリスおばさんを見おろしていた。あのリンゴのようなほおはしなび、いたずらっぽく光る明るい目はくもっていた。

ベイズウォーター氏の頭の中につまっていた、どこかにけがをしているらしいロールスについての心配は消えてしまい、何年来このかたはじめて、ベイズウォーター氏は、一種のいいしれぬ胸の痛みをおぼえた。彼は、ベッドのわきに腰をおろし、ハリスおばさんの片手をとると、シュライバー夫妻やバターフィルドおばさんが見ていることもわすれて、ひどく感情がたかぶったときのくせで、はなはだ紳士らしからぬ言葉をはいた。

「りゃ、りゃ！　エイダさんやい、エイダさんやい、なんちゅうこっちゃい。いかんねえ」

ベイズウォーター氏の声の中のなにかが、ハリスおばさんに通じたらしい。たぶんこれは、ベイズウォーター氏が、「ありゃ、ありゃ」というところを、例のロンドンっ子の特徴で、「りゃ、りゃ」と「あ」を二回とも発音しなかったせいだろう。これで、ハリスおばさんの心をとじていた錠がはずれ、とびらが開いた。

ハリスおばさんは、頭をあげて、白髪まじりのベイズウォーター氏の、上品な、いかめしい、貴族的ともいえる鼻と、うすいくちびるをした顔を見上げた。ハリスおばさんは弱々しくいった。

「おや、ジョン、なんでこんなところにおいでですかね」

「仕事ですよ。あなたは、ニューヨークへきたときには、電話をかけるようにといってくれましたね。それで電話をしたんですよ。そうしたら、あなたが病気だと聞いたもので、寄ったんです。いったい、どうしました」

するとそこでみんなが、いっせいに口を開いた。バターフィルドおばさんは、

「あれえ、エイダ、こりゃよかった、よくなってきたよ」

と、かん高い声をあげるし、シュライバー夫人は、

「まあ、ハリスさん、よかったわね。わたしたち、心配していたのよ」

とさけび、シュライバー氏は、

「ハリスさん、ハリスさん、聞いておくれ！　万事うまくいったよ。あなたに、すばら

しいニュースがあるのだよ」

とどなった。

ベイズウォーター氏の顔と声は、ハリスおばさんに、彼といっしょだったワシントンからのたのしいドライブを思い起こさせ、彼女の記憶の車を、もとの走路の上にのせたのだった。

そして、とちゅうにあった有名な料理店での、たのしかったひとときを思い出させた。ニューイングランドのはまぐりのスープ、にら、いも、それにクリーム……。そこで食べた、けたはずれにおいしかった味をわすれることはできなかった。

この記憶の中に、ハリスおばさんがもうすこしひたっていられたらよかったのだが、他の三人のさけび声にたのしい夢をやぶられ、あのみじめな敗北の記憶が、まざまざとよみがえった。ハリスおばさんは、両手で顔をおおってさけんだ。

「いやだよ、いやだよ！　みんな出ていってくださいよ。――わたしゃ、どなたにも合わせる顔がないんだから。わたしゃ、まぬけなおせっかいばばあで、いろんなことにおちょっかいを出しては、なにもかもだめにしてしまうんだ。どうぞ、あっちへ行ってくださいよう」

しかし、シュライバー氏は一歩もひかず、どんどん話をつづけた。

「ハリスさん、あなたはまだ知らないのだよ。すばらしいことが起こったんだ。あれ以来――あなたが病気になってしまってからだが――まったく、びっくりするようなことが起こったんだよ。わたしたち夫婦は、ヘンリーを養子にすることに決めたんだ。ヘンリーはうちの子なんだよ。ヘンリーは、わたしたちといっしょに暮らすのだ。あなたも喜んでくれるだろう。知ってのとおり、わたしたちは、あの子がかわいくてたまらない。それにあの子は、わたしたちにすっかりなついている。あの子はわたしたちといっしょに生活し、りっぱな人間に育つんだよ」

ハリスおばさんの心は、まだひどくむしばまれていたので、シュライバー氏のいったことが半分ぐらいしかわからなかった。しかし、ヘンリーのことをいっているようには思えたし、それを話しているシュライバー氏の声は、ほがらかにはずんでいた。ハリスおばさんは、顔をおおっていた手をおそるおそるはなした。ハリスおばさんの顔は、みじめったらしい小ざるにそっくりだった。

シュライバー氏はいった。

「これは、ヘンリエッタの思いつきだったんだがね。わたしはあの翌日すぐに、クレイボーンをつかまえて、もう一度話しあったんだ。ところが、いいかい、ハリスさん。よく話してみたら、クレイボーンは、そんなに悪い男ではなかったよ。あいつは、ただ、子どもが好きじゃないんだ。

クレイボーンは、自分が結婚し、そして離婚し、イギリス人の血がまじった子どもがあるということがひろまったら、大勢のファンから背をむけられてしまうだろうと、そのことだけでびくびくしているんだ。

それでわたしは、異議がなければ、ヘンリーをわたしたち夫婦の養子に育てたい、と申し入れたんだよ」

「だけど、だんなさま、あの男は、『おせっかいばばあ。がきをロンドンへつれて帰れ』なんていったんでございますよ。あの子の実の父親が、ですよ」

「いや、ハリスさん、それは口先の強がりなんだ。クレイボーンは、なにもめんどうなことを起こしゃしない。わたしのいったことが、すべてを円満に解決する方法なんだよ。ヘンリーはアメリカの市民になって、アメリカに住む権利をもつんだ。クレイボーンが正当な父親であるという証明も、ちゃんと空軍の記録の中にあるんだからね。

わたしたちは、ヘンリーの出生証明をとるために、イギリスに手紙を出しておきました。もう、なにもむずかしいことはないのですよ。クレイボーンは、父親として、ここにヘンリーを呼びよせる権利をもっていますからね。

いま、弁護士に養子縁組の手続きの書類をつくらせているが、クレイボーンは、それができしだい、サインをすることになっています」

その話が、いくらか通じたものらしい。ハリスおばさんは、しだいにはればれとした顔になって、シュライバー氏のほうに顔をあげた。

「ほんとでございましょうね。だんなさまがたといっしょなら、ヘンリーは、しあわせにきまってます」

「ほんとうだとも」

とシュライバー氏は、自分もうれしくてたまらないという身ぶりをして、

「いいですか、ハリスさん、クレイボーンも、ヘンリーがそうなることをひじょうに喜んでいるんだよ。ほっとして、うれしがっているんだよ」

さて、シュライバー夫人は、ハリスおばさんの「特別な面会時間」をつぶしていることに気がついたので、夫をうながした。

「ジョエル、そのことは、またあとで話しましょうよ。ハリスさんは、こんどはすこし、お友だちと二人きりでお話しなさりたいでしょうから」

映画界の大物であり、このたび、探偵と地方検事の役もしたシュライバー氏は、同時に、ものわかりのいいご主人であるところも見せた。

「そうそう、そのとおり。それでは失礼するとしよう」

夫妻が去ると、バターフィルドおばさんも、気をきかせて、どこかへ消えてしまった。

ベイズウォーター氏がいった。

「では、それでかたづきましたね。なにもかも、うまくおさまりましたな」

すると、いままで長い間おおいかぶさっていた、幻滅の黒い波の最後の一寄せが、ハリスおばさんにざんぶりとかかった。その波にひたっているのは、心のやすらぐ美しい夢のような心地であったのだが。

「わたしはまぬけでしたよ。自分の仕事をほうりだして、人のじゃまばかりしているおせっかい焼きにちがいありませんねえ。結局は、みんなに迷惑をかけるしまつになって

……。アメリカにきさえしたら、ヘンリーの父親がすぐにわかるだろうなんて、かってに思いこんでしまって。まったく、なんてことをやらかしてしまったんでしょうねえ」

ベイズウォーター氏は、ハリスおばさんの手を軽くたたいてなぐさめようとしたが、自分がまだ、ハリスおばさんの手をにぎっていたことに気づいておどろいた。だから、かわりに、その手をぎゅっとにぎりしめて、いった。

「ばかをおっしゃい。そんなに自分を責めることはないですよ。あなたはヘンリーの父親を、一人どころか、二人も見つけてやったじゃないですか。わたしはそう思いますよ。一人のつもりが二人、なんて、なかなかどうして悪かないですよ」

はじめてハリスおばさんの顔がやわらいで、かすかなほほえみがうかんだ。しかし、あっさりとは、ふさぎの虫と罪の意識をふりきってしまいもしなかった。

「もしもシュライバーさんがいてくださらなかったら、たいへんなことになったでしょうねえ。あの子は、どうなっていたやら……」

「しかし、あなたがいなかったら、それこそ、ヘンリーぼうやはどうなっていたでしょうかな」

とベイズウォーター氏はいって、ハリスおばさんを見おろした。

ハリスおばさんも、やっと気が晴れて、わらいかえした。

「ジョン、あなたは、なんでニューヨークへきなさいましたんですか」

いれかわりに、彼自身の心配ごとがベイズウォーター氏の心にもどってきた。うね織りの制服につつまれたスマートなからだが、かすかにふるえた。手の甲で汗をぬぐって、ベイズウォーター氏はいった。

「そのねえ、ロールスのことなのですよ。車の中で妙な音がしましてね。どうしても原因がわからないのです。どうにかなってしまいそうです。いや、つまり、気がへんになりそうです。それに気がついてから一週間になるのですが、まだつきとめられません。ギヤボックスでもないし、消音器でもないし、エアクリーナーでもないのです。後部車軸も分解してみましたが、そこでもないのです。水圧装置もすっかり点検したし、エンジンも調べました。配置盤からでもないし、ウォーターポンプも異状なしです。ときたま、ファンベルトのぐあいで、カタカタいうことがありますが、それでもないし……」

「どんな音なんですか」

ハリスおばさんは、「男の仕事にだって興味はありますよ」というところを見せて、いった。

「そうですねえ、トントンでもガチャガチャでも、コツコツでもガリガリでもありません。カチカチでもピーピーでもないんですよ。しかし、音がしている。わたしにはたしかに聞こえるんです。

ロールスロイスという車はですね、ぜったいに音など聞こえないのですよ。――すくなくとも、わたしのロールスはね。シートの下のどこかとも思うが、それもはっきりしないし、後部席のほうかもしれませんが――。とにかくそんなわけで、まいっているのです。

　わたしにはどうも、神さまが、こんなふうにいっているような気がしますねえ。『なんじ、おのが車をまったきものとうぬぼれし、心おごれるものよ。されば、まったきものとはなんぞ、と聞かん。なんじ心おごれるものよ』とね。わたしは、心おごれるものなんかではないんですがねえ」

　ベイズウォーター氏は説明をつづけた。

「わたしは、自動車のもっとも完全なものだからこそ、ロールスを愛するんですよ。わたしはこれまで、ほかのものには目もくれませんでした。非のうちどころのない完全なロールスをさがしてきましたが、こんどの車こそ、まさにそれでした――へんな音が起こるまではね」

　初老の運転手の端正な目鼻だちの上に、なやみのかげがさしているのを見て、ハリスおばさんは胸が痛み、自分のことをわすれてしまった。

　はじめは、ベイズウォーター氏のほうが、なんとかしてハリスおばさんをなぐさめようとしていたのだが、こんどはハリスおばさんが、ベイズウォーター氏をなぐさめることはできないものだろうかと、痛切に考えた。古い昔の記憶が、ハリスおばさんの目ざめたばかりの、活気づいてきた心のすみをかじりつづけていたが、ふいに、がぶりと強く食いついてきた。

「わたしが何年か前に仕事に行ってましたお屋敷のおくさんが――そりゃ、たいへんなお金持ちの、なんとかいうおくがたさんでござんしたがね――やはりロールスをもっていなさって、おかかえの運転手さんもおいでてござんしたけど、ある日、おくさんが運転者さんに、こういいましたんですよ。『ジェームズ、車のうしろのほうで、なにかカタカタ音がするよ。わたしがノイローゼにならないうちに、早く見つけておくれ』ってね。

運転手さんは、それをめっけるのに、ほんとにえらいことでした。車を二回もばらばらにして、組み立てなおしましたっけ。ところが、ひょんなことから、音の張本人が見つかったんですよ。なんだったかわかりますか？」

「いや、なんだったんです？」

と、ベイズウォーター氏は聞きかえした。

「おくさんのヘアピンが一本、髪からぬけ落ちて、シートのうしろんところへ落っこちてたんですよ。だけど、あなたのお車は、そんなもんじゃないですよねえ。侯爵さまはヘアピンなぞしてなさらんし」

ベイズウォーター氏は、思いあたって目をむいた。まったくうっかりしていた。それこそ、あらぬ大さわぎをしていたのかもしれない。

「そいつだ！　いや、まいった！」

運転手の顔には、大罪人が州知事から刑の執行猶予の処置をうけたときのような、安堵の表情がうかんだ。

「よく教えてくださった。侯爵はもちろんヘアピンはつけていませんが、先週パーティーのあとで、シリア大使夫人を車でお送りしましたよ。そのかたのおつむは、ヘアピンだらけでしたがね。黒い大きなやつでした……。エイダ――これは、船の上でおあずけにしておいたキスですよ」

ベイズウォーター氏はそういうと、かがみこんで、ハリスおばさんのおでこにキスした。それから、ばねじかけのように立ち上がり、

「じゃ、行って調べてみましょう。さようなら」

と、大いそぎで部屋から出ていった。

ハリスおばさんはひとりきりになると、ベイズウォーター氏が、世界一優秀な自動車にけちをつけている、ほんの小さな音を気にやんだことを思った。人間というものは、完全ということが好きで、なにかにつけてよくばるものだ、ということを考えた。

どうやら、「完全」などというものは、人間があがいたってなんともならないもので、それは、ときおり気まぐれに人間にやさしくしてくれるように思える、至高の神さまの胸三寸にかかっているものらしかった。神さまは、たまには人間に対して思いやりのないときもあり、あるときには、やきもちすらお焼きになる。

（わたしも、すこしよくばりすぎたみたいだよ）

と、ハリスおばさんが思うと、

「そのとおり、よくばりすぎたね」

とハリスおばさんの心の中で、なにかが力強くいった。どうやらハリスおばさんは、親切な魔法使いのおばあさんの役ばかりでなく、神さまの役がらまでぶんどってしまおうとしたのだ。

(だから、天罰をいただいたんだねえ)

それからハリスおばさんの思いは、このうえもなくみごとなディオールのドレスにうつっていった。あの焼けこげで、ドレスの完璧さは失われたものの、ハリスおばさんは、それでいいと思っている。それよりもはるかにすばらしい友情を、そっとしておきたいのだ。

そのことを思い出し、ハリスおばさんは自分をなぐさめる手がかりをつかんだ。つまり、ハリスおばさんが、ヘンリーをほんとうの父親にかえしてやるという「公約」の実現に成功しなかったにしろ、なにからなにまで失敗だったというわけのものでもないのだ。

人生には、すべて百パーセント成功というような完全なことはありえないが、人はそれでも、ほんのわずかな成功でおりあっていくことができるものだ。これが人生から学ぶことのできる最大の教訓のように、ハリスおばさんには思えた。

ヘンリーは、あのおそろしいガセット家からすくい出されて、ヘンリーを愛し、りっぱな人間に育てあげてくれる養父母をあたえられたのである。ハリスおばさん自身も、父親さがしの間に、さまざまな経験をし、ニューヨークとそこに住む人たちを愛するようになっていた。それなのに、なにをふくれっつらをして、不平をくすぶらせているとがあろう。このような神さまの恵みがあったにもかかわらず、ふてくされているのは、底の知れない恩知らずだと、ハリスおばさんは感じた。

シュライバー夫妻だってしあわせだし、ヘンリーはいわずもがなだ。それなのにどうして、自分だけが喜ばないのだろう。ばかげた、うぬぼれたっぷりの、ちっぽけな夢がやぶれたところで……。

「エイダ・アリス、おまえは、しなけりゃならない仕事がうんとあるのに、こんなぐあいにのんべんだらりと寝こんでいるなんて、はずかしくはないのかい」

ハリスおばさんは自分にいい聞かせてから、大声で、

「バイオレット」

と呼んだ。バターフィルドおばさんは、悦にいったうかれかばのように、いきおいよく部屋の中へとびこんできた。

「あんた、わたしを呼んだかい。そうかい、よかったねえ。すっかりよくなったみたいだねえ」

「さあ、あんた、お茶でもいれてのもうよ。わたしゃ起きるからね」

と、ハリスおばさんはいった。

第二十二章

ニューヨークの五、六月は、かぐわしい初夏の魅惑の季節だった。若い娘たちは、かろやかな夏の服を着て町にあふれ、公園には花がさきみだれ、空はからりと晴れて、陽光がさんさんとふりそそぐ。

が、その季節もすぎて、むし暑く、すごしにくい七月となった。シュライバー家の家事いっさいは、時計じかけのように規則正しく動いていた。

ハリスおばさんが訓練し、教えこんだ、常やといの召し使いたちも、仕事ぶりが板についていた。

だが、こうして時がすぎていくにつれて、どうでも手をうっておかなければならない二つの用件が、しだいに近づいてきた。

その一つは、夏休みをどうすごすかという件である。夏は、ニューヨークの人たちが、炎熱の都会から、さわやかな山や海にのがれる時期であった。もう一つは、バターフィルドおばさんとハリスおばさんの、アメリカ滞在の旅券の期間が、七月十七日で切れてしまうという問題だった。

シュライバー夫妻は、その問題について何度も下相談をしていたのだが、ある晩、バターフィルドおばさんとハリスおばさんを書斎に呼んだ。二人がはいっていくと、夫妻は、あらたまったようすでまっていた。

「バターフィルドさん、ハリスさん、さあ、おかけなさいな。あなたたちと、ご相談したいことがありますのよ」

と、シュライバー夫人がいった。

二人のイギリス婦人は、たがいに顔を見あわせた。それからおそるおそる、いすのはしに腰をおろした。シュライバー夫人がつづけた。

「わたしたちは、メーン州の海岸に、ヘンリーとわたしたちのための別荘を借りたの。二、三ヵ月の間、そっちへ行って休養するつもりなのです。主人も、会社の仕事の引きつぎやらなにやらで、すっかりつかれはてているし、お客さまのもてなしにも、くたびれたの。

この家のほうは、いままではお手伝いさんがすっかりなれたので、心配ありませんし、もしよかったら、あなたがたお二人に、ホレスト港にのぞんだ別荘へいっしょにきていただいて、あちらで家事やヘンリーのめんどうをみてもらえないかしら。そうしてもらえたら、どれほどたすかるかしれないんだけど」

二人はまた、顔を見あわせた。

つぎに、シュライバー氏が話しはじめた。

「あなたたちの旅券のことなら、心配することはない。ワシントンのわたしの友人にたのめば、六ヵ月間はわけなく延長できるからね。その手続きには、すぐにかかります」

シュライバー夫人が、あとをつづけた。

「それから、秋になってここへ帰ってきてからも、できれば……あのう……わたしたちといっしょにいていただけると、うれしいんですけれど……」

それから、だしぬけに早口でしゃべりたてた。

「わたしたちはいつだって、なんとかして、あなたがたにずっといてもらえるよう、説きふせることはできないものだろうかと、思っていたんです。ヘンリーもあなたがたを愛していますし、わたしたちだって同じですわ。

わたしたちは、お二人に、それこそどんなお礼をいってもいいつくせぬくらいの、感謝の気持ちをいだいていますわ。

お二人のおかげがなかったら、ヘンリーは、うちの子にすることはできなかったでしょう。ヘンリーが、わたしたち夫婦にとって、どんなにたいせつかは、とうてい言葉ではあらわせませんわ。

わたしたちは、お二人に帰られてしまったら、ほんとにこまってしまうの。このままいてくださらない？　仕事なんか、もう、してもらわなくてもいいんですのよ。自分のうちにいるように、気楽にしてもらったらいいのですわ。いてくれて？　夏休みに、いっしょに行っていただけるでしょ？」

この嘆願のあとに沈黙がつづき、二人のロンドンのおばさんは、三回めの顔を見あわせた。バターフィルドおばさんのあごは、ぴくぴくふるえていた。

渉外部長でもあり、船長でもあるハリスおばさんは、感情の高まりをいくぶんおさえることはできたものの、やはり感動に心をゆさぶられていた。ハリスおばさんはいった。

「ご親切は、言葉もないほどありがたく思っております。バイオレットもわたしも、このことばかりを何日も話しあっていたんでございます。だけど……ほんとに残念ですが……お受けいたしますことができないのでございます」

シュライバー氏は、ひどくこまった表情をした。

「何日も話しあっていたって？　しかしわたしたちは、たったいま、この話をきりだしたんだよ。このことについては、わたしたちもつい最近まで……」

「わたしどもには、この日がくるのがわかっておりました」

と、ハリスおばさんはいい、バターフィルドおばさんは、あご全体をふるわせ、エプロンのはしを目にあてながらいった。

「なんておやさしい、ご親切なかたたちでしょう……」

シュライバー夫人が、びっくりしたようにいった。

「それでは、なんですか、わたしたちがいなかに別荘を借りて、あなたたちお二人をつれていくということまで、わかっていたんですの？」

ハリスおばさんは、すこしもとりみださず、こたえた。

「さようでございます。家の中のことは、つつぬけでございますよ。子どもは耳が早う（はよ）ございますし、わたしどものように、いくつも奉公先のかわる者は、なおさらでございます。使用人のたまりでは、お居間のほうでなにをなさっておいでか、話しあうこともございますですよ」

「それでは、いてくれないのですか」

シュライバー夫人が、声をくもらせた。

ハリスおばさんがこたえた。

「おくさま、わたしどもは、ご親切におむくいするためでしたら、どんなことでもいとわないつもりでございます。それに、あなたがたは、ヘンリーを引きとって、ちゃんとした人間に育ててくださるかたでございますもの……。ですが、このことだけは、わたしども二人の間で、何回も相談しあいまして——どうしてもできないのでございます。できないのでございます」

シュライバー氏は、妻君ががっかりしたのを、ちらっと見ながら、

「ハリスさん、どうしてなんだね。アメリカが気に入りませんか」

「とんでもございませんです」と、ハリスおばさんは力をこめて、「そんなことはございません。この国はすばらしゅうございます。世界じゅう、どこへ行ったって、こんないいところは、ほかにありゃしません。そうだね、バイオレット」

バターフィルドおばさんはもう、万感胸にせまっていたので、ただ首をふってうなずいてみせることだけしかできなかった。

「それなら、どうしてです」と、シュライバー氏は食いさがった。「もし、お給金がも

っとほしいのなら、望みをいってもらったら……」

「お給金などと！」ハリスおばさんは大声をあげた。「めっそうもない。わたしどもは、お手当なら、十分すぎるほどいただいております。これ以上いただこうなんて了見は、これっぽっちもちっちゃおりません。ただ、つまり――つまり、わたしどもは、ホームシックにかかったんでございます。ロンドンへ帰りたくなったんでございます」

「ホームシック！」

シュライバー氏は、おうむがえしに、あきれたようにいって、

「なにかここで、満たされないものでも……。なんでも不足なものは、いってくださいよ」

ハリスおばさんはいった。

「ここには、なにからなにまでございます。けれど、わたしたちは、あのつましい不自由なロンドンが恋しいのでございます。旅券の期間もおわりますもので、それをきっかけに、ロンドンへ帰りたくなりましたんでございます」そしてふいに、胸のおくのかくれた泉から、どっとあふれ出してきたかのように、悲しそうな声をはりあげた。「どうか、ここにいてくれとおっしゃらないでくださいまし。後生でございます。わけもおききにならんでくださいまし！」

その声は、あまりにも悲痛だった。それには、シュライバー夫人の胸をうち、シュライバー氏を粛然とさせるものがあった。

ハリスおばさんは、説明のしようを知らなかった。ロンドンに住んだことがあり、そこを愛しているシュライバー夫妻にさえ、わかってもらえるだろうか。あの、大きな灰色の、郊外にむかってぶかっこうに広がったロンドンの静けさ、やさしいテンポに、もう一度ひたってみたいというこの熱い思いを、どう説明したらよいのだろう。そこは、二人が生まれ育った、なつかしい町なのだ。

目を上げれば、空までとどきそうな摩天楼。大都会の、信じられないほどのさわがしさ。やむことのない自動車のひびき。ビルの谷底にある、神経を高ぶらせ、くたくたにし、血の流れを早くさせる、コンクリートのジャングル。けばけばしい色彩の店、劇場。スーパーマーケットの圧倒してくるおびただしい品物。——こういったものすべてが、ハリスおばさんをいらだたせる原因になっていた。

しっとりとしずんだ色の建物がうちならび、そして、思いがけないところに、木々にかこまれたひっそりした広場のある町、または大通りにならんでいる家々が、一軒一軒、ちがった色合いをもった、そんな町をなつかしむ気持ちを、どう説明したらいいのだろう。あまりに強い刺激がつづきすぎると、身も心も調子がくるってしまうのだということを、どうすればつたえられるだろう。

春には、花を売る車を引いた老馬のひづめの音が、パッカ、パッカ、ポッカ、ポッカ、静かな町なみに鳴って、一台のタクシーが走り去ってもめずらしがるような、ウィリスガーデンズ界隈のしんとした雰囲気。奇妙に気安さを感じさせる、薄汚れたたたずまいなどへの郷愁を、ご主人たちにどういったらわかってもらえるだろう。

短い期間ではあったが、二人がスリルを味わってきた、このめまぐるしい、あわてふためいた、乱雑な、気ぜわしい、ちかちかしたニューヨークの生活の中には、あの住みなれたロンドンのかたすみの、小さなアパートで、かわるがわる、まねいたりまねかれたりして、二人でひっそりとお茶をのむ、あのような夜のひとときのたのしさとくらべるようなものを、もとめることはできなかった。

それに、シュライバー夫妻のそばで、安穏に暮らしていては、この二人が非常に好きなある種の刺激が、ぜんぜんといっていいほどないのだった。そんなことを、善良なご夫妻にいえたものではない。つまり、時間決めの通いの家政婦だけが味わえるスリルが、ここにはなかったのだ。

ロンドンにいたころは、くる日もくる日も、なにか変化があった。新しい冒険、小耳にはさむうわさ、ともに喜び、ともに憤慨できるできごとがあった。

二人は、一つの家だけではなく、それぞれ一ダース以上の、いろいろ変わった家風と気性のお得意をもっていた。十人十色の、それぞれの生活がそこにはあった。希望、野心、なやみ、失敗、勝利……。そのようなものを、二人は、一日に一、二時間ずつはおつきあいをして聞いたものだった。一人でありながら十人分もの生活をしてきた。ゆたかで、はりのある暮らしだった。

時間決めの仕事先のご主人やおくさま連中が、いろんなうちあけ話をするのは、ロンドンでのお得意さんと通いの家政婦との間の、一種のしきたりだった。

（ウォレス少佐の新しい恋人は、どんな人かしらねえ）

少佐は用心をして、その女性を、最近ローデシアから帰ってきたいとこだとごまかしていたが、じつは、アンテロープで二日前に出あって友だちになったのだということを、ハリスおばさんは見ぬいていた。

（ウィンチェスカ伯爵夫人は、あしたは、どんな新しい仕事上の要求をもちだすだろうかね）

ハリスおばさんは、それを内心ゆかいに思いながら、ぴしゃりとはねつけてやるつもりでいる。

エクスプレス紙は、ホーシス卿の興味あるスキャンダルを書きたてただろうか。メイフェアでのパーティーの際、ホーシス卿は、鉢植えのしゅろの木かげで、パメラ・ワッティスとだきあっているところを、夫人に見られてしまったのだ。離婚して一人暮らしをしているF・F嬢——才気があって魅力的なフォード・フォークスさんなら、きっとその場に居合わせていただろう。ハリスおばさんが翌日の午後、三時から五時まで、いつもの仕事におもむくと、エクスプレス紙が、名誉毀損罪にひっかかるのを恐れて、やむなく書きひかえた部分を、F・F嬢がこと細かに語ってくれるはずだった。

お得意中の変わり者の第一人者というと、アレキサンダー・ヒーロー氏だった。ヒーロー氏の仕事はお化けが相手で、イートンミューズにある家の裏庭には、ぞっとするようなお化け研究所があった。ハリスおばさんは、ヒーロー氏もお化けのようで、無気味な気がしないでもなかったが、母親のようによくめんどうをみてやった。たしかに、お化けにとりつかれている人とつきあうのは、身の毛もよだつスリルがあって、それがたのしかった。

（ピルカートン氏のはげかくしのかつらは、見つかっただろうかね。ワッダームさんのオレンジ色の小さなプードルの病気は、よくなったかしら。もっとも、あのおちびさんは、年じゅう病気のしつづけだけど。それから、ダントのおくさんの新しいドレスは、きつね狩りのダンスパーティーに間に合っただろうかねえ）

こういったことは、どれも、とるにたりないようなことだが、二人をこのうえなくたのしませてくれたのだった。

なんといっても、痛快で、なんともいいようのないおもしろみも味わえるのは、得意先で根性まがりの態度をとられたり、家政婦組合で決まっている仕事以上のものをおしつけられたとき、ぴしゃりと不意打ちをくらわして、お得意さんを首にすることだった。

新しい得意先をえらぶことも、わくわくするような冒険の一つだった。職業紹介所に行って、通いの家政婦さんがほしいという人を品定めする。そして、はじめてアパートをたずねるときのスリル――新しいお得意さんの家は、好奇心をそそる宝庫で、ながめたりのぞいたりするのが、ハリスおばさんたちの、これまた大きな楽しみの一つだった。

ニューヨークが世界最大の都市であるにしても、ハリスおばさんとバターフィルドおばさんのたのしみは、ここではもとめられそうもなかった。

そのほかにも、ごくちっぽけなことが、ハリスおばさんとバターフィルドおばさんを、故郷のロンドンにひきつけていた。ニューヨークの巨大なスーパーマーケットで売っている食料品は、たしかに人の心をひきつける、体裁のいいものばかりだった。

しかし、なさけないことには、人間のあたたかさのようなものが感じられなかった。どの肉も、どのレタスも、どのにんじんも、きれいにあらってみがかれ、かっこうをととのえられて、値段がつけられ、人間の手にふれないようにセロファンぶくろにおさまって、ぴかぴかの台の上にならんでいた。

それを見るたびに二人がなつかしく思い出すのは、ワーブルさんのやおやの家庭的な雰囲気だった。そこは、くたびれた青物、しなびたキャベツや、のびすぎたわかめなどをならべている町角の小さな店だったが、香料や、むかしながらのなつかしいにおいがただよっていて、太っちょのワーブルさんが店番をしていた。

二人は、肉屋のハッカーさんにも会いたくなっていた。彼は肉を切って、はかりの上に投げあげて、

「どうです、おくさん、このひつじは、まだお口にはいったこともないような、イギリス一のしろものですぜ。へいっ、毎度ありっ、一シル二ペンス半いただきます」

といいながら、先月の古新聞にくるんで、たいそうな贈りものをよこすような手つきでわたしてくれるのだった。

二人のロンドン婦人は、ニューヨークでいろんなしゃれた軽食を味見してみた。宮殿のようなチャイルドの店の鉄板焼きのケーキとメープルシロップは、ハリスおばさんがうつつをぬかすほどの上等な味だった。

自動販売機のロボットは、おどろくなかれ、何杯でもコーヒーをさし出すし、細長いドラッグストアのカウンターでは、白衣を着たサービス係が、チョコレートシロップの中へ、ソーダ水をジャーとそそぐ。そして、お城みたいにばかでかい、ふつうの三倍はあろうという、四つに重ねたサンドイッチをさっとさし出すのだった。

だが、この二人の婦人は、ロンドンのボー寺院の鐘の音がまぢかに聞こえるところで、うぶ湯をつかったのだ。いわば、着なれた服が一番いいように、ロンドンの水が性に合っていた。二人は、ロンドンのリオ通りの角店や、ポテトチップつき魚のフライを出す、いつもあたたかい、ぴりっとしたにおいのしている店がなつかしかった。

ニューヨークで、二人がたまに一杯やりに行く、レキシントン通りや三番街一帯の酒場は、鏡がふんだんにつかってあって、マホガニー材をつるつるにみがきこんである、おもはゆい店ばかりだった。どの店も申しあわせたように、ただで見るテレビショーをうつしていた。

けれども、そんなものより二人の婦人には、バタシーの自分たちのなわばりに近い、ビールをのませる「クラウン」の、くすんだ古めかしさが、なつかしくてならなかった。二人はその店にすわって、静かにビールやジンをやりながら、ちょいと小意気な話をたのしんだり、ときには投げ矢あそびなどをしたものだった。

ニューヨークの警官は、たしかに強そうだった。ほとんどがアイルランド人で、見てくれもいいが、ロンドンのおまわりさんのようなわけにはいかなかった。

ハリスおばさんは、はてもなくひろがっていく郷愁に一息入れて、ロンドンの巡査部長フーター氏と、町のちょっとしたもめごとについて話しあったことを思いうかべた。

フーター氏は、ハリスおばさんたちの町の後見人でもあれば、精神科医でもあった。

ロンドンの音、においとリズム、空の色、夕焼け、そして、雨のロンドン……。つかまえどころのない、さわがしい大都会ニューヨークとは、なんというちがいだろう。

ロンドンのなにもかもが、ハリスおばさんたちには恋しくてならなかった。青えんどうのスープのような、ロンドン名物の霧にしっとりぬれながら、あえぐように息をすることさえ、なつかしかった。

こういう気持ちを、どんなふうにシュライバー夫妻につたえたらいいだろう。

だが、シュライバー夫妻も、自分たちがロンドンに滞在していたときの、愛すべきたのしい思い出をもっていたせいなのだろう、ハリスおばさんが考えているよりも敏感に、二人の気持ちを感じとってくれたようだった。

夫妻は、それ以上たのみこんだり、せんさくしようとはしなかった。シュライバー氏は、ため息をついていった。

「やはりそうかねえ。わたしも、お二人を引きとめることはできまいとは思っていたがね。では、そのように手配しよう」

第二十三章

ニューヨークからは、だいたい一週間おきに大きな定期客船が出港する。船出というものには、いつもなにか劇的な気分がつきまとうものだ。とりわけクイーン・エリザベス号のような超豪華客船が、いよいよ海に乗り出そうというときには、なおさらだった。ことに夏のシーズンに、アメリカ人たちが暑中休暇でどっとヨーロッパへおしかけるときには、興奮は最高潮に達する。

九十番埠頭への連絡口である高架道路の真下にある五十番街付近には、タクシーと、堂々たる大型乗用車がぎっしりおしかけて、旅行客と手荷物をはき出すのだった。埠頭は旅行客と赤帽の波でうずまき、巨大な客船上では、出発する客がそれぞれの船室で、見送りの友人たちに、シャンペン、ウイスキー、カナッペなどでサービスにこれつとめる。ほかに小さなグループが、あっちにもこっちにも、通路や船室の壁ぎわにまではみ出して、船全体が一大パーティー会場と化してしまうのだった。

七月十六日、夏期定期航海に旅だつクイーン・エリザベス号の船上で開かれたあらゆるパーティーは、それぞれ休日気分をいかんなく発揮していたが、A五九号船室でもよおされたパーティーほど、にぎやかでたのしく、すべての人々を陽気な気分に引きこんだものはなかったろう。

その船室で——そこは、普通船室では一番大きくてりっぱだった——五時の出港を前に、午後三時から、ランとバラにうずもれたハリスおばさんとバターフィルドおばさんの「謁見式」がはじまった。

新聞屋連中は、出航当日に普通船室に気をまわすことはない。大物たちは特別室のほうに鎮座しているものと決めこんでいるからだった。だからこの場合、記者たちは的を射あてそこねた。

ハリスおばさんたちのお別れのパーティーにあつまった見送り人たちは、ただ祝杯をひっかけにきた連中ではなかったし、また、じつに異彩をはなつ人々が多かったのである。たとえばその中には、駐米フランス大使イポリット・シャサニュ侯爵が、おかかえ運転手の、ロンドンはベイズウォーター出身のジョン・ベイズウォーター氏をともなって、あらわれていた。

ジョエル・シュライバー氏にしても、しかりだった。シュライバー氏は、ノースアメリカン映画・テレビ会社の社長で、ごく最近、ヒルビリー歌手ケンタッキー・クレイボーンと一千万ドルで契約を成立させて、祝賀会をもよおした手腕家である。氏は、ヘンリエッタ夫人と、最近養子にむかえた、御年九歳にならんとする令息ヘンリー・ブラウン・シュライバーくんを同伴していた。

ニューヨークプレスの、たかのような目をもった新聞記者が、シュライバー一家に気がつかなかったのは、まったく幸運だった。

もし見つかりでもしていようものなら、かつてストーのダーティングトン卿のご令息で、シャサニュ侯爵の令孫だった子ども――アメリカ入国のときにあれほど鳴り物入りで記事と写真になった少年――が、どうしてふいにシュライバー夫妻の養子と豹変したのか、仰天して、根ほり葉ほり追及したことだろう。

見送り人たちの中には、シュライバー家の執事、召し使い、コックでもあるグレグソン氏、ミス　フィット、ミセス　ホッジもいた。

それから、ニューヨークに住んでいる、大勢のジョージ・ブラウン氏が、パーティーをにぎやかなものにした。このブラウン氏たちは、ハリスおばさんがヘンリーの父親をさがしている間に、彼女の人がらにほれこんで、彼女のしだいにふえていく国際的友人グループにくわわった人々だった。

そのなかには、かんかん帽にけばけばしいリボンをまき、小意気なアルパカのスーツを着こんだ、コニーアイランドの呼びこみブラウン氏もいたし、紺の一張羅の下に筋肉をたくましくもりあがらせている、引き船シオバン・オリアン号の船長ジョージ・ブラウン氏もいた。船長は、ボートでも引いているかのように、小がらなかみさんをうしろにくっつけてきていた。

グレーシー広場に住む、上品な紳士のジョージ・ブラウン氏もいた。ブロンクス区からは、二人のブラウン氏――一人はハーレムからきた、郷愁家のチョコレート色の肌のブラウン氏、もう一人は、ロングアイランドからきていた。それに、ブルックリン区から家族連れできたブラウン氏もいた。

ハリスおばさんは、ヘンリーの実の父親の身元は秘密にしておいたが、「事件はすべて、めでたし、めでたしで解決しました」と、通知を出したのだった。そこで、大勢のブラウン氏たちは、この結末を祝いかたがた、ハリスおばさんを見送りにきたのだった。

パーティーの花形のハリスおばさんとバターフィルドおばさんは、見送り人たちから贈られた、むらさきのランの花かざりを全部首にかけようものなら、よろめきつぶれてしまうところだった。

しかし、ハリスおばさんの儀礼のセンスは、シャサニュ侯爵の花かざりだけは、なんとしても首にかけなければならないと決めこんでいた。侯爵のランは純白で、フランス、イギリス、アメリカの旗がまじりあったリボンでむすんであった。

ボーイたちはシャンペンをつぎ、カナッペの皿はどんどんまわされた。酒――とくに泡のたつ酒は、こういう催しにはつきものである。というのは、出航の直前には、えてして会話が無意味なものになりがちになり、見送り人たちは、一つのことを何度もくりかえしてのべる傾向におちいる。そこを酒でごまかすのだろう。

シュライバー氏が侯爵に、くりかえしのべたてていた。

「うちのヘンリーは、優秀な野球選手になりますよ。たしかですよ。ヘンリーはベーブ・ルースのような目をしていますからね。先だって、わたしはドロップを投げてみたんです。てっきりからぶりだと思っていたところが、どうなったと思います」

「はてね」

と、侯爵はいった。

「うちの子は、ジョー・ディマジオのようにかっとばしたんですよ。高いフライをあげて、となりの原っぱに打ちこんだのですよ。どうです」

「おどろきましたな」

と、侯爵。シュライバー氏のいっていることは、ちんぷんかんぷんだったが、わからないながらも、ヘンリーがなにかのふしぎな才能を発揮したのだなと考えた。そして、アイゼンハワー大統領が、ヘンリーの運動神経がすぐれていることに感心していたことを思いうかべた。

「レスター広場によろしくとね。もう一遍、どうしても行きますよ。戦争中のいい思い出があるんでね」

と、ハーレムからきたジョージ・ブラウン氏がいった。

「その子をすててにげたジョージ・ブラウンのやつに出くわすようなことがあったら、一発どやして、こづきまわしてやりまさあ」

と、コニーアイランドのブラウン氏が約束した。

「あなたのやったことは、たいへんなお手がらですよ」

ブルックリン区からの家族連れのブラウン氏が、くりかえしいった。

「そのうちにわれわれも、ぜひロンドンへおうかがいしますよ」

と、ブロンクス区のブラウン氏がいった。

「わしは、バックス通りもホワイト通りも、なにひとつ変わってはおらんと思うとるんじゃが。さよう、変わるはずはありませんわい」

グレーシー広場の上品なブラウン氏は、ため息をついた。

「ねえ」と、シュライバー夫人は声をかけた。これで四度めだった。「イートン街の、わたしの以前の家のそばを通ったら、わたしのかわりにキスをおくってくださいね。いま、どんなかたが住んでいるかしら」

シュライバー夫人は、あのころのもの静かな朝夕の、よい生活の日々を思いうかべて、いつくしむようにいった。

「あなたがたはロンドンへもどられたら、働きに出られるでしょうけど、わたしはお二人のことも、わたしたちにつくしてくださったことも、けっしてわすれませんわ。むこうへついたら、お便りをくださいね。その後のことも知らせてね」

ベイズウォーター氏は、なんとなくだまりこんで、思案顔で、そういった見送り客のむれの外側をうろうろしていた。というのは、ヘンリー——この少年も、どういうわけか、いまではもう、ちびどころではなく、からだも頭なみに大きくなりはじめて、以前のような悲しみのかげは、ひとかけらも目の中にのこってはいなかった——が、二人の婦人にくっついており、ほかの見送り人たちも、二人の婦人をとりまいて大さわぎをしているからだった。

ベイズウォーター氏は、ハリスおばさんにぜひ手わたしたいものがあるのだが、近づくこともできないふうだった。やっとハリスおばさんと目が合うと、一瞬、それを引きとめておいて、すばやくまゆをあげ、そっと肩で入り口のほうをさししめした。わかりの早いハリスおばさんには、それで十分だった。おばさんは、ちょっとの間、厳重な非常警戒線をぬけ出すことにした。

「あんた、ちょっと、ここをたのんだよ。わたしゃ、トランクがどうなってるか見てくるからね」

と、ハリスおばさんは、ドアの外へ消えていった。

ハリスおばさんは通路に出た。近くの船室のパーティーで、グラスのふれあう音にあわせて、はしゃいだわらい声がひとしきりして、「さようなら!」「ご機嫌よろしゅう!」などという声があがっているのを聞きながら、すこし通路を行ったところで、ハリスおばさんはいった。

「やれやれ。わたしは、あなたに聞きたかったんだけど、なかなかぬけられなくて……。あれは、ヘアピンでしたかね」

返事のかわりにベイズウォーター氏は、制服のポケットに手を入れ——そのポケットはふくれあがっていて、せっかくの上品な線をぶちこわしていたが——そこから包みを引っぱりだして、ハリスおばさんにわたした。

その中身は、オーデコロンの一瓶だった。それは運転手の職業と縁遠い、できすぎた贈り物だったし、ベイズウォーター氏がこのようなものを買って、ご婦人に贈るなどとは、へその緒を切って以来はじめてのことであった。その箱の外側に、ものものしいかっこうの、黒いヘアピンが一本、ゴム輪でとめてあった。

ハリスおばさんは、そのヘアピンを、じっくりながめていった。

「あれまあ、これはまた、なんとばかでかいもんですねえ」

ベイズウォーター氏はうなずいた。

「そいつでしたよ。そいつがロールスの後部シートの下にはいりこんで、あんな音をたてていたのです。もし、あなたからあの話を聞かなかったら、さがしてもみなかったでしょう。あなたの勘が当たったのですよ」

ハリスおばさんはいった。

「ジョン、ありがとう。ヘアピンも、記念にもらっておきましょう。では、船室にもどりましょうか」

「あの……エイダ、あ、あのう、もう一つわたしたいものがあるのですよ。もし、かまわなかったらね」

それから、ポケットに入れた手を引きだして、ひろげて見せた。ハリスおばさんは、その手のひらのものを一目見てとると、あれあれ、これはどんなことになるのやら、と奇妙なスリルさえ感じた。

ベイズウォーター氏はいった。

「これは、わたしのアパートの鍵です。あなたに、たまにのぞいてもらって、留守中になにも変わったことがないかどうか、見ていただけたらと思っているんですが……。ベイズウォーター通り、ウィルモットテラス六十四番地のベイズウォーターです」

ハリスおばさんは、ベイズウォーター氏の手のひらの鍵を見ているうちに、若い娘のころに経験したきり、とんとご無沙汰つづきだった、得体の知れない、ほのぼのとした感情がわきあがってくるのをおぼえた。

ベイズウォーター氏も、なんとなく妙な気持ちだった。リンネルのカラーの下がすこし汗ばんでいた。二人とも、鍵をわたすということが、どんな意味をもつか、気づいてはいなかったが、なにか、へんに重大な、こころよい感情にとらえられていることを、たがいに感じあっていた。

ハリスおばさんは、ベイズウォーター氏の手のひらから、鍵をうけとった。彼がにぎりしめていたので、鍵にはぬくもりが感じられた。

「それじゃあ、わたしがときたま、ちょっくら、そうじをやっておきますですよ。はたきをかけてもかまいませんかね」

「いや、そんなことをたのむつもりじゃないのですよ。めっそうもない。ただ、ときどきのぞいて——変わりないことをたしかめていただけたら——と思っただけです」

「でも、まだ長いこと留守になさるんでしょう」

「いや、そう長くはありません。半年のうちには帰ります。辞職願いは出してあるのです」

「ジョン、辞職願いを出したんだって？　いったい、どうしたっていうんですよ。侯爵さまはどうしなさるんですよ」

ベイズウォーター氏は、なぞめいた口調でいった。

「侯爵はわかってくれましたよ。仕事のほうは、わたしの友人が引きつぐことになっています」

「だって、ロールスはどうしなさいます。車を置き去りにしては、うしろ髪を引かれて帰れないでしょうがね」

「ああ、それはどうですかな。だが、人間ってやつは、ものごとを軽く考えたほうがよろしいときもあるようですからね。こんどのヘアピンの一件は、わたしには、いささかショックでしたわい。なにかしら、わたしの目を開いてくれたようです。

いずれにしても、わたしも、ぼつぼつ引退を考えてもいい年配だと思っているし、余生を送るに必要なだけの貯金もできました。それに、アメリカへは一年契約できたのでしてね。わたしもちょっぴりベイズウォーターがなつかしくなりました。ホームシックというやつですよ」

「わたしのウィリスガーデンズみたいなもんですね。わたしの住んでるとこも、なんかちんまりとまとまってて、よござんすよ。夜分なぞ、カーテンを引きましてね、バターフィルドさんとお茶をいただくときの気分はねえ……」ハリスおばさんの口から、思わぬことばがぽいととびだした。「せまいながらもたのしいわが家、ですよ」

「ロンドンへ帰りましたら、おうかがいしてもよろしいですか」

と、ベイズウォーター氏が聞いた。この質問は、本心からのものだった。とにかく、アパートの鍵をあずけてあるのだから……。

「もし、うちの近所までおいでなさったときには、ぜひ」

と、ハリスおばさんはこたえたが、これも同じく、ご念のいったとぼけかただった。現に、ごつごつした手の中に、ベイズウォーター氏の部屋の鍵をにぎりしめているのだから。

「バタシーのウィリスガーデンズの五番地でござんすよ。夜の七時をすぎてからなら、いつも家におりますが、木曜日の晩だけは、バターフィルドさんと映画を見に行くんですよ。だけど、前もってはがきをくださったら、映画なんか別の日にしたってかまやしません」

「お気づかいなく。お知らせしますとも。では、そろそろ船室へもどりましょうかね」

「はい。そうしましょう」

二人は、みんなのいるところへもどった。ハリスおばさんの手の中には、それほど遠くない将来にベイズウォーター氏と会えるという約束と証拠の品がにぎられていたし、一方、ベイズウォーター氏のポケットに鍵がないということは、エイダ・ハリスにまた会えるという保証がはいっているのと同じことだった。

二人が船室にはいったときには、シュライバー氏が侯爵にヘンリーを見せびらかして、ヘンリーに連続質問をやってみせ、それが終わりかけたところだった。

ヘンリーがぐっと変わってきたことは、ハリスおばさんの目にもわかった。からだがしっかりしてきたようだし、前のように、ぶたれたりけられたりするのをおそれた、おどおどした表情は、あともなく消えていた。

ヘンリーは、おくびょうでも泣き虫でもなかった。むしろ、最悪の艱難を覚悟して、受けて立つというようなところがあるのだ。そして、もうすぐ、というより、もうすでに一人前の少年であり、やがて一人前のおとなになるだろう。

ハリスおばさんは、感謝の気持ちをあらわす正式なお祈りの言葉はよく知らなかったし、また、ハリスおばさんの神さまのすがたかっこう、なりふり、中身などは、あやふやで、のべつまくなしに変わっていたものの、神はいま、慈悲ぶかいおすがたで彼女の目の前にうかびあがっていた。これ以上のやさしい慈愛に満ちた人は、ハリスおばさんには考えられないかたとして……。

ハリスおばさんが考えている神さまの代表的なおすがたは、クリスチャン絵はがきにえがかれてある、どちらかといえばやさしそうな、あごひげをはやしたおじいさんであった。ハリスおばさんは心の中で、その神さまにいった。

「ありがとうございました」

近くでシュライバー氏が、ヘンリーに聞いていた。

「大きくなったらどんな人になるんだい」

「野球の選手になるよ」

「うん、いいね。ポジションはなんだい」

ヘンリーはとまどって、その質問についてちょっと考えた。

「まんなかにいる外野手だよ」

「センターっていうんだよ」とシュライバー氏は訂正して、「そいつはすごいぞ。ホームラン王は、みんな外野手だったんだ。ルース、カップ、ディマジオ、モーセル。じゃあ、どのチームにはいりたいのかね」

ヘンリーは、そのことは百も承知だった。

「ニューヨークヤンキースさあ」

「ほんとかい」シュライバー氏はすっかり喜んで大声をあげた。「もう、いっぱしのヤンキーだぜ」

ボーボーボーと汽笛が三度鳴った。表の甲板へ通じる階段にドシンドシンと足音をさせて、整理員がやってき、どらを鳴らし、大声で呼ばわりながら通りすぎた。

「見送りのかたは船をおおりください。船客以外のかたは、ご上陸ねがいます」

バターフィルドおばさんは、声をあげてすすり泣いていた。二人がドアのほうに歩みよると、またひとしきり、別れのあいさつがわき起こった。

「ご機嫌よう、ハリスさん、お元気でね。わたしたちが前に住んでいたところに、どんなかたが住んでいるか、わすれないで見てちょうだいね」

　と、シュライバー夫人がさけんだ。

「ご機嫌よう」侯爵は身をかがめ、ハリスおばさんの手をとって、その甲を白いひげでなでた。

「あなたは、みなさんに――わたしもふくめて――幸福をもたらしたのですから、あなたご自身も、これから先、おおいに幸福にすごされるように祈ります。また、わたしもこのたびは、『ちょっくら』どころか、ひじょうに愉快でした。わたしは、『孫はイギリスの父親のもとに帰った』と吹聴（ふいちょう）してあるので、もはや、なにも格別のことはおこりますまい」

「さようなら、お元気で」

　ジョージ・ブラウンたちが、口々にさけんだ。

「さようなら、お達者で。用があったら手紙でいってよこしなさいよ。それから、わすれなさんな、うちの支社はロンドンにもあるんだから、なにごとにつけ、いつでも相談に乗ってくれますよ」

　と、シュライバー氏はいった。

　ヘンリーは、きゅうにはずかしそうなようすをして、二人のそばに寄ってきた。さまざまな苦しみや悲しみの過去を人一倍せおっているにせよ、やはり、まだおさない子どものだ。感情が高ぶってきて、とくに、別離というものが、ひとしお強く感じられて、おろおろしていた。

少年は、この先どうなるかはつかめないにせよ、この二人の婦人がすくい出してくれた、あのいまわしい過去——あのガセット家での記憶は、すでにうすれかかってはいたが——と、この現在の一瞬だけは、いついつまでも心に焼きついてのこるだろう。

バターフィルドおばさんは、もう、自分をおさえることなどできなかった。彼女はヘンリーをだきしめて、大波のような胸の中に少年の顔をつつみこんでしまい、少年が息もできないほどだきしめたり、愛撫したりしながら、すすり泣いた。

とうとう、ハリスおばさんが見かねていった。

「あんた、いいかげんにおやめよ。ヘンリーは、もう赤んぼうじゃないんだよ。おとなだよ、もう」

これで、ハリスおばさんは、いっそうヘンリーに対して、点をかせいだことになった。ヘンリーは、へきえきするような抱擁から解放されたためというより、おとなとして認めてくれたことに対して、感謝の念をそそられたのであった。

ヘンリーは、ハリスおばさんのところにかけよって、ハリスおばさんの首にだきついて、そっといった。

「さようなら、ハリスおばさん。ぼく、大好きだ」

この言葉が最後となり、大詰めがきた。見送り人たちはぞろぞろ退船していって、波止場の突端に立ちならび、マンモス豪華船クイーン・エリザベス号がバックしながら、目まぐるしく船のゆきかうノース川へ出ていくのを見送った。

真鍮（しんちゅう）の舷窓（げんそう）のわくが、七月の焼けつくような日ざしをまぶしく照りかえし、まっ白にみがきたてられた上甲板や、なおその上のほうに、何千という乗客の顔がすずなりになっている。前のほうにならんでいる人たちの中に、バターフィルドおばさんとハリスおばさんがまじっているのだろうが、見わけはつかなかった。

船が汽笛を大きく三たび鳴らして別れをつげると、侯爵は、告別の演説めいたあいさつをのべた。

「もしもわたしにできることがありますれば、わたしは町の広場に、あのご婦人がたの銅像を建てたいと思うのであります。あの人たちこそ、真の意味で人生の英雄です。あのご婦人がたは、くる日もくる日も、自分の仕事を着実にはたし、貧しさや孤独とたたかいながら、いつも自分を見失わず、自分の義務をはたし、しかも、いつも微笑をたたえ、明るさをわすれず、美しい夢にあこがれるゆとりさえもっているのです」侯爵は、一息入れると、思い入れよろしくため息をついて、「だからこそわたしは、銅像を建てたいと願うのです。美しいロマンに満ちあふれたこれらの夢の中に、勇気は、いつも脈々として生きています。ごらんなさい、それらの夢のすばらしい成果を！」

クイーン・エリザベス号は、またもうなりをあげた。船は舷側（げんそく）を波止場にむけて、川の中ほどに乗り出していた。スクリューは回転し、船はすべるように海をさしてスピードをあげていった。侯爵は帽子をうちふった。

船の上では、ハリスおばさんとバターフィルドおばさんが、涙で目を赤くして、船室へもどっていった。そこへボーイがはいってきた。

「ツウィグと申します。こちらさまの受けもちのボーイです。部屋の係はミス　エバンズです。ミス　エバンズも、ほどなくまいります」

ボーイはそういってから、山とつまれている花たばをながめた。

「りゃ、りゃあ、まるで、だれかが死んだみたいですね」

ハリスおばさんはいった。

「いやだよっ。ちょいと言葉をつつしみな。さもなきゃ、ほんとに死人が出っからね。いっとくけど、これはフランス大使からいただいたんだよ」

「ほほっ」

ボーイは、聞きなれたロンドンなまりを耳にしたので、たしなめられてもいっこうにこたえずにいった。

「いわないでくださいよ。当てますからね。みなさんはバタシーでしょう。どんぴしゃだ。ぼくはクラッパムコモンのものです。きょう日は旅行していると、だれに会うかわかりませんね。では、切符を……」

ボーイは去りぎわにいった。

「ご機嫌よう。おくさまがた。ご用はすべて、ビル・ツウィグとジェシー・エバンズにおまかせあれ。この船ぐらいすてきなのは、ありゃしませんよ」

ハリスおばさんはベッドに腰をかけて、満足のため息をもらした。クラップハムコモンという言葉が、ここちよく、やわらかに耳にのこっていた。ハリスおばさんはいった。

「やれやれ。バイオレット、家に帰るってのはいいもんだねえ」

解説

矢崎存美（作家）

『ミセス・ハリス、ニューヨークへ行く』は、二〇二二年に映画にもなった『ミセス・ハリス、パリへ行く』の続編です。ディオールのドレスに恋をしてパリを目指すハリスおばさんの楽しい物語を私が初めて読んだのは、高校生の時でした。

約四十年ぶりに前作、そして今作を読み直し、一番驚いたのは、今の私がハリスおばさんと同年代と知ったことです。つまり、還暦前後の年齢ということですね。えぇー、ちょっと信じられない。月日がたつのは早い……。

しかも疲れ切った私に比べて、ハリスおばさんのはつらつさは今作でも健在です。舞台は華やかな大都会ニューヨーク。ロンドンで通いの家政婦をしているハリスおばさんは、お得意さまであるシュライバー夫人から「二、三ヵ月でいいから、ニューヨークへ一緒に行ってほしい」と頼まれ、快諾します。それは実はハリスおばさんのある「企み」を実行に移す絶好の機会でした。里親から虐待されているヘンリー少年の実の父親を探しにアメリカへ行けたら、と考えていたのです。ハリスおばさんは、料理上手な親友バターフィルドおばさんも同行するよう説得し、ヘンリーを連れてニューヨーク行きの船に乗り込みます。

　とにかくハリスおばさんの冒険心とポジティブシンキングがすごい。少々おせっかい気味ではありますが善意の塊だし、誰とでも友だちになってしまう。彼女のおしゃべりは、人を明るくする力があるのです。そして、身体を使う仕事を長くこなせる人らしく相当な体力の持ち主。あこがれる……。私の方がよっぽど彼女よりも年老いているわー。どちらかというと、バターフィルドおばさんの方に近いかもしれない。あんなに悲観的ではないけれど。

　しかし、バターフィルドおばさんじゃなくても、ニューヨークへの旅は最初から波乱含みとわかります。ハリスおばさん、なかなかの無茶をする。でも彼女のよいところは、自分の手に負えないとわかると、適切な人に頼るところです。変なプライドがない。素直で大変に正直。

　ハリスおばさんのキャラクターは今でも魅力的です。魅力的っていうか、強い。最強でしょ、こういう人って！　行動力、コミュ力、体力と気力にあふれ、そして底抜けな楽天家で世話好きで、お金や権力や名声にもぶれない。誰に対しても自分を貫く。

　全部ほしいわー……ていうか、全部私にないわー。けど、こんな私でもきっと、ハリスおばさんは友だちになってくれるはず。同年代だし！　彼女は「演劇や映画やテレビの世界の人々が大好き」ということですが、私のように小説書いているっていうのはどうなんでしょうかね？

作者のポール・ギャリコは一八九七年にニューヨークで生まれました。スポーツ記者から小説家に転向し、今も読みつがれている数々の作品を発表。猫好きとしても有名です。没年は一九七六年。私が初めてギャリコ作品『ジェニィ』を読んだ時には、もう亡くなっていたのね……。

『ミセス・ハリス、パリへ行く』の巻末にあった年譜を見ると、そこに載っている作品で翻訳されているものは当時ほぼ読んでいました。今は大半どこかへ行ってしまいましたが、『ジェニィ』『スノーグース』『トマシーナ』などの代表作、他にも『猫語の教科書』『「きよしこの夜」が生まれた日』などが本棚にあります。十代の頃から大好きな、私がもっとも影響を受けた作家です。

今でもたまに読み返し、そのたびに発見があります。高校生の時に感じた感想そっくりそのままの作品もあれば、年を重ねるごとに違う感想になる作品もあり、そのギャップに驚かされる。

ハリスおばさんシリーズは、昔と今とでは感じ方がかなり違うタイプです。何しろ、私とおばさん、同年代ですから。何も知らなかった高校生の私は、勇気と冒険心あふれる彼女の活躍に、痛快さのみを感じながら読んでいました。でも今は、前出した彼女の子供のような屈託のなさをうらやましいと思う反面、危うい行動にハラハラしたり、よい結果しか考えず突っ走る彼女に時にあきれたりもしました。

別におばさんより賢いわけでもないのに、「もっとやりようがあるのでは」とついツッコんでしまうのが私の悪いクセ。でも彼女の暴走は、強い信念に基づいている。ギャリコ作品に共通するテーマとも言えるものです。

それは、「人を信じる」という力。

ギャリコはよく、「誰も信じられない」という人を主人公や主要人物に据えます。信じるのを拒む人や、信じるのが怖い人。信じた人に裏切られ、傷ついた人もいる。裏を返せば、人を信じることを渇望しているとも言えます。信じられる人を求めている。

一方ハリスおばさんは、好きになった人をとことん信じてあげる、誰も裏切らない人として描かれています。それどころか、他の登場人物も基本よい人だし、言ってしまえば、おばさんとも変わらず「普通の人」なのです。本当の悪役も、ひどく壊れた人も登場しません。もちろんうまくいかないこともありますが、みんなで助け合って乗り越えていく。おとぎ話のようにほのぼのしているのです。

そんなハリスおばさんシリーズは、ギャリコ作品によく見られる持ち味が薄いように感じられます。その持ち味とは、人間や物事に必ずある「見えるもの」と「隠されたもの」を鋭く、極限まで切り取ること。シリアスな作品だとひときわ読み応えのある部分です。

この作品はコメディだから薄いのかな、とも考えたのですが、読み終わって気づきました。それっておばさん自身の存在そのものではないか、と。

人々は流れる忙しい日々の中で、「人を信じる」ことを少しずつ忘れていきます。ハリスおばさんのように自分の人生を明るく照らしてくれる人なんて「いるはずがない」と思い込んでしまうこともしばしばあります。

でも、人はきっと、彼女のような人が「いる」と信じたい。忘れても、隠れていても、「人を信じる」力すべてがなくなるわけではないから。「人を信じる」力があれば、自分を信じることだってできるから。

——そんな思いを込めて、ギャリコはハリスおばさんの物語を書いたのかもしれません。

そして何より、「いない」かもしれない人を「いる」と信じられるのが物語の力です。ギャリコ自身もそれをずっと信じていたと思っていますし、私だってそうやって小説を書いていること、妄想好きなハリスおばさんなら、わかってくれるはず。

「こりゃ、ちょっくらおもしろいことになりますですよ」

きっとそんなことを言いながら。

本書は、一九八〇年十二月に講談社文庫より刊行された『ハリスおばさんニューヨークへ行く』を改題し、現代の一般読者向けに加筆修正のうえ、角川文庫化したものです。

ミセス・ハリス、ニューヨークへ行く

ポール・ギャリコ　亀山龍樹＝訳

令和5年 4月25日　初版発行
令和6年 11月25日　3版発行

発行者●山下直久

発行●株式会社KADOKAWA
〒102-8177　東京都千代田区富士見2-13-3
電話　0570-002-301（ナビダイヤル）

角川文庫 23635

印刷所●株式会社KADOKAWA
製本所●株式会社KADOKAWA

表紙画●和田三造

●お問い合わせ
https://www.kadokawa.co.jp/（「お問い合わせ」へお進みください）
※内容によっては、お答えできない場合があります。
※サポートは日本国内のみとさせていただきます。
※Japanese text only

ISBN 978-4-04-113079-7　C0197

◆◇◇

角川文庫発刊に際して

角川源義

第二次世界大戦の敗北は、軍事力の敗北であった以上に、私たちの若い文化力の敗退であった。私たちの文化が戦争に対して如何に無力であり、単なるあだ花に過ぎなかったかを、私たちは身を以て体験し痛感した。西洋近代文化の摂取にとって、明治以後八十年の歳月は決して短かすぎたとは言えない。にもかかわらず、近代文化の伝統を確立し、自由な批判と柔軟な良識に富む文化層として自らを形成することに私たちは失敗して来た。そしてこれは、各層への文化の普及滲透を任務とする出版人の責任でもあった。

一九四五年以来、私たちは再び振出しに戻り、第一歩から踏み出すことを余儀なくされた。これは大きな不幸ではあるが、反面、これまでの混沌・未熟・歪曲の中にあった我が国の文化に秩序と確たる基礎を齎らすためには絶好の機会でもある。角川書店は、このような祖国の文化的危機にあたり、微力をも顧みず再建の礎石たるべき抱負と決意とをもって出発したが、ここに創立以来の念願を果すべく角川文庫を発刊する。これまで刊行されたあらゆる全集叢書文庫類の長所と短所とを検討し、古今東西の不朽の典籍を、良心的編集のもとに、廉価に、そして書架にふさわしい美本として、多くのひとびとに提供しようとする。しかし私たちは徒らに百科全書的な知識のジレッタントを作ることを目的とせず、あくまで祖国の文化に秩序と再建への道を示し、この文庫を角川書店の栄ある事業として、今後永久に継続発展せしめ、学芸と教養との殿堂として大成せんことを期したい。多くの読書子の愛情ある忠言と支持とによって、この希望と抱負とを完遂せしめられんことを願う。

一九四九年五月三日

角川文庫海外作品

1984　ジョージ・オーウェル　田内志文＝訳
ビッグ・ブラザーが監視する近未来世界。過去の捏造に従事するウィンストンは若いジュリアとの出会いをきっかけに密かに日記を密かに書き始めるが……人間の自由と尊厳を問うディストピア小説の名作。

不思議の国のアリス　ルイス・キャロル　河合祥一郎＝訳
ある昼下がり、アリスが土手で遊んでいると、チョッキを着た兎が時計を取り出しながら、生け垣の下の穴にぴょんと飛び込んで……個性豊かな登場人物たちとユーモア溢れる会話で展開される、児童文学の傑作。

鏡の国のアリス　ルイス・キャロル　河合祥一郎＝訳
ある日、アリスが部屋の鏡を通り抜けると、そこはおしゃべりする花々やたまごのハンプティ・ダンプティたちが集う不思議な国。そこでアリスは女王を目指すのだが……永遠の名作童話決定版！

オリエント急行殺人事件　アガサ・クリスティ　田内志文＝訳
豪華高級寝台列車で起きた殺人事件の容疑者は、目的地以外は共通点のない乗客たち。世界一の名探偵、エルキュール・ポアロが導き出した真実とは――。〝ミステリの女王〟の代表作が読みやすい新訳で登場！

Xの悲劇　エラリー・クイーン　越前敏弥＝訳
結婚披露を終えたばかりの株式仲買人が満員電車の中で死亡。ポケットにはニコチンの塗られた無数の針が刺さったコルク玉が入っていた。元シェイクスピア俳優の名探偵レーンが事件に挑む。決定版新訳！

角川文庫海外作品

Yの悲劇
エラリー・クイーン
越前敏弥＝訳

大富豪ヨーク・ハッターの死体が港で発見される。毒物による自殺だと考えられたが、その後、異形のハッター一族に信じられない惨劇がふりかかる。ミステリ史上最高の傑作が、名翻訳家の最新訳で蘇る。

Zの悲劇
エラリー・クイーン
越前敏弥＝訳

黒い噂のある上院議員が刺殺され刑務所を出所したばかりの男に死刑判決が下されるが、彼は無実を訴える。サム元警視の娘で鋭い推理の冴えを見せるペイシェンスとレーンは、真犯人をあげることができるのか？

アメリカン・ゴッズ（上）（下）
ニール・ゲイマン
金原瑞人・野沢佳織＝訳

待ちに待った刑務所からの出所日目前、シャドウはこう告げられた。愛する妻が自動車事故で亡くなったと。妻は親友と不倫をしていた。絶望に沈むシャドウに持ちかけられた奇妙な仕事とは？　ゲイマン最高傑作！

新訳　ハムレット
シェイクスピア
河合祥一郎＝訳

デンマークの王子ハムレットは、突然父王を亡くした上、その悲しみの消えぬ間に、母・ガードルードが、新王となった叔父・クローディアスと再婚し、苦悩するが……画期的新訳。

新訳　ロミオとジュリエット
シェイクスピア
河合祥一郎＝訳

モンタギュー家の一人息子ロミオはある夜仇敵キャピュレット家の仮面舞踏会に忍び込み、一人の娘と劇的な恋に落ちるのだが……世界恋愛悲劇のスタンダードを原文のリズムにこだわり蘇らせた、新訳版。

角川文庫海外作品

新訳　ヴェニスの商人
シェイクスピア
河合祥一郎＝訳

アントーニオは友人のためにユダヤ商人シャイロックに借金を申し込む。「期限までに返せなかったらアントーニオの肉1ポンド」を要求するというのだが……人間の内面に肉薄する、シェイクスピアの最高傑作。

新訳　リチャード三世
シェイクスピア
河合祥一郎＝訳

醜悪な容姿と不自由な身体をもつリチャード。兄王の病死をきっかけに王位を奪い、すべての人間を嘲笑し返そうと屈折した野心を燃やす男の壮絶な人生を描く、シェイクスピア初期の傑作。

新訳　マクベス
シェイクスピア
河合祥一郎＝訳

武勇と忠義で王の信頼厚い、将軍マクベス。しかし荒野で出合った三人の魔女の予言は、マクベスの心の底に眠っていた野心を呼び覚ます。妻にもそそのかされたマクベスはついに王を暗殺するが……。

新訳　十二夜
シェイクスピア
河合祥一郎＝訳

オーシーノ公爵は伯爵家の女主人オリヴィアに思いを寄せるが、彼女は振り向いてくれない。それどころか、女性であることを隠し男装で公爵に仕えるヴァイオラになんと一目惚れしてしまい……。

シャーロック・ホームズの冒険
コナン・ドイル
石田文子＝訳

世界中で愛される名探偵ホームズと、相棒ワトスン医師の名コンビの活躍が、最も読みやすい最新訳で蘇る！　女性翻訳家ならではの細やかな感情表現が光る「ボヘミア王のスキャンダル」を含む短編集全12編。

角川文庫海外作品

モリアーティ

アンソニー・ホロヴィッツ
駒月雅子＝訳

ホームズとモリアーティが滝壺に姿を消した。現場を訪れたアメリカの探偵とスコットランド・ヤードの刑事は、モリアーティに接触しようとしていたアメリカ裏社会の首領を共に追うことに――。衝撃的ミステリ！

新訳 ナルニア国物語1
ライオンと魔女と洋服だんす

C・S・ルイス
河合祥一郎＝訳

田舎の古い屋敷に預けられた4人兄妹は、空き部屋で大きな洋服だんすをみつける。扉を開けると、そこは残酷な魔女が支配する国ナルニアだった。子どもたちはナルニアの王になれと言われるが……名作を新訳で。

新訳 ナルニア国物語2
カスピアン王子

C・S・ルイス
河合祥一郎＝訳

夏休みが終わり、4人兄妹が駅で学校行きの列車を待っていると、一瞬で別世界に飛ばされてしまう。そこは魔法が失われた1千年後のナルニアだった。4人はカスピアン王子と、ナルニアに魔法を取り戻そうとするが……。

新訳 ナルニア国物語3
夜明けのむこう号の航海

C・S・ルイス
河合祥一郎＝訳

ルーシーとエドマンドはいとこのユースタスとともにナルニアへ！　カスピアン王やネズミの騎士と再会し、7人の貴族を捜す旅に同行する。人が竜に変身する島など不思議な冒険を経て、この世の果てに辿りつき……。

新訳 ナルニア国物語4
銀の椅子

C・S・ルイス
河合祥一郎＝訳

ユースタスと同級生のジルは、アスランに呼び寄せられナルニアへ。行方不明の王子を捜しだすよう命じられる。与えられた手掛かりは4つのしるし。根暗すぎる沼むっつりも加わり、史上最高に危険な冒険が始まる。

角川文庫海外作品

新訳 ドリトル先生アフリカへ行く

ヒュー・ロフティング
河合祥一郎＝訳

ドリトル先生は動物と話せる、世界でただ一人のお医者さん。伝染病に苦しむサルたちを救おうと、仲良しのオウム、子ブタ、アヒル、犬、ワニたちと船でアフリカへむかうが……新訳と楽しい挿絵で名作を読もう。

新訳 ドリトル先生航海記

ヒュー・ロフティング
河合祥一郎＝訳

動物と話せるお医者さん、ドリトル先生の今度の冒険は、海をぷかぷか流されていくクモザル島を探す船の旅！　おなじみの動物たちもいっしょ。巨大カタツムリに乗って海底旅行も？　第2回ニューベリー賞受賞。

新訳 ドリトル先生の郵便局

ヒュー・ロフティング
河合祥一郎＝訳

先生がはじめたツバメ郵便局に、世界中の動物から手紙が届き、先生たちは大忙し。可哀想な王国を救ったりと大活躍も続く。やがて世界最古の謎の動物から、秘密の湖への招待状が……大好評のシリーズ第3巻！

新訳 ドリトル先生のサーカス

ヒュー・ロフティング
河合祥一郎＝訳

お財布がすっからかんのドリトル先生。もう動物たちとサーカスに入るしかない！　気の毒なオットセイを助けようとして殺人犯にまちがわれたり、アヒルがバレリーナになる動物劇を上演したり。大興奮の第4巻。

チェス盤の少女

サム・ロイド
大友香奈子＝訳

少女は監禁された部屋の床をチェス盤に見立て、誘拐犯に対抗する。誘拐犯の正体がわかったとき、すべてがひっくり返る！「まさか、この展開は予想できなかった」（ガーディアン紙）ダークミステリ。